中公文庫

新装版

桃花源奇譚 1

開封暗夜陣

井上祐美子

中央公論新社

目次

主な登場人物

白戴星《はくたいせい》　宋《そう》の皇族の血を引く貴公子。生き別れの母を探すため、家出をした。
陶宝春《とうほうしゅん》　旅芸人の少女。芸名を花娘《かじょう》といい、双剣舞を得意とする。
包希仁《ほうきじん》　希代の秀才。ある理由から、わざと科挙に落第した。
何史鳳《かしほう》　開封《かいほう》一の花魁《おいらん》。戴星たちに窮地を救われる。
殷玉堂《いんぎょくどう》　俠客《きょうかく》。桃花源を探す人物に雇われ、宝春を狙う。
劉妃《りゅうひ》　宋の皇后。後宮の主として政治を影から動かす。
崔秋先《さいしゅうせん》　仙人。壺を使った仙術で戴星たちを惑わす。

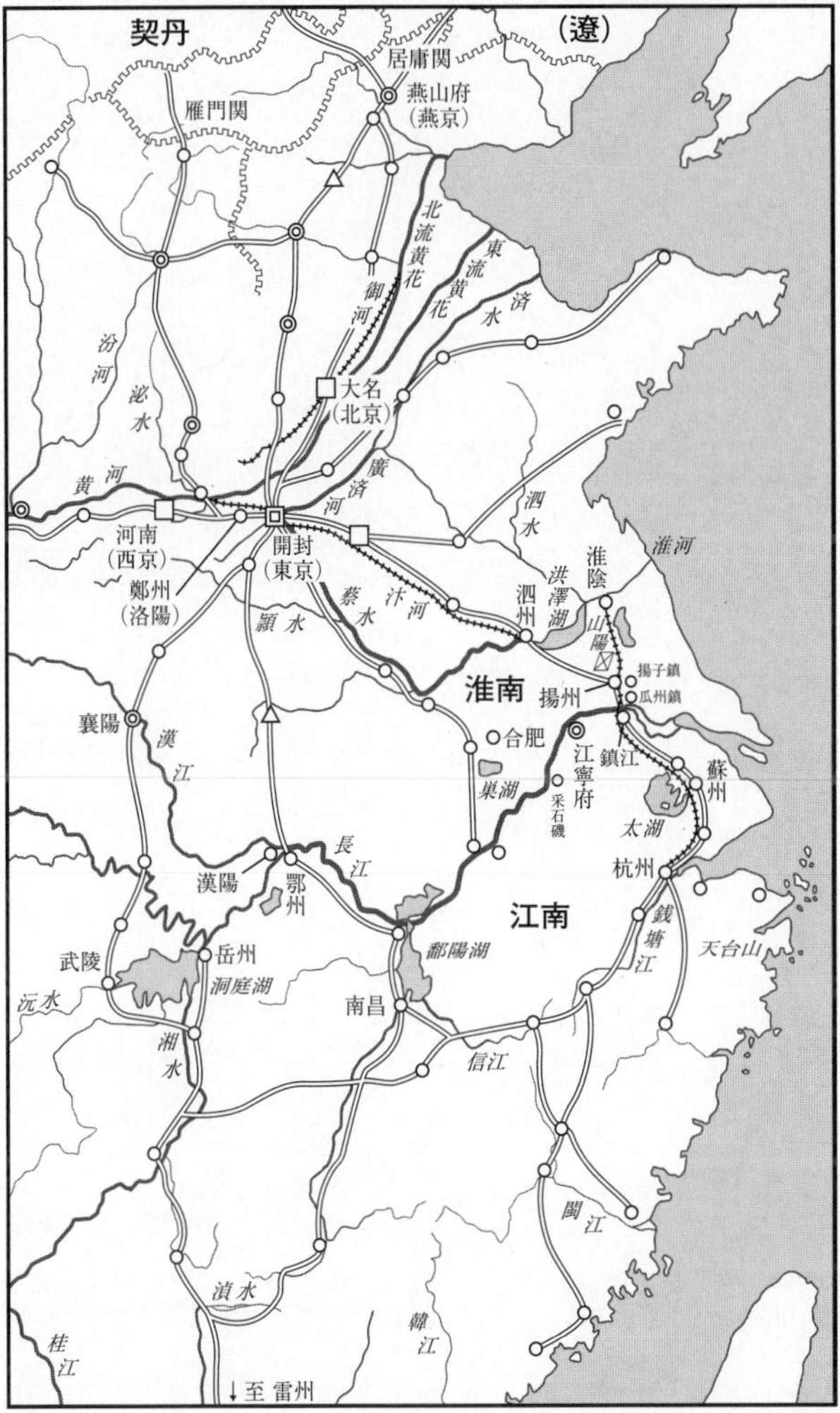
契丹
(遼)
居庸関
燕山府
(燕京)
雁門関
北流黄花
東流黄花
御河
済水
汾河
沁水
大名
(北京)
黄河
広済河
河南
(西京)
鄭州
(洛陽)
開封
(東京)
泗水
淮河
淮陰
洪澤湖
泗州
蔡水
汴河
潁水
山陽
揚子鎮
瓜州鎮
揚州
淮南
襄陽
漢江
合肥
江寧府
鎮江
巣湖
采石磯
蘇州
太湖
長江
杭州
漢陽
鄂州
江南
銭塘江
天台山
岳州
武陵
洞庭湖
鄱陽湖
沅水
南昌
湘水
信江
閩江
湞水
韓江
桂江
↓至 雷州

地図　安達裕章

桃花源奇譚　開封暗夜陣

桃花源記

晋《しん》の太元中《たいげんちゅう》、武陵《ぶりょう》の人、魚を捕《と》るを業となす。渓《たに》に縁《そ》って行き、路の遠近を忘る。忽《たちま》ち桃花の林に逢う。岸を夾《はさ》みて数百歩、中に雑樹なく、芳草鮮美《ほうそうせんび》、落英繽紛《らくえいひんぷん》たり。漁人甚だこれを異とし、また前行してその林を窮《きわ》めんと欲す。林は水源に尽き、すなわち一山を得たり。山に小口あり、髣髴《ほうふつ》として光あるがごとし。すなわち船を舎《す》てて口より入る。初めは極めて狭く、わずかに人を通ずるのみ。また行くこと数十歩、豁然《かつぜん》として開朗す。土地平曠《へいこう》、屋舎儼然《げんぜん》、良田美池桑竹《びちそうちく》のたぐいあり。阡陌《せんぱく》交り通じ、鶏犬相聞ゆ。その中を往来し種作するもの、男女の衣著ことごとく外人のごとし。黄髪垂髫《すいちょう》、ともに怡然《いぜん》として自ら楽しむ。

漁人を見てすなわち大いに驚き、従《よ》りて来たりし所を問う。具《つぶ》さにこれに答う。すなわち要《むか》えて家に還《かえ》り、酒を設け鶏を殺して食を作る。村中この人あるを聞き、みな来りて問訊《もんじん》す。自ら云う、先世秦時《せんせいしんじ》の乱を避け、妻子邑人《ゆうじん》を率いてこの絶境に来たり、また出でず、ついに外人と閒絶《かんぜつ》せり、と。今はこれ何《いつ》の世ぞと問う。すなわち漢《かん》ありしを知らず、魏晋《ぎしん》を論ずるなし。この人、一一《いちいち》ために具さに聞くところを言えば、みな歎惋《たんわん》す。余人もおのおのまた延《ひ》きてその家に至り、みな酒食を出だす。停《とどま》ること数日にして辞し去る。この中《うち》の人、語《つ》げて云う、外人のために道《い》うに足らざるなり、と。

すでに出でてその船を得、すなわち向《さき》の路に扶《そ》い、処処これを誌《しる》す。郡下に及び、太守《たいしゅ》に詣《いた》って、説くことかくのごとし。太守すなわち人をしてその往くに随《したが》いて向に誌せしところを尋ねしむるに、ついに迷いてまた路を得ず。

南陽の劉子驥《りゅうしき》は高尚の士なり。これを聞き、欣然《きんぜん》として往かんと規《くわだ》つ。未だ果さざるに、尋《つ》いで病み終る。後ついに津《しん》を問う者なし。

第一章　河上《かじょう》の花都《かと》

春三月、この季節の中国一の大河、黄河《こうが》を桃花水《とうかすい》とよぶ。

上流の雪解けの水を運んで水量を増すころおいは、その支流ともいうべき汴河《べんが》の川面の色も、春の色彩を淡く帯《お》びる。人工的に掘りぬかれた運河である汴河上にある街のひとつが、開封《かいほう》である。

開封の街の中心を南北につらぬく御街《ぎょがい》の、両脇にずらりと植えられた柳、そのしなやかな枝には、もう青いものが濃くなってきているが、桃《もも》、李《すもも》、梨《なし》、杏《あんず》といった花樹の枝は、ようやく芽をふきはじめたばかり。空は晴れわたってはいるものの、黄塵《こうじん》をまきあげた空はぼんやりとよどんで、太陽の光も弱々しい。

春とはいっても暦《こよみ》の上だけの、うそざむいそんな天へ、雑踏《ざっとう》のざわめきを縫ってあかるい声がたちのぼっていった。

「さあさ、汴梁《べんりょう》の都で今、評判の、舞剣の花娘《かじょう》の双剣《そうけん》だ。こんな見物は、めったに見られぬ。損《そん》はさせぬぞ。ご用とお急ぎでない方はとくとごろうじろ……」

どんな芸人にもあてはまりそうな、ありふれた口上は、ひときわにぎわう相国寺《しょうこくじ》の広い境内《けいだい》から聞こえてきた。

ここ開封は、時の天子が熱心な仏教徒であることもあって寺の多い街だが、その中でも相国寺といえば、御街に面して広大な敷地をもった、都一番の——ということは、この宋《そう》国第一の寺である。境内のあちらこちらに壮麗な伽藍《がらん》の瓦屋根がそびえたち、一日中香華《こうげ》の煙が絶えないここは、都人の行楽の場であり、露店や大道芸人にとっては絶好のかせぎ場でもあったのだ。

広い路上やこういった寺院、城隍廟《じょうこうびょう》や神保観神《しんほかんしん》などの神廟の境内、火除《よ》けの空き地などで芸をくりひろげるのは、雑技《ざつぎ》とよばれる軽業師《かるわざし》たちである。もっとも大がかりに技《わざ》をくりひろげているのは、縁竿《えんかん》（はしご乗り）や縄技《じょうぎ》（綱渡り）といった、道具だての大きなものだ。特に、縄技はぴんと張った細い縄の上を、履《くつ》をはいたり高脚（竹馬のようなもの）をくりつけたりして、さまざまな演技を見せるというもの。縄上にあがるのが、そろって美しい女たちとなれば、人気もあがろうというものである。

その他、吐火《とか》といって文字どおり炎を噴《ふ》く芸、竿《さお》やら刀やら、なんでもかでも呑《の》みこんでみせる呑刀《どんとう》、種を播《ま》いてすぐ芽が出て実がなる植瓜《しょくか》といった奇術、幻術のたぐい、簡単な小屋掛けをして芝居を見せる者たちもある。その芝居にも、人が演じるものから傀儡《にんぎょう》、猿《さる》や動物をあやつるものと、いちいちかぞえあげていけばきりがない。

むろん、人出をあてこんでの物売りの、ここを先途とばかりの呼びこみの声もかまびすしい。売りものは、果物などの食物や日用品、装身具、布や衣服、書画骨董《こっとう》のたぐいに、愛玩《あいがん》用の狗《いぬ》や猫など生き物まで、ありとあらゆるものがならぶ。中には、行きかう人々を手あたりしだいにつかまえては、品物をつきつけ押しつけ、しまいにはけんかにまでなってなお、首尾よく売りつけおおせる剛《ごう》の者もいた。

音曲《おんぎょく》がらみでにぎやかに客を引く者がいると思えば、ひっそりとした片隅で、ひとりふたりの観客を相手に、

「このちいさな壺《つぼ》に、どんなものでも入れてみせよう。賭《か》けてみぬかな、お客人」

手のひらにやっと乗るほどの白い磁器の壺を見せて、もちかけている、あやしげな老人もいる。小柄な身体に、両眼だけが皿のように大きな異相《いそう》なのが、うさんくささを強調している。それが敷物も敷かず、地面にじかにべたりとすわった姿は蟾蜍《ひき》か亀を思わせて、一種、滑稽味《こっけいみ》もただよわせていた。

「ほれ、そこのおまえさま。その袋の米を全部、この中にいれてみぬかな。運ぶのが楽になるぞ」

「莫迦《ばか》をぬかせ。これでも一斗《いっと》（約十八リットル）ははいっているんだ。入るわけがねえ」

「やってみねば、わかるまい。よこせ」

いや、よこさぬ、できるできないで、口論がはじまると、見物の数もまたたくうちにふえていく。

その人ごみの中、まるで糸で縫うように、ふたたび客寄せの口上がひびきわたった。

「剣の技は神さまも顔まけ、姿かたちなら仙女《せんにょ》もうらやむ花の舞だ。さあ、はじまるはじまる――！」

かんだかい声がよくとおったせいもあるのだろう、すでに黒山の人だかりがその一角にはできあがっていた。その群れに、またひとりふたりと加わったのは、口上にひかされてというよりは、いったいなんの人垣だという野次馬《やじうま》根性のためらしかった。

老若男女の肩をかきわけかきわけ列の前へ出ると、そのあたりだけが広く、がらんとひらけており、その中央へ一丈《じょう》（約三メートル）四方ほどの緑色の毛氈《もうせん》を敷きこんであるのが見えた。その前に立っているのが、口上をのべている男――おそらくこの一座の座頭《ざがしら》だろう。毛氈のむこうがわには、おなじ一座の者らしい男女が数人、笑いさざめきながらたたずんでいる。

笑っていないのは、その中央に立つひとりの少女だけだった。

歳のころならば、十四、五といったところ。おせじにも上品とはいえない、安っぽい紅《あか》い衣装に全身をつつみ、手には鞘《さや》におさまった剣を二本、ささげるように持っている。すこし低めにひきつめてうごきやすくした髪には、桃の花枝をあでやかに挿《さ》してあった。花の季節にはまだすこし早いから、これは紙でこしらえた偽花なのだが、やがて来たるべき季節を思わせて、なんともやさしい風情をただよわせていた。

見物人が、期待にほうとため息をついた、その呼吸をねらってでもいたのだろうか。

いきなり――。

風を切る音がした。

ねむたげな春の空気をするどく裂《さ》いて、あざやかな二本の白光がほとばしる――と見たときには、少女の身体が宙に舞っていた。

くるりとひとつ、宙がえりをして毛氈の上に、立つ。たったそれだけのことで、見物の輪がどよめいた。

両手にそれぞれ剣をかまえ、手足に角度をつけてぴたりと静止する――つまり見得をきった、その姿がまるで絵の中から抜け出たような、水ぎわだった美しさだったのだ。

ことに、きっと一方をにらんだその大きな瞳の、濡《ぬ》れたようなつややかさといったら、人間のものとも思えない。髪にかざした花、その花の仙女といいたてて、うなずく者はいても莫迦にする者はいるまい。

その花が、微風にあおられたようにゆらりとうごいた。まるで花片が散るかのように思ったとたんに、また剣風がまきおこる。

風を切る音、やわらかな陽光を反射してきらきら輝く二本の剣の刃、そして少女の衣装と桃花の紅と、漆黒《しっこく》の瞳。それが、すこしもひとところにとどまることなく、緑の毛氈いっぱいをうごきまわる。

演じる者の艶《あで》やかさという点からいえば、たとえば縄技の女たちの方があきらかに上だ。成熟したしなやかな肢体をくねらせ、媚《こ》びるような視線を投げかけながら演じる技に、目がくらまない男はいないだろう。だが、花娘と名のるこの舞剣の少女には、大道芸を見あきた人々の目に新鮮に映るなにか――いってみれば、この芽吹きの季節にふさわしいすがしさとか躍動感《やくどうかん》といったものがあったのだ。

左手の剣が、少女の喉《のど》もとから髪の周囲をくるりとまわって、右手の剣と交差する。その右手の剣のきっ先がすらりとのびて、毛氈すれすれに立っていた観客の鼻先すれすれをかすっていった。反射的に息をのみ身をひいた、その目の前をぱらぱらとこまかなものが散りおちる。

それが、おのれの髪とさとったとたん、こわい虎《とら》ひげをほほにたくわえたその大男は、柄《がら》に似合わない声できゃっと叫んだ。

「ほんもの、だあ……？」

触《ふ》れれば斬《き》れる、真剣を使っているというのだ。

「あたりまえじゃねえか。玩具《おもちゃ》の剣で踊ったって、だれが銭をだすもんか」

この田舎《いなか》者めといった声が、周囲からわらわらとあがる。

「あ、あぶねえじゃねえか。こんな人の多いところで、刃物をふりまわすたあ、正気の沙汰《さた》とは思えねえ」

「おまえが悪いんだよ。そんなところに、ぼうっとつったってるからだ。花娘の双剣は、この緑の毛氈より外へは、一分（約三ミリ）だって出たこたあないんだ」

「小娘の腕なんざ、あてになるか。怪我《けが》人が出てからじゃあ、おせえんだ」

演舞をよそに、口論がはじまった。うけてたっているのは、衣服から見て近在の薬種屋《やくしゅや》の奉公人《ほうこうにん》らしい若い男。使いの帰りに足を止めての見物といったところだろうか。口ぶりからすると、もう何度もこの一座を見ているらしい。

が、口こそ威勢がよいが、いかにも非力といった感じはまぬがれない。一方、難癖《なんくせ》をつけているのは、上背も肩も腕も、人よりふたまわりほど大きな漢《おとこ》である。

その巨漢の、すこしまくりあげた袖口に、ちらりとのぞいたものを見て、

「あ、まずいな」

ちいさくつぶやいた者がいる。

さっき、人垣をかきわけて見物の最前列に出てきた人影――十七、八歳ぐらいに見える少年だった。いかにも育ちのよさそうなすっきりとした容貌《ようぼう》に、仕立てのいい襴衫《らんさん》をまとっているところは、どこぞの高官の家の公子《こうし》に見える。

都は誘惑の多いところである。花々《かか》公子などとよばれて悪処を遊びあるくのは、裕福な

家の子弟と相場が決まっているものだ。しかし、こういう手あいがうろつくのは、妓館《ぎかん》の多い界隈《かいわい》で、遊芸の見物にしろ寺院の境内で見かけることは稀《まれ》といえた。

その、場ちがいな公子が目ざとく見とがめたものはといえば、大漢《おおおとこ》の二の腕をかざっていた色彩──紋身《ほりもの》だった。

「だいたい、いったいだれにことわって、ここで銭を稼いでやがるんだ。座頭はどいつだ、でてきやがれ」

けんか腰は、かたわらの奉公人から一座の方向へと飛火した。いや、もともと最初からそちらへ難癖をつけるのが目的だったのだろう。

さすがに少女が手にする真剣は避けて、ぐるりと毛氈をまわりこみ、さっき口上を述べていた壮年《そうねん》の男をつかまえた。遊芸の座長だけあって、けっして見かけは悪くない男だが、少々堅ぶとり気味で、紋身の漢にくらべればいかにも鈍重《どんじゅう》そうに見えた。その座長の衣服の黒い前衿《まええり》をぐいとつかみあげ、

「おい、てめえ」

「へ、へいへい。御寺の方には、きちんとごあいさつしてございます。ここいらの顔役の方にも、話をとおして──」

「顔役たあ、どいつのことだ」

「へい、牡丹棚《ぼたんほう》の張公《ちょうさん》で」

「莫迦野郎、ここいらで顔といやあ、この大虫《だいちゅう》の鄭《てい》さまと決まってら。てめえ、俺さまを虚仮《こけ》にしておいて、ただですむと思うなよ」

要するに、場所代めあてのゆすりである。

「大虫の鄭だって？」

また口の中でつぶやいたのは、先ほどの花々公子。腕組みをし、小首をかしげながら手近にいた男に、

「おい、聞いたことがあるか？」

気安く声をかけた。

たずねられた方は、二十二、三歳ほど。白面《はくめん》の、という形容がぴったりの長身の青年は、見ず知らずの少年に話しかけられてもおどろきもせず、いかにも生真面目そうな容貌をほんのすこしほころばせて、

「さあ、私は、田舎者で、都のことはよく存じませんので」

おっとりと答えた。

「なんだ、故国《くに》はどこだ」

「廬州《ろしゅう》、合肥《がっぴ》ですが」

「ああ、ずっと南だな。えらくもの馴《な》れたふりをしているから、てっきりここいらの生まれだと思った」

見ず知らずの、しかもどう見ても年長の青年に対して、遠慮も気おくれもあったものではない。かといって、莫迦にしている気配もなければ、無作法な印象も奇妙にない。他人に命じることに慣れた横着な、そのくせ妙に人なつっこい態度で、かるく鼻を鳴らした。

「公子こそ、あの漢の名を耳にされたことがあるのですか？」

「ないから、訊《き》いたんだ。でも、ありゃあ、口からでまかせの、はったりだな。顔役なんぞであるはずがない。酔っぱらったあげくの与太《よた》だ」

「なにか、根拠でも？」

まさか、この公子が地回りの親分と顔見知りというわけでもあるまい。

「いやしくも、相国寺ほどの名刹《めいさつ》の境内をなわばりとする大親分が、あいさつを無視されたからといって、乾分《こぶん》のひとりも連れず、直接金をとりたてにあらわれたりするわけがなかろう」

「は、なるほど」

長身の青年は、にこにことうなずいた。その、よくととのった横顔をみあげて、

「なんだ。心底、感心したわけじゃなさそうだな」

気がついたこの少年も、なかなかするどいというべきだろう。

「おまえ、おれを試したな」

「ちょっと、うかがってみただけです。ほら、座頭も気がついたようですよ」

なるほど、喉をしめあげられながら、座頭はしきりに一座の身内にめくばせを送っていた。適当に酒手をつつんでおっぱらえというわけだ。

それに応じて機敏《きびん》にうごいたのは、老人だった。若い者が多い一座の中でたったひとりの老人が、骨ばった手の中で、ちゃらちゃらと銭の音をわざとたてながら、巨漢のかたわらへ寄ろうとした——。

それより早く。

「はらうことはないわよ、お祖父《じい》ちゃん」

澄《す》んだ声が、まっすぐに割ってはいったのだ。

双剣舞《そうけんぶ》は、いつのまにか中断されていた。

毛氈のちょうど中央に立ち、剣は二本重ねて左手に持って、少女はつんとあごをそらしていた。きかん気な表情は、少女というより少年に近い。大きな瞳できっと巨漢をにらみつけて、

「その手をはなしなさい、この、酔漢《よっぱらい》」

凜《りん》、と命令してのけたのだ。

「宝春《ほうしゅん》、おまえは口をだすのじゃない」

少女の実名だろう、そう呼んで、老人もぴしりといいかえした。骨の上に皮がはりついたようなみすぼらしい装《なり》だが、こんな芸人には不似合いな威厳があった。

少女にむかって、姿をかくせとばかりに老人は手をひらひらさせたが、これはすこしばかりおそかった。大虫と大げさな外号《がいごう》を名のる巨漢の注意が、娘の方にむいたのだ。

「姑娘《ねえちゃん》、おめえ、なかなか別嬪《べっぴん》だな。どうだ、俺の妾《めかけ》にならねえか」

座頭をほうりだすと、ふらふらとすりよって酒くさい息を吐きかけた。

少女は、気のつよそうな表情を見せて、つんとあらぬ方をむいた。が、漢におびえる気配は、塵《ちり》ほどもみせない。それもそのはずで、酔漢相手にいちいち泣きごとをいっていては、こんな商売はやっていられない。弱みをみせればそれだけつけこまれるのはわかっているから、意地でも知らぬふりをよそおうのだが、どうやらこの娘の場合は、これが地のようだ。

「その鼻っぱしらの強そうなところがまた、なんともいえねえ。気にいった」

と、どうやら、この漢、人なみにおだてて女を口説く術は知っていたらしい。ただし、それで相手が心うごかされるかは別問題である。

「俺のものになりゃあ、毎日、うめえものを食ってきれいな着物を着て、遊んで暮らせる。広いお邸第《やしき》にも住まわせてやろうじゃねえか」

もちかけられても、肩に毛むくじゃらの腕をおかれても、きれいな眼をほそくすがめて、花娘はさらに顔をそむけるばかり。とりあわないのが一番、とでも判断したのだろうか。

それを、すこしでも早くひきはなそうと思ったか、先の老人が走りよって、ふところに銭をすばやく投げこんだ。

漢は思わずにやりとなって、空いた片手で服の中をさぐっていたが――。

「なんだ、こりゃあ！」

ひと声わめくや、銭をつかんで地面にたたきつけた。いきおいよくはねかえった丸い銅銭は、ざっと十数枚。開封の街の酒楼にもぴんからきりまであるが、これだけあれば、そこらの邸店《みせ》でそこそこの酒と肴《さかな》を注文できる。酒手としては、けっして安い相場ではないのだが、漢の思惑《おもわく》にはとうてい足りなかったのが、不運といえば不運だった。

「このくたばりぞこない！　これっぽっちで、俺さまをだまくらかそうったって、そうはいかねえ。これでもくらえ！」

と、いいざま、紋身のある腕をふるって老人をうち払った。不意をつかれて、老人は、あっとさけんで一、二丈もふっとばされた。

「お祖父ちゃん！」

悲鳴に似た声をあげたのは、舞剣の少女の方だった。これで娘の気をひいたとばかりに大虫の鄭がにやりと笑った――その表情が一瞬にして凍りついたのを、観客一同が見てとった。

この酔漢の外号の大虫とは、虎のことをさす。その名の由来となったのは、あごからほほにかけて、つんつんとつきたつように生えている虎ひげにちがいない。まるで雑劇に登

場する武将のような、これだけはりっぱなひげ——おそらくは本人も、自慢にしていよう
それが、片ほほだけ、ざっくりと音がしたと同時に、きれいに失くなってしまったのだ。

そういえばなにかがきらりと光ったと、みんなが思いあたったのは、少女の左手にあったはずの剣の一本が、右手にうつって高くかかげられているのを見てからだ。

見物の輪から、やんやの喝采《かっさい》がまきおこった。

漢のひげを剃り落としたのが、この少女の目にもとまらぬ早業だとさとったからだ。こんなにすごい芸は、めったにみられるものではない。

片ほほのひげを失った漢の、なんともしまりのなくなった、ぶざまな顔も喝采の対象になった。だれしも、他人の不幸はおもしろいものだ。しかもそいつが、鼻をつまみたくなるようないやな奴で、自業自得ならばなおのこと。

「見ろよ、あの、ざま」

「まぬけな奴だぜ」

「いい気味だ」

口ぐちにいっては、指をさし腹をかかえて笑いころげる。おさまらないのは、大漢の方だ。

「……まずい」

先ほどの少年が、またつぶやいた。

「おい、あの娘をとめろ」

「は……?」

命じられて、めんくらったのはとなりの白面郎《はくめんろう》。どんな理由か判断か知らないが、止める必要があると思えば自分でとびこめばよいのだ。それを、まず他人に命令するとは、どういう神経だろう。

人に面倒をおしつけて、おのれひとり、楽をしようという魂胆《こんたん》か、それともただの怯懦《ひきょう》者《もの》か——。

どうやら、そのいずれでもないらしいと見当をつけたのは、少年の両眼のかがやきを見てとったからだった。この公子、けっして悪気があるわけではなく、他人に命令することに慣れきっているがための反応らしいのだ。

「しかし、なぜ、娘の方を」

止めるのならば、今にもかよわい女子どもに撲《なぐ》ってかかりそうな、漢の方をとりおさえるべきではないか。

「さわぎがおきれば、役人が来る。先に手を出したのがどちらにしろ、こんな群衆の中で刃物をふりまわした方が、悪者にされるに決まっている。役人にしたって、あとで仕返しされそうな無頼者を罪に問うより、泣き寝入りしてくれる芸人の方をいたぶる方が楽だからな」

育ちのわりに、えらく世故《せこ》に長《た》けたようなことをいってから、あらためて青年をまじまじと見かえした。

「いちいち人に訊く前に、自分で考えたらどうだ」

「いや、どの程度、考えてものをいっておられるか、知っておきたかったものですから」

「おれのことは、どうでもよかろう。早く、行かぬか」

「といって——。さて、もうおそいようですが」

そのことばどおり、すでにさわぎは手のつけようのないところまで大きくなっていた。

大虫の鄭が、酒気を帯びてそれでなくとも赤い顔をさらにまっ赤に染めて、両腕をぐいと伸ばした。その手のあいだを、わざとすれすれのところでかいくぐり、左側へまわりこむ。そして、彼女は自分の倍も背丈のある大男の横っつら——ひげの剃りあとも青いほほを、思いきりはりとばしたのだ。

よほど痛かったのだろう。漢は瞬間、目がくらんだようにたちすくんだ。次に目の焦点が合ったときには、すっかり酔いもさめていたかわりに、彼のなけなしの自尊心もずたずたになっていた。

「この、あばずれが！　下手に出てやりゃあ、つけあがりやがって！」

「たのんだわけじゃないわよ。顔を洗って、出なおしておいで！」

歯切れよく啖呵《たんか》をきって、また身をかわすと、漢はいきおいあまって見物人の中へまっすぐにつっこんだ。

わっと、人垣がくずれたつ。と、同時に逆に、人の輪は外側から厚くなっていった。けんかさわぎをききつけて、目ざとい野次馬が集まってきたのだ。ほかの見世物も露店も、あっという間に客をうばわれることになり、いまいましげに舌打ちをする芸人もいれば、自分の店をほうりだして駆けつける者もあらわれる。

例の壺を持った老人も、客がいなくなったあとの空間をながめて、ひとしきりののしった。いったいどこにはいったのか、こぶしほどの大きさの壺に一斗の穀物の大半をおさめおおせて、賭けをした客から銭をとりたてる寸前のところだったらしい。

「儲けそこねたか。ええい、よりにもよって……」

蟾蜍《ひき》に似た眼をぎょろつかせて、ひとしきり口の中でぶつぶつとつぶやいたが、すぐに壺をふところにほうりこみ、自分もけんか見物の輪にくわわった。一方、おのれのものでもない米一斗を、まんまとごまかし取られた男も、ひととき忘れて見物の群れの中に混じっている。

その一角は、たいへんなさわぎになっていた。

漢を止めようとする者、無責任に少女をけしかける者、見さかいのなくなった漢に殴られる者はひとりやふたりではきかない。押されてよろけた者が、べつの男にぶつかって口論になる。となりの露店の品物に、傷がついたこわれたで、つかみかかる者もいる。あちらでもこちらでも、本筋に関係のないあらそいが、まるで鎖のようにつぎつぎとつながって、ひろがっていく。

緑の毛氈は、入り乱れる人の脚でふみつけられて、たちまち襤褸《ぼろ》のようになった。

さすがにこの人の波の中で、やみくもに剣をふりまわすほど少女もむこうみずではない。が、逃げてもしつこくあとを追ってくる漢をかわすために、ときおり威嚇するように刃をかざさざるを得なかった。無関係な人間には触れないように注意はしているが、これだけ混乱してしまえば、いつ怪我人が出てもおかしくない状況である。

「しようがないなあ」

上手に人を避けて、すこし外からなりゆきを見まもっていた少年だったが、軽いしかめつらを作った顔を、親し気に青年の方へふりむけて、

「ちょっと、行ってくる」

わざわざ、ことわっていくこともあるまいに、きちんといいおいて、少年は混乱の中へいかにも無雑作《むぞうさ》に足をふみいれた。青年が止めるひまもなかったし、また、青年も制止する気配もみせなかった。ただ、おやおや、といった表情で、わずかに苦笑しただけである。

少年は、かるい足どりでたくみに人を避け、一度もだれにもぶつからずにするりと少女のとなりに立った。

「からかうのは、そのぐらいにしておいてやれ」

と、声をかけられて、おどろいたのは少女ではなく漢の方だ。

「な、なんだ、てめえは」

「野郎には、用はない。ひっこんでろ」

「な、なんだと、この……」

口より先に腕が出る。それより早く、少年の手が漢のほほげたを、いきおいよく張りとばしていた。先に、少女にたたかれたのとおなじ側である。さほど力はこめていなかったが、手首をきかせてよほどするどくなぐったものだろう。赤くなっていたほほが、みるみるうちにさらに赤みを増して腫《は》れあがった。

「めんどうだ。逃げるぞ」

いうなり、少年は少女の右手をつかんでひっぱった。それがまた、いかにも自然な態度だったもので、さすがの少女もふりはらうことを一瞬忘れた。

「ちょっと、待ってよ。あんた、だれ。よけいなおせっかい、やかないでよ」

「話はあとだ。ぐずぐずしていると、役人が来るぞ」

「来たらどうだっていうの。こわくないわよ、そんなもの」

「つよがりは、それぐらいにしておけ。このさわぎの責めを、だれが負わされると思ってるんだ。これ以上、座頭を困らせるつもりか」

ちょうどふたりの目の前に、人波におされるようにして、さっきの座頭がとびだしてきたところだった。

「この若旦那のおっしゃるとおりだ、花娘。とにかくこの場は、姿をかくしておくれ。あとは、なんとでもごまかすから」

「では、頼んだぞ」

花娘の腕をぐいとひっぱる。

「お祖父ちゃん、お祖父ちゃん！」

人の頭のはるかむこうに祖父の姿をみつけ、少女はそちらへ行こうとする。さきほど、鄭になぐられた怪我が、気になるのだろう。それをひきもどして、ついでに双剣をもぐようにカずくでとりあげた。

その剣を、

「受けとれ！」

少年は叫びざま、宙天高くほうりあげたのだ。二本の剣は、一本の剣のようにぴたりとすいついて、離れないまま舞いあがり、やがてきらめきながらゆるやかに落ちてくる。

落ちたところはまさしく、花娘の祖父らしい老人の、右手をのばせばとどく地点、刃を下に柄《つか》を上に、まっすぐ落ちてきたその柄を、ぴたりと空中で受けとめた老人もたいした技量だといえた。

「仁和店《にんわてん》。知っているか。脚店（支店）ではなく正店（本店）の方だ」

とは、座頭にたしかめたことば。この開封でも一、二をあらそう大きな酒楼の名を知らないはずはないから、座頭は二度ばかりうなずいて見せただけで事足りた。

「そこにいるから、ひきとりにこい。それまでには、この娘の頭も冷やしておく」

「おねがいします」

見ず知らずの人間にそんなことをいわれて、はい、そうですかといえるほど開封は安全な街ではないし、この座頭にしてもそれほど人は好《よ》くないはずだ。にもかかわらず、はいとうなずいてしまったのは、この少年の、まっすぐに真正面から人を見る視線と、機敏な態度――要するに、いきおいに押されてしまったわけだ。

「じゃ、行くぞ」

「ち、ちょっと、若旦那。お名まえを！」

姓名がわからなければ、たずねていきようがない。

少年はちょっとためらったが、すぐに、

「戴星《たいせい》」

なめらかな発音でそう告げた。

「白《はく》戴星だ。待っているからな」

少女の手首はつかんだまま、身をひるがえした。そのまま、あざやかに姿を消す――といいたいところだが、あいにくとここは、混乱の中心である。大虫の鄭が、いったんは別の男たちのいさかいにさえぎられたが、復讐に燃えてつめよってくる。花娘も、連れていかれまいと抵抗する。

戴星と名のる少年の、衫《さん》の一部が鄭の指さきにひっかかって、ぐいとばかりにひきもどされた。

とっさに、少年はさからわずに身をあずけた。ひっぱられた、その力をそのまま利用して、するどく曲げた臂《ひじ》を漢のみぞおちに正確にたたきこんだのだ。

さらに、息をつまらせうめく漢のむこうずねめがけて、脚ばらいがかかる。日ごろの鍛練のほどがうかがえる、なめらかな一連の動作だった。さすがに彼我《ひが》の体格に差がありすぎて、転倒させるところまではいかなかったが、それでも鄭は痛みのあまり声をうしなった。そのうえへとどめとばかりに、花娘が股間《こかん》を蹴りあげたものだからたまったものではない。さしもの巨漢もたおれふし、陸地にあがった鯨《くじら》のようなありさまとなった。

その隙に、少年は群衆の肩を力いっぱい突き飛ばす。

「掏摸《すり》だ！」

と、ひと声あがったのは、そのときだった。戴星たちが逃げにかかる瞬間をはかった、絶妙の呼吸だった。掏摸とひとくちにいうが、こういった繁華なところに出没するのは覓《べき》貼児《ちょうじ》といって、刃物をつかって衣や手鐲《しゅしょく》（腕輪）、耳輪といった装身具を切りとっていく乱暴な手あいが多い。

開封の街の暮らしになれた人々は、それを十分心得ているから、その声が耳にとどいたとたん、あれほど混みあっていたその一角からわっと人が引いた。物を盗られるだけならまだよいが、身体を傷つけられたり、命をうばわれたりしては元も子もない。

結局、その場にのこったのは、地面にたおれてぶざまにのたうっている鄭ひとり。戴星と花娘の姿はといえば、だれよりはやく寺の山門のあたりまで駆けぬけている。

みあげるばかりの巨大な寺門の下には、先ほどの青年が待ちうけていた。

「あざやかでした。無事でなによりです」

「あの声は、おまえか」

「ああいえば、みんないっせいに散りますからね」

おだやかににこりと笑って、ふたりに先だって門の外へ出た。案内するようにとっとと歩いていくあとへ、なにも訊かずに戴星もつづく。手を離したにもかかわらず、少女もおとなしくついてきた。

なにかを取り決めたわけでなく、たがいに名のりあったわけでもない。知りあった、ということばも、この際は不適切だろう。たった今、おなじ場所にいただけの三人である。それがなんの疑問もなく、行き先を説明することもなく、しかし足をそろえておなじ方向へ歩みだしたのだ。

これが、彼らの旅の第一歩だった。

その、門前の人の流れへまぎれこむ三つの背中を、じっと見おくる視線があったことを——それもひとつではないことを、三人とも知るよしもない。

「ふむ、これはこれは……」

と、寺門のひとかかえもある柱の陰でつぶやいたのは、壺使いの奇術師の老人。こうして見ると、小柄なただの老人に見えるが、背筋がぴんとのびたところ、身体のこなしなどからはただ者とは思えない気がたちのぼっている。人の悪そうな微笑をうかべて周囲に目をくばる、その大きな視界の中には、おのれ以外の監視者の姿も、抜け目なくはいっていた。

その皿のような眼を、きょろきょろとせわしなくうごかしながら、

「なんと、妙ななりゆきになったものじゃ。こうなるとは、さすがのわしも思わなんだわ。ここはひとつ、しばらく見物させてもらおうかの」

その声が消えたときには、また、老人の姿も天に翔けたか地にもぐったか、それともふつうに目の前の人ごみにまぎれたか、あとかたもなくなっていた。

相国寺の境内は、なにごともなかったかのような、おだやかなにぎわいをとりもどしていた。

その昔、戦国とよばれた時代から、開封の街はあった。雄国、魏《ぎ》の都、大梁《たいりょう》がそれである。

大梁はやがて秦《しん》にほろぼされるが、後代、ふたたびこの黄河中流域地方の中心となる。隋《ずい》の時代に、江南と黄河とをつなぐ運河が開鑿《かいさく》された、その上に開封──当時は汴州《べんしゅう》といった──は位置していたからである。ちなみに、開封の別名を汴京《べんけい》、汴梁とよぶのは、このころの名に由来している。東京《とうけい》というよび方もあるが、これは副都・洛陽《らくよう》の西京《せいけい》に対応しての名である。

南から北へ、江南の米や物資を都、長安《ちょうあん》や洛陽へはこぶ重要な中継地として、汴州は栄えることとなった。

唐《とう》の滅亡後、各地に樹《た》った軍閥や王朝の拠点となり、そして後周《こうしゅう》の時代──一代の英主、世宗《せいそう》・柴栄《さいえい》が都を置いたのだ。

ちなみに「後周」とは、後代の人間がいくつもある「周」王朝を区別するために呼んだもので、その当時はただ「周」とだけ称していた。

さて、その後周の世宗が信頼する重臣に、趙匡胤《ちょうきょういん》という武将がいた。

部下の中でもっともすぐれた将軍であるこの男に、世宗はある日、汴州の朱雀門《すざくもん》から北へまっすぐに馬で全力疾走させ、馬がつぶれたところをあらたに建設する開封の羅城《らじょう》──最外郭の城壁の北辺とさだめたのだ。

それまでの子城の内部は、そのまま宮城となり、内城の中の街も街路も、大幅に整備をくわえられて、開封は三重の城壁にかこまれた堅牢な都市となった。

街の中央には、朱雀門から宮城の南門・宣徳門《せんとくもん》まで、御街とよばれる大路がはしり、その中央あたりに州橋《しゅう》とよばれる、橋がかかっている。その下を流れるのは、汴河――かつて、通済渠《つうさいきょ》とよばれた運河である。広いところで百五十尺（約四十五メートル）という、この人工の河の他、恵民河《けいみんが》、五丈河《ごじょうが》といった運河を、血管のようにめぐらして、開封は都としての体裁をととのえていったのだ。

世宗は、五代十国とよばれる地方政権のうち孟《もう》氏の後蜀《こうしょく》、李《り》氏の南唐《なんとう》などを攻め、北方をおびやかす異民族の国・遼《りょう》と戦い、中国統一の基礎をきずいたが、齢《よわい》三十九歳で非命に倒れる。

後にたてられた恭帝《きょうてい》・柴宗訓《さいそうくん》は七歳の幼少、外敵の多いこの時代に幼君では国を保てないと考えた武将団は、人望のある趙匡胤を推戴《すいたい》して皇帝にまつりあげた――ということになっている。

禅譲《ぜんじょう》の時の事情がよくわからないのは、王朝の交替の瞬間の常である。たとえ真実を知っている者があっても、うかつなことは口にできないだろう。まして、趙匡胤が世宗の事業をうけ継いで、中国統一を成し遂げてしまったあととなっては、たとえ史家でもそのあたりを追及するわけにはいかなくなる。

たしかなのは、趙匡胤が宋という国を樹て、他の王朝をくだし、内政を整備して権力――特に兵権を皇帝ひとりに集中させた体制をつくりあげたということだ。その趙氏の天子をいただく都として、今、開封は繁栄のきわみをむかえようとしていたのだ。

――時は天禧《てんき》四年（西暦一〇二〇年）、庚申《こうしん》の年、のちに真宗《しんそう》と諡号《しごう》される宋国第三代皇帝の治世である。

三代皇帝・趙恒《ちょうこう》は、太祖・趙匡胤からみて甥《おい》にあたる。つまり、弟の子だった。太祖が在世十五年にして薨《こう》じたあと、二代皇帝に即位したのが弟の趙匡義《きょうぎ》、のちに改名して趙光義《こうぎ》とも趙炅《けい》ともいう男である。兄をたすけて戦場をめぐった彼はまた、読書を好む文人でもあり、軍略政治に長けていた。兄亡きあとをついで、宋という国を不動のものにしたのは、太宗と諡号された彼の手腕だった。

恒は、この太宗・趙光義の第三子であった。他にも男子は多かったのだが、恒は幼少のころからとりわけ父に可愛がられて太子にたてられ、太宗が五十九歳で崩じたあとを承《う》けて、すんなりと帝位についたのだが――。

問題は、彼が辣腕《らつわん》の父にも偉大な伯父にも似なかったことだった。

五代とよばれた時代から歴代の王朝に共通の課題として、北辺の脅威があった。北方騎馬民族の契丹《きったん》はそのころ、遼という国をたて、しばしば河北《かほく》へ侵入し、かなりの土地をその版図《はんと》におさめていた。燕雲《えんうん》十六州とよばれるあたり（現在の北京を中心とする地域）は、その象徴ともいうべき土地だった。

景徳《けいとく》元年（西暦一〇〇四年）、聖宗・耶律隆緒《やりつりゅうしょ》のもとで軍事力をたくわえた遼が、大軍をひきいて南下してきた。それを聞いた真宗はただおそれおののくばかりで、的確な判断も毅然とした態度もとれなかったのだ。

家臣たちもうろたえ、南へ逃げる案まで出る中、時の宰相であった寇準《こうじゅん》ひとりが、出戦を主張し、声をはげまし周囲を叱咤し、天子の首をひきずるようにして澶州《せんしゅう》（現在の河北省）の地にまで親征させる。

そのおかげで意気があがった宋軍は、土地の漢人たちの蜂起もくわえて、勝利をおさめることができた。

にもかかわらず――。

一刻も早く都にかえりたがった真宗は、屈辱的《くつじょくてき》な和議に応じてしまうのだ。

宋と遼は兄と弟の関係であるとし、宋から遼へ対して毎年、銀十万両（約三千七百三十キログラム）、絹二十万匹を贈るととり決められた。勝った方が負けた方へ歳幣《さいへい》を贈るなど言語道断なら、中華の国が異民族に対してあゆみよるのも、前代未聞である。この「澶《せん》淵《えん》の盟《めい》」はそののち、年々増加の一途をたどり、やがては宋の財政をあやうくし、国家の根幹までをゆるがすことになるのだが――。

それは、しばらくのちの話になる。

とにかく、一国の天子ともあろう者が、万事においてこの調子の優柔不断で、たとえば、おのれの皇后すら、自分の意思で決めることができなかった。

あげくに、寵《ちょう》を競うふたりの妃に、

「先に男子を産んだ方を、正妃にたてる」

と、約束して、宮中のあらそいをさらに拡大する始末だ。

とまれ、北の遼の脅威はひとまず去った。北辺の安寧《あんねい》を金銭であがなったと思えば、それもまたひとつの方法かもしれない。考えようによれば人の血であがなうよりは安いものだし、民人のためにはよいことだ。

重いため息をついて天を仰いだのは、壮年の偉丈夫《いじょうふ》である。

園林をかこむ高い屏《へい》にくぎられた空は、さほど広くない。おぼろにかすんではいるが、まずまず晴れた空を見る彼の眼には、宋国をとりかこむ暗雲が見えたのかもしれない。

北辺はおさまっているものの、燕雲十六州はうばわれたままだ。

その上、西方にあらたな脅威がもちあがりかけている。吐蕃（チベット）系の騎馬民族・党項《タングート》族が遼と宋のあいだでたくみに保身をはかりながら、しだいに力をつけてきているのだ。すでに夏州《かしゅう》、銀州《ぎんしゅう》といった西域の地は、彼らの支配下に入り、その首長の李継遷《りけいせん》は遼から夏国王に封じられて宋を攻めるかと思えば、宋国に降って趙《ちょう》姓を得て、節度使《せつどし》に任じられるといった方法で、二強国のあいだをたくみに泳いで自国の力を伸ばしていった。

現在、李継遷は亡いが、その息子の李徳明《とくめい》があとをついで、よく国をたもっているし、さらにその太子の元昊《げんこう》という青年がまた、なかなかの英才だという評判が聞こえてきている。

（それにひきかえ、わが国は）

またしても肩でため息をついた、この壮年の男の名を趙元份《げんぷん》、時の皇帝、趙恒の兄にあたる人物で商王《しょうおう》に封じられている。

通称を八大王《はちだいおう》ともいうのは、排行《はいこう》（一族の同世代中の順番）が八番目という意味である。ふたりの兄をさしおいて、三男の恒が即位した事情は先に述べた。こんな場合、かならずといってよいほど後嗣あらそいが起きるものだが、商王ももうひとりの兄も、敢えて帝位をねらううごきをみせなかったのは、ひとえに父・太宗とその兄との相克を見ていたことに因《よ》る。

彼らは実の兄――つまり太祖・趙匡胤を害して帝位をうばったとささやかれている父に対して、異議をとなえることは無謀にひとしいと判断したのだ。

実のところ、兄帝弑逆《しいぎゃく》が事実かどうか、息子であり甥である元份にもわからない。真実を知っているのは当事者である父と伯父だけで、すべてはけっして公にされることはないだろう。

元份にわかっていることは、父・太宗がそれなりの期待をもって恒を後嗣に望んだこと。そして、それが裏目に出たことだけだった。

恒は、国事に不熱心だったばかりではない。なぜか子どもに恵まれず、生まれた子もほとんどが女子。それが、寵愛の二妃への前のような発言につながったわけだが、そうしてようやく生まれた皇子は、十歳にも満たず夭逝《ようせい》してしまった。

その後、男子は得られぬままに、太子の座は空席になっている。

実は——。

その立太子の件が、実は、現在の元份にとっての不機嫌の最大の原因だったのだ。二度にわたる嘆息《たんそく》も、そのせいである。これから、皇帝の居間へ伺候して、頭の黒いねずみどもを相手にしなければならないと思っただけで、澶淵の際の皇帝ではないが、逃げ出したい思いにかられているのだ。

それでも三度目の吐息をつき、ようやく意を決したように歩きだしたその商王・元份の視界に、人影が映った。

声をかける前に、むこうから、

「八王爺《はちおうや》」

渋い声がかかった。

王爺とは、王爵を持つ者への尊称であり、年齢の多少には関係がない。「殿下」ほどの意味である。そう呼んだのも、大官の衣服に身をつつんだ老人だった。頭頂のひらたい幘《せき》（冠の一種）をいただき、袖幅のせまい袍衫《ほうさん》は濃い紫、腰には魚袋をさげるという、朝官の常服である。

「参内でござるか」

「寇萊公《こうらいこう》どのか」

年齢は六十歳に手がとどくほど、謹厳《きんげん》そうないかつい顔つきの上に、物腰まで機械であやっているようなかたくるしさだが、元份へふりむけた視線には、敬意とはべつに、かなり好意的なそこはかとない微笑がこもっていた。

「随人もお連れにならず、このようなところでどうなされた」

「陛下ご不予《ふよ》（病気）とうかがって、いそいで参内してきたのだが、お加減はいかがであろうか」

「ご案じあるな。ご病状は、大事にはいたらぬとの医正の言でござる。なれど……」

かたい顔を、さらにこわばらせたことで、あとのせりふの内容をにおわせたあたり、ただの謹厳でもないらしい。

この男は、名を寇準、字《あざな》を平仲《へいちゅう》。萊国公《らいこく》に封じられている。つまり澶淵の事件のおりの立役者である。一時期、皇帝の不興をかって罷免《ひめん》されていたが、彼ほどの政治手腕を持つ者がたやすくあるわけがなく、こうして宰相のひとりにかえり咲いている。

その、愛想のかけらもない顔をみながら、元份もかるくうなずいた。

「娘子《じょうし》(女性に対する尊称。皇后)か」

「おそれおおいことながら」

「今度は、なにごとを仰《おお》せいだしになられたのかな」

と、声に皮肉がこもった。

「臨朝を」

みじかいことばに、多くの意味をこめるのは、この高官の特技かもしれない。

要するに、皇后が、病気の皇帝にかわって政務をとりたいといいだしたというのだ。

「まことか」

聞いたとたんに、元份の表情も苦虫をかみつぶしたようになった。

「枢密使《すうみつし》に、そう仰せられたそうにござる」

「——丁公言《ていこうげん》にか。ならば、表だって異議の声をあげられる者はあるまいな」

枢密使は従一品あるいは正二品の位、軍の機密を一手に把握する重要な職務である。

現在の枢密使の丁謂《ていい》、字を公言《こうげん》という人物は、寇準の政敵として、剛直な彼をきらう劉《りゅう》皇后の一派と公然と手をむすんでいる。その丁謂が、皇后の意向にさからうようなこことはあるまいし、彼に正面きって反対できる者もないだろう。

たしかに、幼帝のときなど、皇太后が摂政として政治に関与することはけっして不可能なことではない。唐朝がたおれたあと、五代十国とよばれた不安定な時代には、女性が国政をみてよく国をたもった例もないではない。近くは、遼国の現在の王が十歳で即位したあと、その生母、蕭《しょう》太后が摂政となり、やがて澶淵へ攻め入ってくるほどに強大化している。この一事をとってみても、いちがいに皇后の臨朝が悪いとはいえないだろう。

だが、病弱とはいえ、夫たる皇帝はまだ健在である。劉皇后は先の太子を産んだ功で正妃にたてられた女性だが、その太子ははかなくなって数年になる。女性が政治に口出ししなければならない事態でもなければ、他に朝殿に人物がいないわけでもない。現に、この寇準が宰相の位にあって、とどこおりなく国をうごかしているのだ。

さらに、問題となるのは、彼女のうしろにいる者の存在だった。

「――ところで、少爺《しょうや》はおすこやかにおわしまするか」

と、突然、寇準が話題を変えた。まったくちがった方向――のように思えて、その実、両者のあいだではふたつの話題はしっかりとつながりをもっていたのだ。

少爺とはこれまた尊称で、「若君」ほどの意味。健康をたずねられたのは、この場合、商王・元份の長子である。

元份はなぜか、わずかにたじろいだが、それと寇準にさとられる前に、

「元気すぎて、こまっている」

なめらかに応えた。

「お気をつけなされよ。今は、少爺の御身《おんみ》に、いつなんどき、なにが起こるかまったく予断を許しませぬでな」

「心得ている。——あれの身に、何事かあったときには、相公の娘御《そなた》に申しわけがたたぬ」

「——おそれいります。そう仰せいただくだけで、あれもうかばれましょう」

この場を見ていた者があれば、両者のあいだに秘密めいた目くばせがかわされたことを知っただろう。それは、一瞬のことだった。

「在下《それがし》も、充分に気をくばりおきます」

「しかし」

元份は、ふいに声をひそめた。

「うわさに聞いたぞ。相公の立場も、いろいろとむずかしいのではないか」

「……なにしろ、敵が多いものですからな」

わざと、からからと笑いとばしたものの、実のところ、敵は多いなどというものではなかった。

天子に親征をせまったときの強引さもさることながら、この老人、平素から謹厳で、筋のとおらぬことや不正は絶対にゆるさぬ厳しさで知られている。他人にもおのれにも天子にむかっても同等に厳しく、「寇準、殿に上りて、百僚《ひゃくりょう》股栗《こりつ》す」——つまり、彼が政治の場にあると、上は天子から下は属官にいたるまでふるえあがると評されているほどなのだ。

ただし、ふところの大きな人物でもあり、他者の能力を見抜いて適所に推薦することも多かった。先に話題にのぼった枢密使の丁謂も、本来、寇準の推挙で世に出た人材だったのだ。

ところが、この丁謂、少々軽薄なところがあって、「重任に堪えず」とも評されていた。それを知ってか知らずか、あるとき、この両者が会食をすることになった。寇準の鬚《ひげ》が羹《あつもの》に触れてよごれたのを見て、丁謂がわざわざそのよごれを拭いに立っていったところ——。

寇準の機嫌は、たちまち悪くなった。

「ひげの塵をはらう、ということばがあるが、御身は執政《しっせい》の身分になってなお、宰相のひげの塵をはらうのか」

たしかに、丁謂の行動もほめられたものではない。上役にへつらう態度ととられてもいたしかたのないことを、高官の身でやったのだ。だが、寇準にしても、そこまではっきりと他人をはずかしめるようないい方をすることはなかった。

上へむかっても恐れることなく、ことばをかざることもなく直言するのは、たしかに彼の長所であるのだが、

「――世間には限度というものも、手加減というものもあるのだ。相公《そなた》は、容赦がなさすぎる。無用の恨みをかうこともあるまい」

その当時、元份は寇準の身を案じて、そう忠告したものだ。

「もって生まれた性分でござる。今さら、この老齢になって矯《た》めても、いたしかたござるまい」

寇準の回答は、傲然《ごうぜん》たるものだった。

これがきっかけとなって、丁謂は深く寇準を恨《うら》み、公然と敵対するようになる。それでなくとも勢力あらそいのはげしい宮中のこと。皇后の勢力と結んだ丁公言は、いまや飛ぶ鳥をおとすいきおいで、寇準についての悪いうわさを、あることないこと帝の耳にいれはじめている。

今までの政治手腕と清廉潔白な言動が知れわたっているために、まだ直接害がおよぶまでにはいたっていないが、最近、病間に多くある皇帝が、やがて丁謂や皇后の一派を深く信用するようになるのは、目に見えていた。

「とまれ、娘子とその一派、なんとか在下《それがし》の手でおさえてみるつもりでおりますがな」

「相公にできるか。――いや、疑っているのではない。その身に危害がおよぶようなことになっては、とりかえしがつかぬと申しているのだ。貴殿を失っては、この宋国の先行がどうなるか」

「……もったいない仰せながら」

いかつい顔をわずかに伏せて、寇準は礼のかわりとしたが、すぐに背筋をのばして逆にそりかえった。へつらいや追従《ついしょう》に弱い人間なら、この無礼な態度に腹をたてたかもしれない。

だが、元份は相手の表情のわずかな変化から、彼が中途半端な礼を執った理由を、すばやく察した。

回廊をつたって、あらたにこのふたりに近づいてきた者があったのだ。

「八王爺には、み景色うるわしく、恐悦しごくに存じたてまつりま……」

「巧言令色《こうげんれいしょく》は、そのあたりまでよろしかろう、銭思公《せんしこう》どの」

流麗なことばづかいを中途でさえぎられて、銭思公とよばれた男は赤面した。侮辱《ぶじょく》ととって憤慨《ふんがい》したのか、それともおのれのへつらうような態度に気づいて恥じたのか。おそらく前者だろうと、元份は思った。たしかに、元份もそのつもりでいったのだから、受け流されては甲斐がない。

「ご用件があれば、手みじかに述べていただきたい。不才（謙遜の自称）はこれから、陛下のお見舞いに参上するところにて、急ぎおるのでな」

「それはよく承知しております。その件について、殿下にお話がありますので、いや、宰相閣下にも」

相手の年齢も、元份と似たようなもの。背丈も身体つきも、それほどちがわない。その大丈夫たる者が腰をかがめ、元份の顔色と寇準の表情とを、うかがうように上目づかいに見あげてくるのを見るのは、けっして気持ちのよいものではなかった。

これが、すでに滅んだとはいえ一国のあるじとして君臨した者の子かと思うと、なさけないものさえこみあげてくる。なにを申しいれてくるのか、その内容の見当が、ほぼついているとなれば、なおのことだ。

銭思公、名を惟演《いえん》。

かつて、南方に呉越国《ごえつ》という国があった。唐が朱全忠《しゅぜんちゅう》にほろぼされたとき、彼に徳がないのをきらって自立した国のひとつである。その始祖、武粛王銭鏐《ぶしゅくおうせんりゅう》からかぞえて五代目の王、孫にあたる銭俶《しゅく》の代に宋が樹《た》った。太祖・趙匡胤は、無益な流血を好まず、みずから降伏してくる者は、その子孫や部下まで優遇する方針をとった。このため、銭俶は安心して宋に帰順《きじゅん》し、開封に広大な邸宅を与えられた。惟演は、その呉越王の子なのである。

「お耳をしばし、貸していただけませぬかな」

「銭思公、王爺は先をお急ぎで——」

寇準が気をきかせて——というより、自分が相手にしたくなかったのだろう、早々に追いはらおうとしたのを、元份はごくちいさな手ぶりで制止した。

まかせておけ、という風に、わずかな目顔で合図をしておいて、

「貸してもよいが、利子は高くつくぞ」

とたんに、

「これはこれは、八王爺は冗談がお上手であられる」

けたたましい爆笑がもどってきた。

こんな古ぼけた冗談をほめられても、うれしくもなんともない。そのうえ、本人は愛想よく笑っているつもりなのだろうが、元份の目から見れば媚態にしか見えない。女から媚びられれば、悪い気はしないと認めるが、男に――しかも平素からこころよく思っていない相手からおだてられても、気色が悪いだけだ。

これ以上不快にならないために、元份はあわてて先をうながした。

「それで」

「こちらに宰相閣下がおわすところをみるに、すでにお聞きおよびかと存ずるが――。まことにおそれおおいことながら、ここのところ、聖上はたびたびのご不予にて、心身ともにお疲れのごようす。臣の見たてまつるところ、これはしばし政務をお離れになられ、どちらか閑静な地にてご静養あるのが、なによりの治療と存ずる。娘子におかれてもいたくご心痛になり、ご不在のあいだをしっかりとお守りして、聖上のご心配をわずかなりともとりのぞいてさしあげたいと、こう仰せいだしになられましてな……」

たいそうな理由と美辞麗句の修飾がついてまわっているが、要はさきほど寇準がたったひとことであらわしたことと、まったくおなじである。

覚悟はしていたものの、元份はうんざりとした表情をかくそうともしなかった。

銭惟演はといえば、しゃべりはじめたときから、相手の顔など見なくなっていた。おのれの弁舌に酔ったように、際限なくことばをつむぎだしていく。

「――そこで、ものは相談なのでございますが、八王爺」

「この不才に、何用か」

わかっているのに、わざと訊いた。

「失礼ながら、八王爺の大公子《だいこうし》(長男)は次の御座にもっとも近い御方――」

それを聞いたとたん、元份の機嫌は目に見えて悪くなった。今までは、せいぜいが侮蔑の色をちらちらと見せていた程度だったのが、あきらかに怒気を発している。

「決まりもせぬものを、うかつに口にするものではない」

「い、いえ、しかし……。先の太子が薨去《こうきょ》なされ、ほかに皇子がない今、陛下にもっとも親しいのはご皇族方の御子。その中でも、八王爺の大公子は、最年長にてその才も人柄も人なみ優れておわしますこと……」

「おだてずともよい。わが家の小児の不徳は、だれよりもこの親が存じておる」

たしかに、皇太子の座をながらく空けておくわけにはいかず、だれか皇族の子を養子にして後嗣にたてる話が出はじめている。その候補の筆頭に、元份の長子があがっているのも事実である。だが、皇帝になることが、それほどよいことなのか、元份はかなり懐疑的になっていた。

たしかに、わが子が登極すれば、おのれも天子の父親として先の帝とおなじ待遇をもって遇され、権力をにぎることもできるだろう。だが、今、現在、廷臣や後宮の皇妃や宦官《かんがん》たちの権謀の道具となっている弟の姿を見てしまうと、そのどろ沼にわが子を投げこみ、自分もまた好んでのみこまれようとは思わなくなってしまうのだ。

「お、おそれいりましてございます。——しかしながら、万一のことが起きました場合、皇族の中からどなたかが登極なさることは必定。今のうちから娘子と親しくご交際あって、聖上の御ためにお力なされれば、大公子の皇太子の座はまずゆるぎないものとなりましょう……」

「つまり、わが小児を太子にするかわりに、貴殿らと手を組めといいたいのだな」

「いや、そうむくつけに申しては、みもふたもございませぬし、けっしてそのようなことを申しあげているわけでも……」

「不才には、そう聞こえる。どうことばを飾ろうと、しょせんはおなじことであろうよ。いったい、不才を抱きこめとは、どのあたりから出たご指示であるな？」

「どのあたりといって——臣が、王爺のおんためによかれと思って……」

「銭思公、貴殿が娘子の外戚であることは、だれもが存じておることだぞ」

劉皇后は、もともとは劉美《りゅうび》という銀細工の職人の妹である。職人といっても、一般にくらべればはるかに裕福な家だが、官位を持たぬ市井《しせい》の一庶民にはちがいなかった。彼女が宮中にはいり、天子の寵を得、そのうえ太子を産んで皇后となると、その父祖までも四代前にさかのぼって官職を授けられ、兄の劉美はついに貴族の家から妻をむかえる。それが銭思公の妹で――つまり、銭思公は、皇帝の義兄のそのまた義兄というわけだった。

この一事をとっても、彼が劉皇后の一派であることは明白。これほど露骨《ろこつ》な懐柔《かいじゅう》工作も、めずらしいぐらいだ。

「は、しかし、し、臣はなにより聖上の御《おん》ため、王爺のご利益を考えて……。こ、これは、娘子にも劉公にも、関与なさっておらぬことでございまして……」

「ものは、よく考えてからいうものだ、思公」

とたんにしどろもどろになった相手に怒る気力もなくし、元份はため息まじりにさえぎった。

「貴殿の今のおことばが真実、娘子のご意向、もしくは劉公の思惑から出たものでないとしても、だれが信じよう。また、それに諾々と従ったとして、不才が帝の位と権限と富貴をねらったものではないと、だれが思うてくれようか。不才は先帝の子に生まれながら、徳なくして至尊の位を得られなかった身ぞ。今さらわが子をして、みずからの身がわりにたてるようなことを、どうしてできようか。いや、貴殿のおことばは聞かなかったことにしておく故《ゆえ》、貴殿も忘れられるがよい。寇宰相も、この場のことは存じおらぬはず、よろしいな」

「は──」

相手をうわまわる美辞麗句で、滔々《とうとう》と述べたててみせたものだ。多少、芝居はかかっているが、さわやかにいいきったその弁舌に銭思公が気圧《けお》されているあいだに、寇準が呼吸をあわせて礼を執ってみせた。

つられるように、銭思公も頭をさげる。それを、強引に承諾のしるしととって、

「よろしい。さすがは呉越王の御子だけのことはある。道理をわきまえておられる」

わざと喜色を満面にあらわしてうなずくと、

「では、これで失礼いたす」

「あ、は、はい」

うろたえる鼻先をかすめるようにして、ゆるやかに歩をはこぶ。肩をならべて、寇準が同行した。

ふりかえることはなかったが、とりのこされた銭惟演の表情は、手にとるようにわかった。屈辱にうちふるえているぐらいなら、皮肉をいった甲斐もあるのだが、おそらくは、工作の失敗をどうとりつくろうかしか頭になく、途方にくれているのがせいぜいだろう。

「——かならずしも、悪い方ではないのだがな」

寇準がめずらしく、歯切れ悪くつぶやいた。

「たしかに、たいした文才をお持ちだ。それは認めるが——あの御仁の不幸は、権力にちかいところに生を受けてしまったことであろうよ」

「それは、王爺もおなじでありましょうが」

寇準は、歯に衣を着せない。ことによっては、ぎくりとするようなことを平然というのだが、うしろめたいことのない元份にとってこの程度は、笑ってすませられる範囲だった。

「不才は、強くのぞめば得られたかもしれぬ。が、あの御仁の場合は、目の前にあるのにけっして得られぬ。手にはいらぬものほど、欲しくなるもの」

「なるほど」

「しかし、あれであきらめたとは、とうてい思えぬ。相公《そなた》もこの先、苦労するな」

「——王爺も。これはうわさにすぎぬが、ちかごろ、劉公の邸第《やしき》にあやしげな者が出入りしているという話も聞きおりますぞ。大公子のお立場はあまりにも微妙」

「気をつけよう」

「では、在下《それがし》はこれにて」

礼を失しない程度にかるくあいさつをかわして、回廊の角を角度どおり几帳面に曲がって消えていった。

「さて、ああはいったものの――」

元份は天をあおいで、ついに今日、四度目のため息をついた。

「邸第におらぬものを、どうやって気をつければよいものやら。あの、莫迦者めが」

ちいさく、ごくちいさく口のなかでつぶやいた。たしかに立腹してはいるのだが、しかし、その口調のどこかにはひどく寛容であたたかな響きがふくまれていた。

この大切な、そして寇準のいうとおり微妙な時期に、たとえ太子候補でなくとも皇族の行方が知れなくなるなどとは、あってよいことではない。もしもこれが公になれば、父親たる元份も責を問われる。

だが彼は、邸第をとびだした息子の気持ちもわかる気がしていた。銭思公には謙遜してみせたが、彼と妃とでいつくしんで育てあげた自慢の息子だ。おそらく、こちらの真情も息子にはきちんと通じていると信じている。

極秘にできる範囲で、手をつくして捜させてはいるが、みつかったところで素直にもどるとは思えない。力ずくで連れもどしても、すぐまた飛び出してしまうに決まっている。ならば、しばらくは好きにさせてやるしかないだろう。そんな風に育てたのも彼なのだから、いたしかたあるまい。

「無事でおるのだぞ。もどってきたら、しっかりと叱ってやるほどにな――」

第二章　嫦娥奔月《じょうがほんげつ》

開封《かいほう》の城内をながれる運河のほとんどは、土地よりも河底が高い天井川である。黄河《こうが》支流のゆたかな水量がはこんでくる黄土が堆積《たいせき》して、どうしても河底が高くなってしまうのだ。

むろん、放置すれば、すぐに河路は塞《ふさ》がってしまう。戦乱がつづいた時代には、さしもの広い河幅が、泥でつまって船が通るどころではなくなっていたという。今でも、年に一度、春先に浚渫《しゅんせつ》をおこなうことに決まっており、そのころには堤防の上が、すくいあげられた泥だらけになる。だが、今はまだその作業にとりかかる時期ではなかった。

一丈二尺（約三・六メートル）もの高さの堤防の上から見れば、街は谷底をのぞくようだ。瓦《かわら》を葺《ふ》いた屋根がひとしくつづく街なみの、その単調さをやぶるように時おりつきだしている二階三階建ての高層建築は、名だたる酒楼、妓楼だろう。中でも、宮城の東南の角に対するところに建っている白礬楼《はくばんろう》は、高楼を五棟もかまえ、それらすべてを飛廊《ひろう》でつなぐという豪壮なもの。その西の棟からは宮城内が眺望できると評判になり、ついに見物が禁止されたほどである。

むろん、寺院や道観《どうかん》（道教寺院）の大屋根や、何重もの塔、内城の中には艮嶽《こんがく》とよばれる小高い丘もある。

その丘の西に、ひとかたまりの大屋根がかさなって見えるのが、宮城の城壁。この東京《とうけい》の要《かなめ》である。

——相国寺《しょうこくじ》を出た三人はそのまま、汴河《べんが》の堤防の上を、植えられた楡《にれ》の木をたどるようにして東へむかった。

運河とはいうが、汴河は流れが急だ。行き来する船、特に流れにさからう船は、堤防の上から何人もの人足に綱で引かれてやっと進む。綱に足をとられて河に落ちる者も、年に何人かいるという。

また水量が多いため、橋の下をくぐるのもひと苦労である。橋は、下の往来をも考えて美しい弧を描くように架けられているのだが、それでも大きな荷船は橋の一番高い部分をねらい、何人もの水夫が竿で橋の裏を突き、船全体を押し下げてやらねば通れない。

堤防の下には、運ばれてきた荷をおさめる庫がずらりと建ちならぶ。江南《こうなん》の穀物を中心に、全国の物資がここに集められ、また牛や驢馬《ろば》、駱駝《らくだ》にひかせた荷車で京師《みやこ》中にふりわけられる。むろん、他の運河へ運ばれて、さらに地方へ送られるものもある。その荷のあげおろしで、運河の両岸は、相国寺とは異なったにぎわいをみせていた。

三人の中で、もっともはしゃいでいたのは、白戴星《はくたいせい》という少年だった。

「おい、画舫《がぼう》(細長い川舟。舟遊び用の小舟)が行くぞ。どこの妓楼の妓《おんな》たちだろう。風に吹かれて、やあ、いいながめだな。そこの振り売りが、饅頭《まんとう》を持ってる。うまそうだ、ひとつ買っていかないか」

都の風物がどうこうというよりも、どうやら好奇心がありあまってしかたがないといった言動に、同行していた青年の方が苦笑した。

「公子《こうし》、これから行く先は酒楼でしょう。ここで買うよりも、もっとうまいものを出してくれますよ」

「それもそうだ。急ぐか」

二人の男どものあとを、だまったままついていくのが、花娘《かじょう》といった先ほどの旅芸人の少女である。男たちは一度も話しかけるでなく、ふりむいて姿をたしかめるでもない。勝手なことをいいあいながらぐんぐん歩いていくばかりで、少女のことはまるきり無視してかかっているようだ。だから、途中で逃げ出す隙などいくらでもありそうに思うのだが、少女は愛らしい顔をふくらませながらも、魅いられたようについて来ていた。

もっとも、一座に迷惑をかけたのは事実だから、ほとぼりがさめるまでは帰りづらいということもあるだろう。今からもどったところで、こっぴどく叱られてあと始末に追いつかわれるのがせきの山だ。それを思えば、気候のよいこの時期に、ぬるんだ水のほとりを急ぐでなく、ふらふらと歩いていく方がはるかにここちよい。

だが――。

汴河の内城の東水門から、内城ぞいに北へあがり、旧宋門《きゅうそうもん》ともよばれる麗景門《れいけいもん》のすぐ近くにある一軒の酒楼の前まで来ると、さすがに足がとまった。

戴星は、あとをふりかえりもせずにすたすたとはいっていくが、色絹でかざりたてた門がまえの壮麗さは、慣れない者にはひどくよそよそしい。

「どうしたね？」

ぴたりと足をとめた少女に、ようやく青年がふりむいて、おだやかにたずねた。

「こんなご立派なところ、あたし――」

「ただの酒楼だよ。そこらの店と、中身にかわりはない」

「だって、ここでだす器は全部、銀無垢《ぎんむく》だって話じゃないの。あたしらみたいな者じゃ、鼻であしらわれるのがおちだし、あんたたちにも迷惑がかかるわよ」

「心配はいらない。こういったところほど、かえって客あしらいはていねいなものだよ。客を選《え》りごのみしたなどという評判がたっては、こまるからね」

「でも」

「それとも、私たちを信用できないということだろうか」

「──あの人は、できないけど」

と、少年のはいっていったあとと、目の前の青年の淡色の袍《ほう》をちらりと見くらべて、

「あんたはできそう。いいわ。なにか、おいしいものでも食べさせてくれるなら」

「承知したよ」

肩をならべて店内にはいると、ふたたび目のまわるような喧騒が、おしよせてきた。

広い土間にいくつもの卓子《つくえ》がならべられ、墩《とん》(背もたれのない丸い腰掛け)にかけた男たちが、昼間から酒をくみかわしているのだ。卓子のあいだをぬって、店の者がてきぱきと客の注文をこなしながらとびまわっている。そのやりとりの中に、先の少年と店の者との口論もくわわっていた。

「ですから、ただいま、満席で──」

と、口をにごしたのは、まるきり嘘でもないらしい。たしかに、どの卓子も人の顔で埋まっている。しかしまた、これほどの大店が、土間にしか席を設けていないわけがない。いや、客ごとの小部屋での供応の方が、商売としては主のはずだ。

「銭ならばもっている。心配するな」

戴星がいいかえすと、かえって相手の男は、ちらりとうさんくさそうな表情をのぞかせた。

金銭のあるなしではない。大家《たいけ》の公子らしいことも、この際、逆効果になった。甘やか

されて育ったわがまま息子が、親に無断で大金を持ち出して散財し、あとで大騒ぎになるなどめずらしくない話だ。代金は邸《やしき》の方へとりに来いといわれ、行くと知らぬ存ぜぬで通されたという場合もある。格式の高い店ほど、どうしても用心深くなってしまうのだ。

渋い顔をつくって、首を横にふりつづけていた男が、ふと愁眉をひらいたのは、あとからはいってきた青年の姿を見たからだ。

「いらっしゃいまし。お連れさまで？」

腰をひくくして、すりよっていく。青年は、ひと目でことのなりゆきを見てとった。今まで吹かれてきた春の微風そのものの、おだやかな微笑でおっとりと、

「愚弟《ぐてい》が、なにか失礼をしましたか？」

眉ひとつうごかさず、初対面の人間を弟にとっさに仕立ててしまった。とたんに、男の顔色がやわらぐ。

「ご兄弟でございましたか。それはそれは。で、そちらは……？」

芸人の衣装のままの少女を、下からのぞきこむようにたずねる。その肩を、おさえるようにして、

「実は——さっき知り合った人なのですが、ずいぶんと気の毒な身の上らしく……。くわしく話を聞いて、私で助けられることならばと思って連れてきたんです。迷惑はかけません。どこか、隅の方でいいですから、落ち着いて話のできるところは、ないでしょうか」

小声だが、あたりにとどかないほどではない。しかも、青年が真顔でいうといかにも真実らしく聞こえて、給仕らしい店の男は手もなくそれを信じこんだ。

「それは、ご奇特なことで。すぐにお席を用意いたします」

「お手数をおかけします」

「いえ。――失礼ですが、おまえさま、挙人《きょじん》さまでしょう？」

官吏の選抜試験である科挙には三段階あって、最初の地方試験、解試《かいし》（州試・郷試）に合格した者を挙人とよぶ。挙人は、中央礼部でおこなわれる省試《しょうし》をうける資格を得、それにうかった者を貢士《こうし》という。さらに天子の臨席をあおいで宮中でおこなわれるのを殿試《でんし》といって、最終的に殿試でみとめられた者だけが進士となり、官職に就《つ》く。

殿試に合格しなければ、ただの学生にすぎないのだが、いったんうかれば出世まちがいなしとあって、競争率はなみたいていのものではない。自然、試験もむずかしくなる道理で、解試をとおるだけでもひと苦労なのだ。

ゆえに、ただ挙人というだけでも、世間の見る目がちがってくる。今はただの貧乏学生かもしれないが、行く末、大臣や宰相になる可能性のある大樹の苗なのだ。

酒楼の給仕が青年を挙人といいあてたのは、今ちょうど、省試がおこなわれている最中で、似たような風体の男が開封の街中にあふれているからだった。

「挙人さまのお役にたてるのは、光栄でございますよ。おまえさまのようにお若いお方なら、なおのこと。さ、こちらへどうぞ」

いそいそと、先にたって細い廊下を店の奥へと案内してくれた。廊下の両側には、酒席の小部屋がずらりとならぶ。天井からずらりとつり下げられた花灯籠は、灯《ひ》がはいっていなくとも十分にあでやかだ。

「――知らなかったな」

ころりと態度の変わった男の背を見ながら、戴星が憮然《ぶぜん》と、ただしほかへ聞こえないようにひそひそとささやいた。

「なにが、ですか？」

「おれが、おまえの愚弟だとは、知らなかった」

「まあ、いいではないですか」

青年は、笑ってごまかしてしまう。

「それにしても――おまえ、ほんとうに挙人なのか」

「おや、私の弟なら、そのぐらいのことは知っているはずですが」

「なにしろ、愚弟だからな」

さすがに最上の部屋というわけにはいかず、次の間を衝立《ついたて》で仕切った狭いところにおしこめられた。それでも卓子《つくえ》や屏風《びょうぶ》といった調度は、それぞれ紫檀《したん》や漆《うるし》塗りの上等なもので、こんな場所にはいったのは初めてらしい少女が、声をうしない目を丸くした。

「すごいなあ。天子さまの御殿て、こんな風なのかしら」

それを聞いたあとのふたりの反応はといえば、ひとりはにっこりと微笑し、もうひとりはかるく肩をすくめてみせただけだった。

注文をとりにきた大伯《たいはく》（小僧）に、適当な酒肴《しゅこう》をたのみ、少女のためには茶と甘いものを追加して、一段落ついたところで——。

「さて、大兄《たいけい》」

少年ははじめて、青年にむかってそれなりの敬称でよびかけた。

「さきほどからのご助力、感謝する。小弟《しょうてい》は、白戴星と申す未熟者だが、大兄さえよろしければ、ご尊名をうかがって、近づきになりたい。いかがなものだろうか」

左右の手を組みあわせ、肘《ひじ》を張り胸の前へもってきて、真面目な表情ではっきりと述べた。

こんな礼を執るのは、いささか俠《やくざ》がかった武芸者か芝居の中の人物ぐらいなものなのだが、それを彼がやると妙にきちんと型にはまって、絵に描いたような端正さになった。

そういえば、この少年、ことばづかいは乱暴だが、ただの花々公子でなさそうな腕と品とをもちあわせている。

青年もそれに応《こた》えて、

「私には異存はないが——、そのように軽々《けいけい》に、他人を信用してよろしいのか？」

「なにをいってる。ここまで来ておいて」

と、真面目な態度は、長くつづかない。

「おれが、ここの払いを踏み倒して逃げることだって、あるんだぞ」

「郎君《きみ》に、そんなことはできないでしょう。——私は姓名を包拯《ほうじょう》、字《あざな》を希仁《きじん》と申します。盧州《ろしゅう》合肥《がっぴ》の産で、このたびの省試のために上京してまいりました」

「——で、結果は？」

「殿試で落ちましたよ」

にこにこと笑ったまま、さらりといってのけた。

「落ちた？　とても、そんな風には見えないが」

なにしろ、受験するだけでもたいへんな物入りだ。おまけに省試ともなると、出身地方の代表のような色彩を帯びて、家族、親戚、郷人といった周囲からの期待が半端ではない。その重圧に耐え切れずに、失敗する者もすくなくないぐらいだ。

殿試で落ちたというなら、省試はとおったのだろうが、それならそれで、落胆のうえに、あと一歩という悔しさでとても平静ではいられまい。

だが、この包希仁という青年ときた日には、春風駘蕩《しゅんぷうたいとう》そのものといったのどかさだ。

「いったい、何が悪くて」

「いや、田夫野人《でんぷやじん》（田舎者）のかなしさで。宮中のありさまにのぼせてしまい、なにがなんだかわからないうちに終わってしまいました」

「——ほんとうか？」

と、戴星が疑わしそうな目つきをしたのも、無理からぬこと。この青年の先ほどからの言動を見ているかぎり、天地がひっくりかえりでもしなければ、気を動転させることはできないだろう。

「おまえ、わざと落ちたんだろう」

「——とんでもない。ほんとうに無我夢中だったんですよ。なにしろ、知貢挙《ちこうきょ》（試験官）をはじめとするお偉《えら》がたが居ならんでおられるうえに、龍顔を拝する栄誉にも浴したんですからね」

「それぐらいで、あがったって？」

「ええ」

戴星はいっこうに信じていない風だったが、希仁は委細《いさい》かまわず、きっぱりとうなずいた。

「それに、これから先、何度でも機会はありますからね。今回で要領はわかりましたから、この次は合格できるでしょう。どうせ、今回は、力だめしのためにうけたようなものですし」

「力だめしで、二十歳やそこらで進士になっていたら、さぞかし老生たちにねたまれたことだろうな」

皮肉まじりに少年がいうと、希仁は無言で笑った。それが、今までのようなおっとりとした顔ではなく、なんともいたずらっぽいものだったのだ。彼がはじめて見せた、人の悪そうな表情だった。

科挙の競争率は、最終的には数百倍にも達する。一度で合格することなどまず不可能で、秀才とうたわれた者でもまず四十歳代でうかるのがふつうだった。むろん、たいていそのあいだに妻子をもうけているから、息子と二代そろって郷試にのぞむ光景もめずらしくない。親子三代でうけて、七十歳代で合格という例まである。

それを二十歳代で、しかも一度きりであっさり合格すれば、苦労に苦労をかさねてきた先輩たちに、どんないやがらせをされるかわかったものではない。

「まず、しばらくは閑職《かんしょく》だろうな。出世をしても、かならず足をひっぱられる。いきなり省試までいったこと自体、めずらしいぐらいだから、きっと憶《おぼ》えられているぞ。いっそのこと、二十年ぐらいほとぼりをさましてから、うけなおした方がいいかもしれない」

「そういう公子はいかがですか。どうやら、そういう苦労をせずにすみそうなご身分に見えますが」

科挙はだれにも公平な制度だが、それは官職をもたない者に対しては、という限定がつく。すでに官途についた者、特に高位にある者の子弟については、恩蔭《おんいん》の制といって、試験なしにある程度の官位をあたえられる制度があるのだった。

だが、戴星は聞いたとたんに、鼻のあたまに小じわをよせてみせた。

「むこうからころがりこんでくるからって、それがいいこととはかぎらないさ。——ああ、酒が来た」

十五、六歳で、ほぼ一人前のあつかいをうける時代である。十七、八歳ならいっぱしのおとなで、そろそろ酒の味にも慣れていて不思議はない。

「まずは、一献《こん》」

話題をそらして、希仁に酒を勧めた。肴《さかな》は、鴨《かも》や羊《ひつじ》の肉を焼いたり煮こんだりしたものが数皿ならぶ。どれも手のこんだ料理なうえに、味も上等で、その上に刻んだりならべたり、まるで皿の上に絵を描いたようなはなやかさである。さすがに器は銀ではないが、このうすい美しい磁器だって、十分に高価なものである。

「それで——」

と、少女が口をひらいたのは、青年たちに酒がひととおりまわってからである。それまでしばらくのあいだ、おとなしく茶を飲んでいたのだが、

「あたしは、いつ帰してもらえるのかしら」

不安になったというより、こんなところでじっとしているのに飽きたといった顔つきで、そうたずねた。

「だいたい、なんだってあたしを、こんなところまで連れてこなけりゃならなかったの。そりゃ、助けてもらった恩はあるけど、お酒の酌《しゃく》までする義理はないわよ」

「だから、酌なんかさせてない」

「あたりまえよ」

「まあ、ふたりとも」

希仁が年長者の余裕でなだめて、笑顔をふりむけた。

「そういえば、小娘子《おじょうさん》の名まえも聞いていませんでしたね」

「座頭《ざがしら》の口上を聞いてたでしょう」

「ほんとうの名ですよ」

そこで、なぜか視線を戴星の方に向ける。同意を求めるようでもあり、皮肉ったようでもあった。

「宝春《ほうしゅん》。姓は陶《とう》だけど——いったい、どうしてあたしみたいな芸人を助けてくれたの。見たところ、あんた、いいお家の若旦那みたいだけれど。なりゆきっていうなら、まだ感謝しないでもないけど、同情だのお慈悲《じひ》だのってならごめんこうむるわよ。……まあ、そうじゃないみたいだから、あたしもついて来たんだけれどさ」

希仁の苦笑をふくんだ視線に気がついて、語調はいささかやわらいだが、それでも大きな瞳には気の強そうな光が、きらきらとかがやいている。

「でも、理由はききたいわ」

「だ、そうですが、白公子」

「聞こえている。なんで、大兄がいちいち、仲介をしてくれる」

「いや、私もうかがいたいものですから」

「……人を、さがしている」

「それと、あたしと、どう関わりがあるの」

「──今のところ、ない」

さっきまでの元気さはどこへやら、妙に歯切れが悪くなった声で、戴星は応えた。

「なんなのよ、それ」

「だから、おまえのいうとおり、なりゆきなんだ。──ほんとうは、座頭に逢いに、あそこへ行った。聞きたいことがあって」

「座頭に？　それで、あたしをむかえに来いといったわけね」

「まあ、そんなところだ」

「やれやれ」

包希仁が、肩をすくめてみせた。

「それが、どうしてあの騒ぎになるんですか。あの場はだまって見ていても、よかったでしょう。しょせんは、郎君《きみ》にはかかわりのないことだ」

「だまってられれば、苦労はしない」

ふん、と、今度は少年の方がふくれっ面をつくった。

「女をいじめる奴は、きらいだ」

そういいきった戴星の横顔を見る宝春の眼つきが、ほんのわずかだが、あら——と、いう風にやわらいだ。だが、

「そういうところをみると、おさがしの相手は、ご婦人ですね」

希仁のせりふに、また、きらりときついまなざしになる。

一方、少年は、たった今までとはすっかり態度をかえて、ぴたりとおし黙ってしまった。他人には名だの出身だのと根掘り葉掘り訊いたくせに、そういえば、自分は名を名のった以外、素姓《すじょう》はいっさい話していないのだ。その白戴星という名も、真実なのかどうか——。

さすがに、包希仁も真顔にもどって、年少の連れの表情をうかがった。その視線が宝春の、もの問いたげな大きな瞳とぶつかると、無言のままに、かすかにうなずいてみせて、

「まあ、座頭が来るまでは付きあってさしあげましょう。それから、私は退散しますよ。数日のうちには、東京を発《た》たねばなりませんから」

「帰るのか」

「ええ、落ちた以上は、とどまっていても無駄ですしね」

「合肥だと、道すじは？」

「沐河をくだる船旅になりますね。運河づたいに淮河《わいが》から長江へはいり、長江をさかのぼります」

聞いている少年の眼が、夢を見るように見ひらかれた。

「船の旅か、おもしろそうだな」

まるで、新しい悪戯《いたずら》を思いついた孩子《こども》の顔つきでつぶやく。

「おれはまだ、東京から外へ出たことがない――」

「連れていけという相談なら、聞こえませんからね」

と、希仁は先まわりして、きっぱりとことわった。

「なにも、そうつれなくすることはないだろう。おれは大兄の愚弟だぞ」

人なつっこいというか、あつかましいというか、何者で何を考えているかも知れないのに、どうにも憎めない。思わず希仁も声をたてて笑いだしたが、

「とにかく、だめです。おや、座頭が来たようですよ」

外の物音に、耳をそばだてた。

だが、その勘ははずれていた。外の廊下をぱたぱたと走ってきた足音は、十歳すこしぐらいの僮僕《どうぼく》のもので、戴星たちの小部屋をちらりとのぞいてから、

「あ、ちがった」

とつぶやいて、隣へ行った。

「老爺《ろうや》、魯老爺《ろ》、おさがし申しあげました」

「なんじゃ、なにごとじゃ」

隣室で応えたのは、壮年の男の声。まだ夕刻には間があるというのに、すこしろれつがまわっていない。

「禁裏《きんり》よりのお使者でございます。午《ひる》すぎからずっとお待ちで――」

「なぜ、早く知らせぬ！」

とびあがった拍子に、腰掛けをひっくりかえしたらしい。派手な物音が聞こえ、ばたばたと駆けだしていく気配が、こちらの部屋の戸口の前をとおりすぎていった。

「そんなことをおっしゃっても、どちらにおられるか、いい置いていかれなかったではありませんか。まさか、邸《やしき》の隣においでだとは――」

叱られた僮僕の抗弁《こうべん》が、後を追ってちいさくなっていく。好奇心をとりつくろう必要のない宝春が、戸口へとんでいって、かろうじてその主従のうしろ姿を見送った。

「いや、どうも、おさわがせいたしまして、どうも」

先ほど案内してくれた給仕が、隣室の戸口にたって愛想笑いをふりまいているところをみると、まだ客がのこっているらしい。宝春の姿をみとめて、こちらへもとんできて、

「とんだご迷惑を。失礼いたしました」

頭を小刻みに下げる。

「いえ、なにも迷惑などしていませんよ。でも、いったいどうしたんですか？」

人のよい笑顔で、希仁がさりげなくたずねた。むろん隣をはばかって声をおとすと、うわさ話がきらいではない相手も、わが意を得たりといったようすで、

「あの方は、魯宗道《そうどう》さまとおっしゃるえらいお役人さまで、なにしろ、お屋敷がお隣なもので、こうやってうちによくおいでになるんです。ごひいきにしていただくのはありがたいんですが……」

ひそひそと、しかし得意気に話しはじめた。

「いざというときに、間に合わないんですか」

「ええ、困ったことで。今日はまた、なんでも、東宮《とうぐう》（皇太子）さまのご用だとかですよ」

「しかし、まだ皇太子は決まっていないと聞いていますが」

「ええ、だから、それを決める相談でしょうよ。もっとも、上《うえ》つ方のことなんぞ、われわれにはあまり関わりありませんがね。でも、旦那は挙人さまだから、いずれ合格のあかつきには、ああいう方々ともお付きあいなさるわけだから、教えてさしあげますけれどね」

いつの間にか、部屋の中まではいりこんできたのは、希仁の聞きだし方がいかにもうまいからだ。吸いこむような笑顔を絶やさず、いちいちあいづちをうっていかにもおもしろそうに聞いてくれる相手には、つい気がゆるんでしまうものらしい。

「今、他にもおえらい方が、お微行《しのび》でみえてるんですよ。上の階にいらっしゃいますがね。そこへ呼ばれているのが……。おや、なんだろう」

肩先から、外へ身をのりだしたのは、その階上から、大きな物音となにやら口ぐちにさわぐ声とが降りてきたからだ。

「なんだか、さわぎの多い日ね」

まるで、他人ごとのような宝春の感想は、彼の耳にははいらなかっただろう。

「な、なにごとでございます。いったい、なにが……」

ゆるやかな階段の上から降りてきた、色彩の渦にむかって駆けだしたからだ。

「悪いけれど、失礼させていただきますよ。こんな席に、一時たりともいられるものじゃあない」

細い声ながら、歯切れよくいいきったのは、二十歳ほどの女だった。といっても、ただの女ではない。絹の裳裾《もすそ》に刺繍の縁どりをほどこした帔子《ひし》を、肩からながく引いている。髷《まげ》を雲のように結いあげた髪はあくまで黒くつややかで、金銀、珊瑚に真珠をあしらった釵《かんざし》が歩をすすめるたびにゆらゆら揺れる。

細い眉と目もとは、きりりときつい感じだが、身体つきも顔の輪郭もはかないぐらいにほっそりとしている。嫋々《じょうじょう》たる美女といってもよいだろう。

その足もとが、奇妙におぼつかなげなことに最初に気づいたのは、おなじ女の宝春だった。

「……纏足《てんそく》」

裳裾からちらちらと見えるのは、ふつうの半分ほどのちいさな布沓だった。刺繡で埋めつくしたあでやかなものだが、この大きさでは一歩あるくのにも不安定で苦労するだろう。これは、幼いときから専用の布で足の指を巻きあげて、人工的に足を小さく変形させたものである。

たしかに、昔からちいさな足は美人の条件のひとつにちがいはなかったが、こんな風に不自然なことをするようになったのは、ごく近年だといわれている。いつのころからかははっきりしていないが、たとえば宋に滅ぼされた江南の政権、南唐《なんとう》とよばれた国の最後の皇帝が、寵妃《ちょうき》にさせたのがはじまりという説があった。

南唐後主《なんとうこうしゅ》、李煜《りいく》は一代の風流天子で、政治家というよりはすぐれた詩人だった。江南のゆたかな土地に支えられてその生活は豪奢《ごうしゃ》を極めたが、文弱に流れ、宋の攻撃をうけてひとたまりもなく滅んだ。李煜はとらえられ、隴西侯《ろうせいこう》に封じられたものの、開封に幽閉の身となる。うわさでは、幽閉の身となってもなお、詞作をやめず遊びほうけていた彼を憎んだ太宗が、誕生祝いの酒に毒を盛って殺したことになっているが、真実はこれまた闇の中だ。

由来や事情は、さておくとして――。

この纏足の美女が、そのあたりの庶民の女ではないことだけは、はっきりしていた。纏足は幼いころから施さなければ効果がなく、また、こうしてしまうと正常には歩けなくなる。つまり、身体をつかって働く必要のない者でなければできない。そんな特殊な身分といえば、よほど裕福で尊い家の令嬢か酒席に侍《はべ》る遊女かしかないし、上流の家の娘がひとりで酒楼に出入りするはずがない。

　だが、化粧の仕方といい衣服といいまちがいなく遊女ではあるのだが、その美貌や立ち居ふるまい、周囲の者たちの気のつかいようからみて、並みの妓ではなさそうだ。

「何姐《かねえ》さん、いったい、いかがなさったんです」

　顔見知りらしい店の男が声をかけると、

「人を莫迦《ばか》にするのも、限りがあります。あたしは帰ります。人を遣《や》って、迎えの者をよこすよういってくださいな」

「まあ、花魁《おいらん》、すこし、待ってくださいよ」

　なだめる声に重なって、

「待てといっておるのが、聞こえぬのか！」

　罵声《ばせい》と複数の足音が、追いかけてきた。さすがに顔色を変えて、女は逃げようとしたが、足が足だけにもつれて走ることができない。左右にはしらせた視線にとらえられたのが、宝春の顔だった。

とっさの判断だろう。こんな少女が同席している部屋なら、妙な客はいるまいとの勘だった。不自由な足で可能なかぎりの速さで、戴星たちの席へと身をひるがえした。

「たすけてくださいな。あたしを、隠してくださいまし」

哀願《あいがん》しながら、何事かと中腰になっていた男ふたりの背へまわりこむ。ふわりといい匂いがただよったのは、腰につけている香嚢《こうのう》のせいだろう。

真面目一途《いちず》のような包希仁も、花々公子風で場馴れしていそうに思える白戴星も、さすがに一瞬あっけにとられたらしく、声もない。それもそのはずで、宝春が小仙女ならば、文字どおり目の前に降ってきたこの女は、巫山《ふざん》の神女や嫦娥、洛神《らくしん》（いずれも、神話の美女）もかくやとばかりのあでやかさだったのだ。

かくまってくれといわれても、こんな小部屋で調度もろくにないところでは、姿をかくしようがない。さらには、女がとびこんでくるのとほぼ同時に、戸口にどやどやと人の影がさした。

「退《ど》け！」

と、宝春の小柄な身体を容赦なくつきとばしたのは、三十年配の男。身装《みな》りのよい、それなりに身分のありそうな者たちが数人、さらにそのうしろに続く。

「その女、ひき渡してもらおう」

とは、包希仁にむかってすごんだせりふ。むっと険悪《けんあく》になったのは、白戴星の方で、希

仁はどこ吹く風で、

「どうぞ」

すましていったものだ。

「おい！」

戴星がはげしい抗議の声をあげ、女は絶望の表情をうかべた。

「ただし」

勝ち誇った男たちの顔へ、ひややかな条件がたたきつけられたのは、その直後だ。

「この室《へや》は、われわれが借りて、静かに酒を飲んでいるところです。騒ぎはごめんこうむりたい。それはご理解いただけますでしょうか」

「もっともなことだ」

「では、その戸口から内部へは、はいらないよう、お願いしたいのですが」

とたんに、手をうってよろこんだのは戴星と宝春。逆に、

「女をわたさぬ気か」

男たちは、色めきたつ。

「そんなことは申しておりませんよ。ここ以外の他の場所でなら、なにをどうしようと、私どもの知ったことではありません」

にこにこと、物いいはやさしいのだが、内容にはするどい棘《とげ》が生えている。むろん、そ

れがわからない相手ではないが、理屈はとおっているから、おいそれと力ずくで押しいるわけにいかない。

「史鳳《しほう》、出てくるのだ。王老爺《おう》がお怒りだぞ」

「いやでございます」

女は、けんもほろろだ。

「鴇母《ほうぼ》（遣《や》り手、抱え主）の方へは、先に金をはらってあるんだ。おまえは、選り好みをいえる立場ではないのだぞ」

「金さえはらえば、なにをしてもいいっていうんですか。おお、いやだ。前の宰相さまだかなんだか知らないけれど、そんな野暮《やぼ》なお人は、なおのこと、お断りですよ」

「史鳳！」

はっきりと自分の意思は口にするが、荒らげられた声にはさすがに怯える。かたわらへ立った宝春にすがりついたのは、ほかのふたりに頼って、こわもての男たちをさらに刺激することを無意識のうちにおそれたのだろう。

「花魁、あんたの気持ちはわかるが、こちらのお方たちにも迷惑がかかる。ここはぐっとがまんして、おもどりなさいな。なんといっても、相手が悪い。いや……」

給仕がなだめかけ、失言に気づいて声をのむ。しかも、それを聞いて、女はよけいに癇をたてた。

「万と積まれたって、いやなものはいやなんですよ。たしかにわたしは、芸も身体も金で売っております。でも、心は売っておりませんよ。たかが女の心意気かもしれない。だけど、買えるものなら買ってみるがいい」

いい終えるや、感きわまったのか、袖に顔をうずめてわっと泣き伏した。自分よりも背の低い、宝春の腕の中である。

「ねえ、なんとかしてあげて」

少女が大きな瞳で、男ふたりを見あげたのは、金で芸を売る身が他人ごとではなかったからか。

「と、いわれても――」

希仁も戴星も、それ以上はうつ手がない。むこうのいい分も、まちがってはいないのだ。品物――といいきるには問題があるが、代金を支払った者に、それに見合うものをわたさない何史鳳というこの妓女の行動は、わがままでしかない。

妓女といってもぴんからきりまであるが、名妓とうたわれるほどの女には豪商やら、高官やらの贔屓《ひいき》があるため、非常に気位が高く、思いあがっている。気にいらぬ客にはすぐに門前ばらいをくわせるし、たいていの男は頭から小莫迦にして、ろくに口もきかない。相手に資力がなくなると、手をかえしたように冷淡になるなど、ざらである。

もっとも、女の方にもいい分がある。彼女らは、ただ色を売るのが商売ではない。幼いころから歌舞音曲《かぶおんぎょく》をきびしく仕込まれ、女だてらに男なみの学問もしてきている。詩だの詞だのを即興でつくる才となると、下手な男どもよりもよほど上の者もいるのだ。

そういった、文人墨客《ぶんじんぼっかく》相手の風雅をきわめた妓の中でも、もっともすぐれた者を百花のさきがけ、花魁とよぶのだが。

とすれば、その第一番の花の何史鳳を、並みの女あつかいして、力ずくで席にはべらせようという男たちの方が、人をふみつけにしたやり口ということになるだろう。

「——どうする、知恵者」

戴星が、ひそひそと耳うちした。

「さあ、どうしましょうか。このまま、一生ここでがんばっているわけにもいきませんし——」

「ここはやはり、腕しかないか」

「相手の数を考えなさい」

「二対一、二……五か」

「私は勘定《かんじょう》にいれないでください」

きっぱりことわられても、

「どうも、今日は女難《じょなん》の卦《け》でも出てたかな」

少年は、首をひねる余裕まである。

「郎君《きみ》は、自業自得でしょう」

宝春ににらまれたのは、こんな場合に不謹慎《ふきんしん》だという意味らしい。

三人の方はまだ本気になっていなかったが、あいにく相手方がしびれを切らした。

「かまわぬ。相手は、たかだか書生風情《ふぜい》だ。腕ずくで女をひきずりだせ！」

一気に、あたりの空気が沸騰した——、まるでその瞬間をねらってでもいたように、

「すこし、よろしいか」

隣室とのあいだの衝立が、音もなく引かれて、またひとり、男が姿をあらわしたのだ。

「なんだ、今、とりこんでいる最中だ。怪我《けが》をしたくなかったら——」

「ひっこんでいろ、か。まあ、話だけでも聞いてもらえぬものかな。こんなところで暴れられては、調度にも什器《じゅうき》にも傷がつくし、隣にいるわしも迷惑する。仲裁《ちゅうさい》にはいるだけの理由は、あると思うのだが」

冷静そのものといった調子で、この場の人間の顔を、ひとりひとり見まわした。

年齢のころなら、三十歳そこそこ。深衣《しんい》の前衿をきっちりとうちあわせ、長褙子《ちょうはいし》という丈の長い袖無しをはおっている。文人学士が好んでまとう衣服だが、その所作《しょさ》からは、宮仕えに慣れた者に特有の物腰がただよってきていた。

「仲裁だと？」

「さよう。まず、この女に金を返させる」

「われらが主人は、面子《めんつ》をつぶされたのだぞ」

「しかし、こういってはなんだが、こんな女を席に置いておいても、楽しくはあるまい。こう泣きじゃくってしまっては、美女も醜女もあったものではなかろう」

すくなくとも化粧が流れて、今の顔は見られたものではあるまい。

「どれほどの名妓かは知らぬが、たかが女。ほかにもっと、愛嬌《あいきょう》も可愛気もある女は大勢おろう。とりかえした金で、そういう妓をよべばよいこと。こんな女を力ずくでひきずっていったところで、御名はあがるどころかかえって下がる。評判にでもなって、万が一、賢《かしこ》きあたりにでも聞こえた日には、まずいことになるのではないかな」

「まさか、市井《しせい》のけんか沙汰《ざた》が、禁中《きんちゅう》までとどくはずがない――」

「いやいや、世の中、思いもよらぬことが起きるもの。たとえば、大時代な瑞祥《ずいしょう》が起こったり、あるはずのない天書《てんしょ》がふったり、また、今、杭州に在《あ》るべきお方が東京の酒楼におられたり、な」

最後に、この男、奇妙なことをつけくわえた。そのとたんに、戸口の男たちは顔色を変えたのだ。

「おまえ――、いや、あなたは、いったい、どちらさまで……」

問いかける態度の腰が、目にみえてひけてくる。

「いやいや、ここは役所ではない。うさを忘れて遊ぶところ。仙境《せんきょう》で俗界《ぞくかい》の名を名のりあうなど、まさしく野暮の骨頂《こっちょう》。ここはおたがい、この場のことは忘れた方がよいと思うのだが、いかがだろうか」

すました顔つきで男が告げると、相手方は警戒の色をすこしゆるめた。

「お忘れいただけますか」

「そちらが、忘れてくれればな」

「忘れましょう」

「ならば、おひきとり願えるな」

「………」

どうしたものかと、男たちはとまどう。女を連れもどさなければ、主人とやらの叱責《しっせき》が待っているだろう。ここは、どこまでこの場の判断というのが許されるのか、彼らにもむずかしいところらしく、名のらぬ相手を、値ぶみするようにながめまわした。

あまり、風采《ふうさい》のよい方ではない。長身だが、肉づきも顔色もわるく、全体にごつごつとした身体つきに見えた。人をくったようなとりすました表情をつくっているが、笑えばまた感じが変わるかもしれない。だが、意思の堅そうな左右に張ったあごは、ひどく頑迷《がんめい》な印象を与えている。

要するに、ひと筋縄では御《ぎょ》せまいと思わせる容姿だった。

「……よろしいでしょう」

どうやら、あるがままを報告するしかないと、腹をくったらしい。しぶしぶ、未練《みれん》たっぷりといった気持ちをそのまま顔に、何度もちらちらとふりかえりながら、男たちは姿を消した。

まったく同時に、おなじ調子おなじ長さで吐息をついたのは、戴星と宝春。吐ききってから、それに気づき、顔を見あわせてまた同時に声をそろえて笑いだした。

戴星の声は、やっと少年期を抜けたばかりで堅かったが、宝春の笑い声は高いが丸みがあって、ちいさな鈴をふるようなかろやかさだった。笑い声を聞いて、宝春の細っこい腕の中で、何史鳳も重たげな髪をゆっくりと上げる。

一方、卓子《つくえ》のこちらがわでは、包《ほう》希仁と後から現れた男とが、悠長《ゆうちょう》にあいさつをかわしていた。

「どうも、おさわがせいたしまして、申しわけございませんでした」

「いやいや、小生の方こそ、さしで口をゆるされよ。なに、見すごしにしてもよかったのだがな。ここの店の者は、皿一枚こわれても、その場に居合わせた者全員に勘定書きをつきつけるものでな」

そういって笑う顔つきは、あいかわらず角ばって貧相だったが、さっきよりはずっと親しみやすくなった。

その顔を、あらためてうかがいながら、

「失礼ですが、尊公は、もしや范《はん》公とおっしゃいませんか」

希仁がいきなり、ずばりと訊いた。

「たしかに、わしは范だが、なぜわかった」

「やはり、そうでしたか。蘇州《そしゅう》の范希文《きぶん》どのですね。おうわさは、かねがね耳にしておりました。失礼いたしました。在下《それがし》は、廬州の産で包と申す若輩者で……」

「おお、足下《そっか》が包希仁か」

今度は、希仁がおどろく番だ。

「在下の名を、なぜ、ご存知です」

「なにを申しておる。足下は、もはや有名人だぞ。二十歳そこそこの状元《じょうげん》（第一位での合格）の登場かと前評判をあおりながら、みごとに肩すかしをくらわせてくれた大うつけ者としてな」

「……なにしろ、田舎者でして」

戴星にしたいいわけと、おなじことをくりかえしたが、

「いや、なかなかな答案だったぞ。内容はしごく平凡、頭をしぼってもあそこまで月並みにはなるまいと思うほどの月並みのくせに、妙に皮肉の棘が突き出していた」

「ごらんになったのですか。それは、お目よごしなことで」

若い希仁の方が、どうも分が悪いようだ。苦笑にまぎらわして逃げようとしたが、今度

の相手は、年齢が上な分、戴星よりも上手だった。

「まあ、腕だめしもよいがな。真面目にやらぬと、かえって憎まれるぞ」

「そうおっしゃる尊公も、かなり憎まれておられますよ。なにしろ、二十歳代で進士になられた俊才です。蘇州どころか、江南中で范希文の名を知らぬ者はいないぐらいですから。在下《それがし》も、尊公を見習えと、教師にずいぶんいじめられました」

「それはそれは。目標が低くて、気の毒であったな」

舌戦《ぜっせん》、というのは、こういうことをいうのだろう。にこにこと、どちらも心底からの笑顔をうかべ、いつのまにか椅子を勧め、皿や銚子を移動させてひとつの席にしてしまいながら、丁丁発止《ちょうちょうはっし》とやりあっている。

話にまったく興味のない宝春はとにかく、一部はわかったらしい戴星がふくれっつらで、

「どういうことだか、こっちにもわかるように説明してくれないか」

強引に会話にわりこんだ。

「こちらは、范仲淹《ちゅうえん》、字を希文どのとおっしゃる方ですよ。大中祥符《たいちゅうしょうふ》年間の進士で、現在は——」

大中祥符とは、前の年号である。今が天禧《てんき》四年だから、進士合格はすくなくとも四年前のこと。したがっておそくとも二十代の後半で合格した計算になる。少壮気鋭の秀才ならば、さぞや重要な職務についているかと思ったら、

「いや、わしは現在、無役だ」

意外なことをいいだした。

「故郷へ帰るのでな、こうして友人とささやかに送別の宴をはっていたところだ」

「なにか、あったのですか？」

「なに、わたくし事だ。母が歿《ぼっ》した」

親が亡くなった場合、三年の喪に服すのが常識で、そのあいだは、公式の席に出てはならない。官途についている者は、職を辞して家に帰る。むろん、喪があければ復職することも可能だが、出世にはひびくだろう。ちなみに科挙も公の行事だからということで、服喪中の者は受験資格がない。

「それは――、お悔やみを」

「実の親ではない。生みの親はほんの孩子《こども》の頃に亡くして、今度は養母だが、養育の恩があるものでな」

ことさら力むでもなく淡々と語るところには、先ほどの男たちを威圧した迫力はない。それに勇気づけられたか、何史鳳が涙をぬぐいながら、

「なんといって、お礼を申しあげればよろしいものか……」

いいながら小腰をかがめた。

たしかに泣きはらして化粧は流れているが、長い睫《まつげ》に大つぶの涙がやどって、花上に露

を置く風情である。これには、さっき都合でとはいえ口悪くおとしめた范仲淹も、苦笑まじりの感嘆の顔つきで、

「ああ、それは気にするでない。わしもこの若いのも、物好きでやったことだ」

照れかくしついでに、勝手に希仁たちもひっくるめて物好きにしてしまった。

「しかし、いったい上の席の主人とは、何者なんだ。えらくかさにかかった居丈高な奴だったな」

戴星が好奇心いっぱいといった調子で、口をはさんでくる。

「聞いていて、わかりませんでしたか」

とは、包希仁の少々意地悪い口調。

「前の宰相で、王姓で、今、杭州の知州といったら?」

「王欽若《おうきんじゃく》か」

戴星が、ああ——といった風に手をうったのへ、范仲淹が奇妙な視線をむけた。それはそうだろう。こんな若僧が、罷免《ひめん》になったとはいえ一国の大臣を、字ではなく実名の方で呼び捨てにしたのだ。

王欽若、字は定国《ていこく》。彼もまた進士出身で、今年、五十九歳。先の澶淵《せんえん》の事件の時、まっ先に江南へ避難するよう主張した人物で、それ以来、寇準《こうじゅん》と仲が悪い。寇準がいったん宰相職をしりぞけられていたのも、王欽若の讒訴《ざんそ》のせいである。いわく、

「寇平仲《へいちゅう》は、澶淵の件をわが手柄のように吹聴《ふいちょう》しているが、これはわが国にとって屈辱的な城下の盟である」

たしかに事実の一面としてはそのとおりなのだが、つきつけられた条件をよく審議もせずに同意してしまったのは、実は皇帝自身なのである。

それはきれいに棚へあげたあげく、同心の者たちとはかり偽の天書を作って献上し、皇帝の歓心をかうことに専心する。先の大中祥符というおおげさな年号も、その天書出現にちなんで改元されたもの、さらに、無邪気によろこぶ天子に泰山で封禅の儀式を勧め、費用捻出のために税金を高くして庶民の恨みをかった。

その後も何度か天書出現を演出したが、さすがに他の者たちの反発を招いて、このたび罷免、杭州長官へ左遷《させん》の身となった――はずだ。

ちなみに、寇準のかえり咲きは、王欽若の罷免と入れかわりである。

「病気と称して、出発をひきのばしていたはずだから、こんなところでわしにしっぽをつかまれたのはまずかろうよ。まあ、そんなわけでこの室《へや》なら安全だ。ほとぼりをさましてから、ゆっくり帰るがよい」

「ありがとう存じます」

こちらの問題が一段落ついたところで、

「若旦那、白公子、花娘をむかえにあがりました」

旅芸人一座の座頭が、多少気おくれしながら、ようやく姿をみせたのだった。

「叔父が、お世話になり申して」

いきなり頭を下げられて、白戴星はめんくらった。それもそのはず、相手は年長の、庶民とは思えぬほどに気品のある男なのだ。すくなくとも、かよわい妓女ひとりを追いまわしていた先ほどの者たちよりも、よほど上品で物腰もやわらかだ。

この男、張七聖《ちょうしちせい》といって、今、都でもっとも人気のある役者なのだ。役柄によっては貴族高官、古代の天子から神々まで演じるのだから、自然、その人品も洗練されてくるわけだ。若いころから姿と声のよさで人気を博し、姿絵などもよく売られているから、顔を知らない者はない。

しかも、彼はただの芝居の演者というだけでなく、都でも一、二をあらそう大きな劇場の主張、つまり劇場主でもあったのだ。

それほどの男が無名の少年にていねいに腰を折り、また、旅芸人一座の座頭を叔父とよんだのだ。白戴星でなくとも、もうすこし、事情をくわしく聞いてみたいと思うだろう。

それを先に悟って、張七聖は芝居化粧ののこる端整な顔で、

「私の師匠とこの毛師叔《もうししゅく》とは、おなじ師匠について芝居を学んだ兄弟弟子のあいだがら。

ですから、私には叔父にあたるわけです。このたびはまた、師叔の一座の者をたすけていただきまして、ありがとうございました」

「いや、むしろ、おれの方が迷惑をかけてしまったんじゃないかと思うんだが」

「ご謙遜を。とまれ、なんのお礼もできませぬが、私どもでできることでしたら、なんなりとどうぞ。この宝春の話では、毛師叔になにやら、おたずねになりたいことがおありとか」

「――うん」

戴星は、ひとつうなずいて、視線をはずした。その先は、芝居がはねたあとの小屋の、がらんとした客席の土間である。棚《ほう》という、常設の芝居小屋である。舞台の意味の楽棚が、そのまま劇場のこともさすようになった。劇場といっても、太い梁《はり》がむきだしになった高い天井の下の、平土間の一方に四角い舞台がせりだしてもうけられている、それだけの簡素な設備である。客は、平土間にならべられた卓子《つくえ》について、茶やら小吃やらを思いおもいにつまみながら、芝居を見物するという仕組みなわけだ。

開封では、牡丹棚《ぼたんほう》と蓮華棚《れんげほう》、それに象座《ぞうざ》、夜叉座《やしゃざ》といったところが一流どころとされて、千人以上もの観客をいれることができた。ここは、その中の牡丹棚で、張七聖はそこの座主で看板役者というわけだ。

その舞台の端に立って、彼らは話していた。舞台裏は人が多く、また道具や衣装が足のふみ場もないほどに置きはなしてあるもので、落ちついた話には不向きだった。その上、一見、闊達《かったつ》そうに見えた少年が、ここへ来て人目を気にしているようなそぶりを見せはじめた。客商売だけに、それと察した張七聖が、ここを話の場に選んだのだ。障害物がない分、こんなところの方がかえって立ち聞きしにくいのだ。

「なんでしたら、私どもは、座をはずします」

宝春に目顔で合図をして、ひきとろうとする俳優を、

「いや、いてくれてかまわない。だれが知っているか、わからないから」

「人をおさがしとか」

毛という座頭が、首をひねった。

「どのような方で」

「女だ。十九歳ぐらいの細面の——といっても、ちょうど十七年も前の話だが」

「十七年前ねえ」

「旅芸人の一座にはいって、南の方へ行ったというううわさを聞いた」

「さあて」

「親方、おぼえてないの?」

「そんなことをいったって、宝春、おまえさんも知ってのとおり、毎年、座の顔ぶれはすこしずつ変わってるんだ。何年前と、こまかいことを急にいわれても、ねえ。だいたい、

そんなこと、だれにお聞きに？」

聞きかえされたとたん、顔を翳《かげ》らせてしまった少年に、

「よろしければ、事情をお話しいただけませんか、白公子」

とりなすように、張七聖が口をはさんだ。

「さしつかえのないところまでで結構ですから。もしも、毛師叔に心あたりがなくとも、いきさつさえわかれば他の一座にたずねてみることもできます。これでも、芸人のあいだには顔がききますし、手がかりというものは、ちょっとしたことから出てくるものです」

「白公子」

宝春が、少年の腕に手をかけて、

「親方も張公も口は堅いわ。あたしも、たすけてもらった恩がえしがしたい。お祖父《じい》ちゃんにも、そういわれてる」

大虫《だいちゅう》と名のる酔漢《よっぱらい》に殴られた宝春の祖父は、顔がすこし腫《は》れた程度ですんで、今は舞台裏で休んでいる。さっき、戴星もあいさつだけしたが、伏し拝まんばかりに礼をのべられて、その大仰さにはすこしばかり閉口した。

「ねえ、白公子――」

なおもためらう戴星に、

「ひょっとして――、十七年前に十九というと、そのご婦人とやらは、公子の母君ではあ

りませんか」

火をつけたのは、張七聖だった。

「ちがいますか？」

きっとするどくあげられた少年の顔に、なおもたたみかける。そこまできて、ようやく少年も腹をくくったらしい。

「そのとおりだ」

ことばと動作と、双方で肯定した。

「おれの実の母親だ。おれを産んで、すぐに行方をくらました、いや――追い出された」

「どうして、そんなこと？」

「塡《は》められたんだ、仇《かたき》に」

「だれのこと？」

「おれの父親の、もうひとりの愛妾さ」

めずらしい話ではない。ありふれた、といった方が適切かもしれない。ひとつの家庭に妻妾が何人もいるのだ、寵《ちょう》をあらそい憎みあってあたりまえ、刃傷《にんじょう》沙汰になった話など、掃いてすてるほどある。

なにより、親や祖先に対する孝が優先される社会であり時代である。そして、なにが最大の孝かといえば、後継ぎを絶やさないことに尽きる。複数の妻と幾人もの子は孝のあらわれであり、またその家の繁栄をも意味しているのだ。

「おれの父親という奴には、長いあいだ後継ぎがなかった。それで、ふたりの側室に約束した。先に男子を生んだ方を正夫人になおすとね」

「ずいぶんと、勝手ない い分ね」

宝春が憤然となった。

「男か女かなんて、産む者が決められるわけがないじゃない」

「まったくだ」

と、戴星もさからわない。

「で、男の子は生まれたの？」

「生まれたから、ここにいる。しかし、負けた方がおさまらなかった。くやしまぎれに、生まれたばかりの赤子をさらって、猫の仔とすりかえた」

「なんで、そんな妙なことを」

「ただいなくなれば、自分の方に疑いがかかる。どさくさまぎれにすりかえておいて、化け物を産みましたとでもいいたてれば、いいわけができない」

「だって！　そんなこと、すぐにわかることじゃないの。人間がそんなもの、産むはずがないじゃない！」

「ところが、親父という奴は人一倍、信じやすくてだまされやすいときていたんだな」

「いや、よくあることだよ、宝春。私たちだって、縁起をかつぐ。ご大家になればなるほど、そういうことに気をつかう。福を逃がすわけにはいかないからね」

他人事だというのに、ひどく腹をたててしまって口もきけなくなった宝春を、張七聖がおだやかになだめた。

「……ひどい」

「それで——？　母君は追いだされたわけですか」

「いや。追いだされたなら、まだ行方の知りようもあるんだが——、消えたというんだ」

「消えた？」

「門はすべて閉められていたし、母は一室にとじこめられていた。なのに、煙のように見えなくなった。数日後、旅芸人の一座の中にそれらしい——よく似た顔を見かけた、花娘と名のっていたという者があったが、消息はそこまでだ」

「で、毛師叔へのご質問ですか——。失礼ですが、それはたしかな話ですか。当然のことながら、公子がそれを知っておられたはずがない」

「母に——、育ての親に聞いた」

「じゃ、いいかげんな話じゃないの。公子のお母さんをひどい目にあわせた、張本人でしょ？」

「それはちがう。おれは、すりかえられて殺されるところを、侍女のひとりの機転で救われて、こっそり他処《よそ》へあずけられた。養母《はは》というのはあずけられた先の夫人のことで――、実家の方では、おれが生きていることも知らない」

そして、顔の半分だけを苦笑にゆがめて、

「生きていると知ったら、おれは無事ではすまなかったはずだ」

あとの三人は、暗澹《あんたん》たる表情を見あわせる。

「――親方、まだ思いだせない？」

「あのころの一座は、今みたく軽業《かるわざ》じゃなくて、女舞が主《おも》だったからな。十七、八の女なんて、一度に何人もいれかわっていたんだ。花娘というのも、そのころのうちの花形につけていた名まえで、何人もいる。ひとりひとり思いだすのは、無理ですよ。この宝春みたいな変わり種ならともかくも」

「どうせ、あたしは名まえ負けだわ」

宝春がぷんとそっぽをむいたのは、どうやらこの場の空気をやわらげるつもりだったらしい。おとなふたりも、戴星も、今度はおなじ苦笑でももっとやわらかな表情を見せた。

「うちの一座と決まったわけでもありません。とにかく、仲間うちを聞いてまわってみましょう」

「たのめるか」

「おやすいご用で」

ただ、たずねてまわるにしても、一日二日ですぐにわかることではない。

「それまで、ここにお泊まりください。こんなきたないところでよろしければ、ですが」

少年にむかって、張七聖はあいそよく申しでた。すこし、試すような口調でもあったが、

「たすかる」

戴星は、心底ほっとした顔つきをかくそうともせず、即座にそういった。

「正直なことをいうと、今夜、どこへ泊まろうかと思案していたところなんだ」


——その異変に最初に気づいたのは、この牡丹棚の一座の者だった。端役《はやく》ももらえない道具係の彼は、芝居がはねても明日のための稽古があるわけでない。夜の街へ一杯ひっかけに出て、ほろ酔いのいい気分でかえってきたところ、棚の裏手に人影をみつけたのだ。

夜陰にまぎれているし、酔ったかげんもあるから、最初、数がなかなかつかめなかった。それでも目をこすりながら、

「二、三……」

数えていって、十人を超したところでようやく、ただごとではないと気づいた。そのあたりが、突然、ぱっと赤く輝いたのは、その直後である。

「火事！」

ひとこえ叫ぶと、もと来た方向——まだ、にぎわいをみせている表通りの方へ駆けだした。こちらへむかってきた人影の手の中に、ぴかりと光るものがあったからだ。しかし、人の目のあるところへ逃げおおせる前に、男は追いつかれた。

紙のように薄い鋼の刀の刃が、首のうしろで一旋して、男は声もなく倒れる。

「見られたか」

「いや」

「急げ。今の声が、聞こえていたら……」

裏道の端の溝の中に身体を蹴りこみながら、口早に言葉をかわした。

——男の声は、建物の中にとどいていた。正確にいえば、そのただならぬ気配をするどく察知して、戴星が跳《は》ねおきたのだ。

「起きろ！」

楽屋《がくや》裏で衣服をつけたまま雑魚寝《ざこね》の、となりの男の腹を蹴りとばして飛び越した。ついでに、壁に立てかけてある小道具をわざとたおして、騒音をたてる。

「なんだ、なにごとだ！」

壁のくぼみだの大道具のすきまだので、衣装にくるまって寝ていた者たちが、首から先につきだしてくる。その目の前を、戴星は風のように走りぬけた。

「火事——！」

ねぼけまなこで外へ飛びだしていった者が、そう叫んだが、つづいてあっといって倒れこむ。その身体を踏みたおして、影がおどりこんでくるのを見て、

「逃げろ！」

手近にあった棒きれをとっさに手にとって、戴星は叫んだ。

「おちつけ。まず、火を消せ！」

冷静に指示をとばしたのは、奥の部屋から出てきた張七聖。こんな危急の場合だというのに、それなりに身だしなみをととのえていたのは、さすがというべきだろうか。

人影たちが、逃げる者には危害をくわえていないことを見てとったのは、ふたりがほぼ同時。彼らは、まるでだれかを探してでもいるように、狭い舞台裏に散らばり駆けぬけていくのだ。

「——いったい、なにを」

「すまない、張公」

「白公子！」

肩をならべた張七聖にひとこと、そう告げて、戴星は影のひとりの前に飛びだしていった。

「おれが、相手だ。ほかの者には、手を出すな」

「孩子《こぞう》、退《ど》け」

首領らしい影は、ずしりと重い声でいった。顔の下半分が黒い薄布でおおわれていて、容貌はよくわからないが、声のぐあいからみて、二十歳代後半か三十代の男。それも、そうとうに場数をふんで、こんな押しこみに慣れている感がある。いいはなつや、手にした刀を水平にふりまわした。

あわてて飛びすさった戴星の、胸のあたりを刃風が疾《はし》る。戴星が手にしていたのは、芝居の小道具の手槍だった。むろん穂先はつくりものだが、木製の柄は十分に刃をふせいでくれるはずだ。

二度三度とふるわれる刃を、戴星はたくみに槍の柄ではらいながら、反撃の機会をうかがっていた。相手がそうとうな技量の持ち主であることはすぐにわかったが、彼にも腕には自信があった。失敗は、こんな狭い場所での戦いには慣れていないことを、すっかり忘れていたことだった。

右に左に攻撃をかわしているあいだに、かかとがなにかにひっかかった。それを除けようと、横に飛ぶ。飛んだところにも、障害物がころがっていた。唯一、なにも置いていない壁ぎわに背をもたせかけ、くるりと身体を回転させる——つもりだったのが、壁と見えたところが実は舞台奥の幕で、彼はいきおいよく舞台へころがり出てしまった。落ちてきた巨大な布に身体中をからめとられ、あおのけざまにたおれこんだまま、とっさには身うごきがとれない。覆面の男が、この機会を見逃すはずがない。

勝ちほこったように、刀がふりかざされた——その、なめらかな表面に影がさしたのだ。

劇場裏の火が、あかあかと燃えあがって、この舞台のあたりまで照らしだしていた。その明かりをはねかえす天井の、太い梁の上に人の姿があった。それも、ひとつではない。追われる影がふたつ、追う影は——。

みじかい悲鳴とともに、追手の影がひとつ、梁の上からころがり落ちたのは、その瞬間だった。

「いたか！」

男はひとことつぶやくと、さっと身をひるがえした。大きな刀を歯でがちりとくわえ、落ちのこった幕の一端をとらえてまるで猴《さる》のような身軽さで、梁の上へとのぼっていく。

「畜生！」

口ぎたなくののしったのは、戴星の方だ。手にしていた棒をからりと投げすてると、がむしゃらに男の後を追った。

梁の上は、埃だらけだった。下からの明かりに目をこらして、ようやくうごく人の姿がとらえられるほど暗い。だが、幅は人がすれちがえるぐらいは、充分にあった。

高さはさほどあるわけではないが、下は踏みかためられた平土間で、落ちれば怪我はまぬがれない。下手に落ちて首の骨でも折れば、それまでだ。にもかかわらず、戴星はまっすぐにたちあがった。恐れる色もなく、足もとを気にすることもなく、かるがると走りだす。

男たち数人と戴星以外に梁の上にあったのは、宝春とその祖父だった。舞剣の時の身のこなしそのままの宝春はともかく、その祖父の足どりにあぶなげがないのには、正直、おどろいた。ないどころではない、孫娘の宝春をかばって男たちを蹴り落としたのは、この痩せこけた老人だったのだ。

宝春は、胸に細長いものをしっかりと抱きかかえながら、逃げまわっていた。梁の上にはところどころに、さらに上の梁を支えるみじかい柱がたてられている。それをまわりこみ、上の梁へと飛びあがり飛びおり、男たちをかわしていく。

戴星の頭上を、刀の一旋が見舞った。それが柱にぶつかってくいこむあいだに、戴星の手の中にも光るものがあらわれていた。手の幅ほどの刃長の、首剣《しゅけん》である。匕首《ひしゅ》ともよばれるそれは、接近戦にむいており、こんな狭い場所では大ぶりな刀や剣よりもよほど役にたつ。

敵が刀を抜きなやんでいるすきに、戴星は背後の男の腕に首剣をつきたて、かえす刃で先の男の脇腹をはらった。その動作に、一点のためらいもない。

相手がよろけたところを、前後に足ばらいをかけて蹴り落とし、ひとつ上の梁をかるがるとのり越える。

わめきかえしたときには、老人と敵の首領とが対峙《たいじ》しているところへ、たどりついている。梁が十の字形に交差しているところで、柱を背に老人、そのむこうに宝春。正面に覆面の男がたちはだかり、横の方向から戴星が近づくという形になった。

「まちがえるな、おれが相手だ」

「邪魔をするな」

男は、あいかわらず、腹の底にひびくような声である。こんな場所で落ちつきはらっているところなど、憎らしいのをとおりこして、いっそ心づよいほどだ。

だが、気迫では戴星も負けてはいない。首剣を二、三度ひるがえして、梁から梁へ飛びうつるかまえをみせた。男の注意が、一瞬、戴星の方へと逸れた。

その間隙を見てとったのか——。

「公子、宝春をおねがいいたします！」

しわがれた声がひびきわたった。戴星がそれと気づいたときには、老人の足が梁を蹴っていた。

「宝春！」

老人が、声をはりあげて応えた。

「来なさるな！」

「これが、見すごしにできるか！」

「お祖父ちゃん！」

宝春の声があがった。老人はまっしぐらに男の前へとびこみ、腰のあたりにすがりつこうとした。自分もろとも、男を下の土間へたたきつけようという魂胆《こんたん》だったらしい。だが、男の反応は、その意図をうわまわった。

かるく一歩、背後へ飛びすさっただけで、老人は目標をうしなった。たたらをふんだところを、無情の刃が襲う。刃は、老人の額をうすくかすっただけだったのだが、意外なほどの量の鮮血が顔面いっぱいを染めた。

その血で視界をさえぎられたのだろう、老人の右足が空を踏んだのだ。

あっという悲鳴は、土間からなりゆきを見まもっていた張七聖たちのあいだからあがった。

「老陶《ろうとう》——！」

毛がとっさに駆けよった、その伸ばした腕の先で、老人の身体が跳ねた。

「よくも……！」

老人の安否をたしかめているひまはなかった。柱をまわりこんで踏みだしてきた男から、宝春が逃げる。戴星は、おなじように柱をまわりこみ、男の背後に出ることに成功した。

男も、それと知って向きなおる。

「こうるさい奴だ」

吐きすてて、男は刀をかまえなおす。唯一あらわれている両眼が、下からの淡い光を照りかえして、異様にかがやいた。それが、いかにもたのしげに見えて、戴星の感情を逆なでした。

先にうごいたのは、戴星。ためすように突きかかっては、とびすさる。腕と武器の長さでは男の方が有利だが、敏捷《びんしょう》さでは戴星がわずかにまさっていた。その上、足場の悪いここでは、背の低い戴星の方が安定という点でも分があった。

細長い梁の上で、ふたりは一進一退をくりかえす。すこしでも足をすべらせた方が、この際の敗者となる。下では、老人を介抱しながら、張七聖たちが手に汗をにぎっている。

「ええい、時をとりすぎた！」

じれた男が、口走った。火事がひきつけたのだろう、外でも人がさわぎだしている。こう衆目をあつめてしまっては、なんだか知らないが目的を達しても、逃げるのに一苦労することになる。

ふいに、男は戴星に背をむけた。そのまま、一気に宝春に詰めよろうとする。それを戴星が見のがすはずがない。まっすぐ、男の背の中央めがけて、首剣を突きたてた。が、それは巧妙な誘い手だった。刃がとどく寸前、男がくるりと向きなおったのだ。まるで、頭のうしろにも眼があるような、離れわざだった。

そのまま、左腕で首剣をにぎった手をはらわれ、足をすくわれる。

とっさに、戴星は落ちながら剣を男めがけて投げつけた。それは、狙いたがわず男の手首をかすって、するどい金属音とともに刀を跳ねとばした。

「白公子！」

「無事だ！」

少年の姿は梁の上から消えたが、まだ両手がのこっていたのだ。その手の甲の上に、男の長靴がかかる。この体勢なら、落ちても足をくじくぐらいですむだろう。だが、下へ降りてしまったら、梁上《りょうじょう》にのこる宝春の身になにが起こるかわからない。

戴星は、けんめいにはいあがろうともがいた。その手を、男はうす笑いさえうかべて、容赦なくふみつけようとした――その上体が、ぐらりと揺れた。

男の注意が一瞬逸れた間隙を、宝春がとらえたのだ。腰のうしろを、抱えていた長い包みで思いきり薙《な》いだ。結局、男は均衡《きんこう》をとりもどすことができなかった。

梁にぶらさがったままの戴星の身体をかすめて、男がころげ落ちていった。それでも、途中で猫のように体勢をととのえて足から落ちたのは、さすがというべきだろうか。しかも地に触れた瞬間、身体をまるめて肩先からころがった。

いきおいづいて、五、六度も回転しただろうか。土まみれになりながらも、片ひざをついて平然と起きなおったのには、全員、おどろくよりもあきれた。

「追うな！」

と、張七聖が制止したのは、これ以上負傷者をださないための配慮だった。もっとも、そういったときには、男の姿は窓の木枠をやぶって消えていたのだが。

そういえば、ほかの襲撃者もいつのまにかいなくなっている。戴星が蹴り落としただけでも三人はいたはずだが、まるで一陣の突風のように吹き荒れたあとは、影もかたちも、痕跡すらほとんどのこしていかなかった。

「みんな、怪我は……」

呼吸をはかって、戴星が土間へ飛びおりてきた。覆面の男を真似て、着地の衝撃をきれいにやわらげている。

「火事は？」

「ぼやで消しとめました。大怪我がひとり――ふたり。あとは手傷だけです」

土間に横たえられたままの老人の頭のあたりで、てきぱきと張七聖が応えた。が、

「老陶は――？」

の問いには、無言がかえっただけだった。

老人の息は、まだかすかにあった。額の傷は浅かったのだが、落ちた時に頭のうしろをしたたかにうちつけたらしい。血をとりあえず拭っただけの凄絶な形相で、老人はかすかにくちびるをふるわせた。

「――なに？」

戴星が、上体ごと耳を寄せる。

「剣？」

聞きとれたのは、そのひとことだけだった。わななきながらわずかに持ちあがった指と、老人の視線の先をたどって、ようやくそれが、宝春の手の中のものだと知る。柱をつたって降りてきた少女のために、張七聖が場所をあけてやった。

「お祖父ちゃん」

「……陶」

と、老人が、やっとのことでささやいた。孫娘の顔を見て、にこりと笑った――笑おうとした。その顔が――。

奇妙に若く見えたのは、気のせいだったか。しわだらけの、枯れ木のようだった老人が、最期をむかえた瞬間、まるで時を逆にもどしたように壮年から青年へとみるみる姿を変えていったのだ。

戴星が眼をこすった。

老人は、今や彼と同年配の少年の姿に見えていたのだが――。

最期の息を吐ききったところで、変化が止まった。

そのまま、輪郭がぼうとおぼろに光りだしたかと思ったときには、すでにその身体の実体はなくなりかけていた。

一瞬、馥郁《ふくいく》とした甘い花の香りがただよったが――。

あとには着物の切れはしひとつ、のこらなかったのだ。

――宝春は、声をうしなっていた。

泣くことさえ忘れて、ぼうぜんとただ、祖父の消えたあとを見つめるばかりだった。張七聖以下、その場に居合わせ不思議を目撃した者たちも、こおりついたままである。

信じられない想いは、戴星もおなじだった。ただひとつ――、どうなったにせよ宝春の祖父は二度ともどってこないことだけは、彼にも理解できた。

少女の肩に、がらにもなくおずおずと手をのばし、

「すまない」

戴星は、ひとこと告げた。

少女は、眼を見ひらいたままふりむいた。最初、戴星のことばの意味がのみこめなかったようだったが、やがてきっぱりとかぶりをふったのだ。

「ちがう」

「なにがちがうんだ。おれのせいで……」

「ちがう。あいつら、はじめから、あたしたちをねらってた。以前から、毛親方の一座にはいる前から、ずっとだれかに追われていたのよ。あいつら、あいつら……」

宝春はくちびるをふるわせ、かみしめながら、ようやくそれだけのことばをふりしぼっ

た。その大きな瞳がうるんで、やがて涙にかき曇るのを、戴星は意外なことのように、ただ見つめているばかりだった。

第三章　桃花源伝説《とうかげんでんせつ》

　その夜、禁中《きんちゅう》はさながら不夜城のようだった。

　皇帝の病中とあって、典医《てんい》団が交代で不寝番にあたっているだけではない。宦官《かんがん》たちも、病間ちかくに詰めて急な事態に万全のそなえでひかえているし、後宮の各殿もどことなく緊張した光を部屋ごとにともしていた。

　皇帝の日常の居間がある殿が、その灯《あか》りの海の中心である。その中の、病間からはすこし離れた一室にも、数人の顔があつまっていた。

　末座にひかえている黒ずくめは、宦官の衣服。もうひとりの紫服玉帯の老人は、三品以上の位を持つ高官である。

　部屋自体も、貴人を迎えるにふさわしい豪奢な調度だった。

　壁面いっぱいに描かれるのは、深山幽谷《しんざんゆうこく》の趣き。春とはいえ、まだ冷える夜のために火盆（火鉢）が据えられ、そのかたわらには筆墨をのせた方卓《ほうたく》、盆栽をいくつも載せた博古《はくこ》架《か》（飾り棚）や花台、模様も大きさもとりどりの磁器の壺などが、ゆったりと配置されている。つまりちょっとした書斎の体なのだが、それらの家具のすべてが一級の繊細な工芸品となると、すこし事情がかわってくる。

部屋自体が富の象徴であり、ひいては部屋のあるじの権力の誇示でもあったのだ。

そのあるじの姿は、室《へや》のなかばにひかれた御簾《みす》の奥にあった。むこう側にもいくつも燭がともされて、人の姿をおぼろげながらもうかびあがらせている。

人物は、女性だった。

さまざまな刺繡をほどこした霞帔《かひ》を肩からかけおろし、寛袖《かんしゅう》の深衣《しんい》に身をつつみ、螺鈿《らでん》をほどこした椅子に掛けている。

「娘子《じょうし》」

と、黒服の宦官がうやうやしく呼びかけたところをみると、この女性は皇后。今上《きんじょう》の正妃、劉《りゅう》氏である。とすると、三十歳代の後半、四十歳に手がとどこうとする年齢のはずだが、灯りの加減か、せいぜい三十歳そこそこにしか見えないのはさすがというべきか。

その美貌に加えて、綺羅《きら》に身をつつみ金銀珠玉を飾りたて、だれからも敬《うやま》われ仰ぎみられる立場にあるというのに、劉皇后の顔色は冴えなかった。

「――では、王定国《おうていこく》どのは、明日にも杭州《こうしゅう》へくだられると、そう申すのですか」

細い声は、琴糸のひびきに似ていた。彼女は、その姿だけではなく、歌声の美しさで皇帝の心をとらえて、一介の庶民の娘から国中の女の最高位にまでのぼった女性なのだ。寵愛はとっくの昔に、もっと若い妃にうつっているが、それなりの信頼と心づかいはまだ彼女の上にもあった。だからこそ、皇帝ご不予《ふよ》と聞いて、みずから看病のためと称して、こうやって居間ちかくまで出てきているのだ。

もっとも、看病といったところで、至尊《しそん》の位にある者が指一本うごかすわけではないし、したくても、させてもらえる立場ではない。実際の看護は女官や医師たちがおこない、ほかの者は枕もとでみとるだけ、というのがしきたりであり慣習だったのだ。

「は。夕刻、使いの者がひそかにまいりまして、そう——」

紫衣の高官がそう答えると、劉皇后の顔色はさらに悪くなった。

「なぜです」

「なんでも、悪い相手に、酒楼にいるところを見つかりまして、これ以上は仮病をつかっておられぬようになったと申しております」

「なぜ、そのようなところへ行ったのです。慎重に行動するよう、申しおいたではありませぬか」

「は——」

「丁《てい》公、なんとか、ひきとめられぬのですか。今しばし、辛抱をしてくれれば、大家《たいか》（皇帝をさす宮廷ことば）に申しあげて、復職もかなおうものを」

「こちらからも人を遣《や》って、そう申したのですが。本人があわててしまい、なにを申しても耳にはいらぬありさまで」

答える高官も、困惑の色をかくしきれないでいる。かたわらで大きく嘆息する黒衣にむかって、

「なんとか、よい手段はないだろうか。雷太監《らいたいかん》」

太監とは宦官の長官、後宮の管理いっさいを監督し、表と後宮とをとりつぐのが宦官の主たる役目である。彼らがいなければ、後宮もまた皇帝の身辺も、下手をすると政務ですら、なにひとつうごかない。その長官であれば、ある意味では宮中の最大の権力者ともいえた。

男性の機能を失った者は、早くに老けこむ。この雷允恭《いんぎょう》もさほどの老齢ではないはずなのだが、すでに隣の高官と同年配ほどの外見となっていた。でっぷりと脂肪太りの身体つきは、あまりよい印象を与えない。それでなくとも、身体の一部を失うこととひきかえに影の権力を手にする彼らと、学問をもって立つ官吏とは、昔からたがいに相いれぬ仲ということになっている。

みずからを清流とよび、宦官を濁流とよんでいやしむ科挙出身者のひとりである者が、雷太監を嫌悪のまじった眼つきでながめたのも無理はあるまい。

見られる方も、なかばあきらめている。生理的な嫌悪は、どう否定してもしきれるもの

ではない。それに今のところ、この目の前の高官は利害関係の一致した、いってみれば同志であり一味であるのだ。

「申しわけございませぬ。ご本人がそう仰せになっている以上、無理におひきとめするのはかえってご迷惑というもの。杭州あたりならば、お許しがでさえすれば、すぐにでも東《とう》京《けい》へおもどりいただけます。ここは、大ごとにならぬようにおひかえいただいた方が、先ゆきの御身のためかと存じます」

「そのように、悠長な」

劉《りゅう》妃《ひ》は柳《りゅう》眉《び》をさかだてたが、丁公とよばれた男は、冷静に賛意のしぐさをみせた。

「丁公——!」

「杭州は、辺地ではございませぬ。仮にも銭《せん》思《し》公《こう》の先孝《せんこう》(親、先祖)が都とした地、気候温順にして、風光明媚と聞きおよびます。それに——こう申しては失礼でございますが、王公が東京にはおられぬ方が、娘子の御ためにもなるかと存じます」

「邪魔、だと申すわけですね」

返事のかわりに、またしてもしぐさがもどった。

「定国どのが邪魔だと申すならば、あの寇《こう》準《じゅん》はどうなのです」

仮にも現宰相を呼びすてにしてはばからないのは、おのれの権力に絶対の自信があるからだろう。

「どうせ追い落とすならば、時間をかけてなどという悠長なことなど申さずに、今すぐにでも罷免《ひめん》にすればよいのです。兄から聞きましたが、あの男、妾《わらわ》が大家のご後見申しあげることに、まっこうから反対するつもりだそうですよ。丁公、そなたも、あの男には耐えがたいはずかしめをうけたはず」

紫衣の高官の威厳ある顔が、一瞬、朱に染まった。

寇準にはずかしめられたとなれば、この高官は、丁謂《ていい》、字《あざな》を公言《こうげん》、現枢密使《すうみつし》の職にある男である。

「機は熟しております。お望みとあれば、今夜にでも、罷免を申しわたすことも可能」

「まことか」

「いつわりは申しませぬ」

「では、すぐに、そうなさい」

「――おことばながら」

「無理だと申すなら、いっそのこと、殺してしまいなさい。十七年前、息女《むすめ》とともに殺しておけばよかったものを、今まで見逃すから、このようなことになるのですよ」

「娘子――！」

御簾の前にひかえたふたりが、ふたりともさっと青ざめ、声をひそめて制止にかかった。

「そのことは、お口になさいますな」

「大事ない。ほかに聞く者はないし、証拠もありません。寇準がなにをどう思おうと、申したてられるものではない」

胸をはっていいきったところなど、顔色がなかなかもとにもどらない男ふたりとは、大きなちがいである。

「――罷免には、大家のご裁可が必要。今宵のあいだにというのは、無理でございましょう」

雷太監が、ようやくとりなすように口を出した。

「どうしても――どうしてもとおおせならば、臣に一計がございます。寇萊公《こうらい》も今宵は禁中におわすとすれば、絶好の機会かと」

「よろしいでしょう」

御簾のむこうの景色が、それですこしやわらいだ。雷太監が伏せた顔を、得たりとばかりにゆがめ、丁謂がやはりうつむいてむっと不快の色を見せた。

「では――」

宦官の黒衣が、退出の合図に腰を折ったとき、

「娘子、こちらにおわすと聞いてまいりましたぞ」

「兄上」

御簾のむこうが、さらに明るくなった。おそろしいことを平然と口にはするが、同時に、

笑うと天女のように美しくなれるのは、実際には、手をくだしたりその場に直面したりするわけではないせいかもしれない。

この美女の実兄である劉美《りゅうび》もやはり、美丈夫《びじょうふ》とよぶにふさわしい容姿の持ち主である。妹の力で得た位階であるから、たいして高くはない。総体に、宋《そう》国は文を重んじ武をかろんじる風潮があり、武官は一段下に見られるのだが、劉美がたまわったのも武官の、それも名目上だけの官職である。が、実務につくわけではないからそれで不都合もなく、本人も周囲も満足している。こうやって、皇帝の外戚として奥近くまで入ることもできる。

「このような時間に、いかがかとは思ったが、至急お知らせしたいことがあって、まかりこした」

と、先客ふたりにむかって、かるく黙礼《もくれい》をみせる。

「なにごとでしょう」

機嫌のなおった劉皇后は、身体をかたむけてたずねた。

「八王爺《はちおうや》の子息が、屋敷からみえなくなったそうだ」

「まことですか」

身をのりだしたのは、皇后だけではない。

「しかし、昼間、銭思公が、八王爺と宰相閣下との会話を立ち聞いたところでは……」

「まさか、おらぬものをおらぬと、正直には答えられますまい。いくら、相手が寇萊公でぬなど──」

「それは、たしかに……」

うなずく彼らの面にも、わずかながら喜色がうかんだ。仮にも皇太子候補にあがってい る者が、皇帝不予というこの時に、所在をあきらかにできないのでは、それだけで後継者失格である。万が一というときには、すぐにでも立太子の儀と大葬、そして即位の儀とつづけておこなわねばならないのだ。そのときに間にあわないような者は、論外というべきだった。

「さいわいというべきか、大家のご病気はかるい傷寒《しょうかん》(風邪)。大事にいたるようなものではないが──」

「いったい、どこへ消えたと申すのです、兄上」

「八王爺の屋敷でも、ひそかにさがしているらしいが、所在はつかめぬようだ。だが、消えうせるわけがないから、東京の街中にひそんでいるにちがいない」

「そのまま、帰ってこなければよいのに」

また、美女の面が険悪になった。

「妾は、八王爺もその大公子《だいこうし》も、大きらいです。あの者を、大家の後嗣《こうし》にむかえねばならぬなど──」

「娘子、おしずかに。今宵は八王爺も禁中に詰めておられるのですから」

「しかも、娘子、われらが聞くところ、あの公子は聡明にて、素行もなかなか評判がよろしいし、なにより孝に秀でておられるとか。八王爺の正妃、狄妃《てきひ》さま所生の御子ではないが、妃《ひ》殿下をなにより大切にうやまうことは、実の子以上だそうでございます。太子として立ててご恩愛《おんあい》をたまわりますれば、かならずそれにこたえて娘子を母君としてうやまわれましょう。これがほかの公子方では、なかなかそうはまいりませぬぞ」

本音をいえば、こちらの意のままに動く傀儡《かいらい》の方が、後継者としてはのぞましい。だが、あまりに愚かでも困るのだ。自分たちがたやすくあやつれるということはまた、他者にとってもそうだということ。すくなくとも、利害の判断ができるほどに頭がまわらなければ、手中におさえておくことはむずかしい。

また、八王の子なら、文句をつける者もほとんどないはずだ。

「あの公子は、お亡くなりになった殿下とおない歳。きっと、亡き殿下のかわりに孝養を尽くしてくださいましょう。大家のおもざしにも、よく似ておられることですし」

だが、かわるがわるなだめる先客ふたりは、はげしい叱責でむくわれた。

「それだからこそ、妾はあの公子がきらいなのです！」

思うことの、ひとつもかなわぬことのなかった女性である。妍《けん》高いのは、当然かもしれないが、それに一喝されてへっとばかりに頭をさげる男たちも、なさけないといえばなさけない。

だが、これも保身の術のひとつ、頭さえさげておけば安全だし、なにより無料《ただ》である。

「ああ、殿下。吾子《あこ》が生きてさえいてくだされば、このように不快なことにはならなかったのに」

劉皇后は袖の端を目頭におしあてて、つぶやくようにかきくどいた。吾子とは、幼くして亡くした実子、今上の唯一の男子にして先の皇太子のこと。歿《ぼっ》して十年近くになるというのに、彼女が亡き子のことを口にしなかった日は一日もないというありさまなのだ。さすがに、これには兄である劉美が太い眉をひそめた。

「いつまで、それをおおせだ。はかなくなったものが、今さらもどるわけではない」

「兄上に、なにがおわかりになります。吾子は、兄上にとっては野心のひとつにすぎぬかもしれませぬが、妾にとってはこの世のすべてでございましたのですよ」

「わかっている。だが――」

「妾は、吾子の身代わりなど、だれであっても認めませぬ。八王爺の公子がどれほどの人物であっても、吾子にかなうはずがない。ええ、いっそのこと、あの公子もこの世からいなくなってしまえば、どれほど心やすらかであろう――!」

こうなると、手のつけようがないことを、この場の全員が知っている。その昔、ひとりの宮女を死に追いやって以来の長いつきあい――共犯のあいだがらなのだ。

感きわまってすすり泣きはじめた高貴な女性を、そばに寄ってなぐさめるわけにもいかず、困惑とあきらめのいりまじった顔を男たちが見かわしたときだ。

「――お手伝い、いたしましょうや」

文字どおり、地の底から声が湧きあがったのだ。

「何者――！」

と、とっさに身がまえたのは、意外にも、もっとも鈍重そうな雷太監だった。あとのふたりは、おろおろと、声の出処をもとめてうろたえるばかり。つづいて気をとりなおしたのは、劉皇后である。

「姿を見せよ」

涙にぬれたほほをそのままにあげて、凜然といいはなつ。それに応えた人の形は、いきなり房《へや》の中央にあらわれた。

「おまえは――」

「はじめて拝顔の栄に浴しまする。皇后陛下におかせられましては、ご機嫌うるわしゅう、まことによろこばしき次第。また、その兄君には、無沙汰《ぶさた》の罪をお詫び申しあげまする」

天から降ったか地から湧いたか、とにかく気がついたらその場に、蟾蜍《ひき》に似た老人がひとり、たたずんでにやりと笑っていたのだ。

「お見知りおきの者か、劉公」

雷允恭のかん高い女性的な声が、さらにとがった。

「あやしい者では――ないと申しあげても無駄のようですな。てまえは、姓を崔《さい》、名を秋先《しゅうせん》、壺中仙《こちゅうせん》の崔翁《おう》とよばれておりまする、しがない奇術師にございまする。このような卑しい者が、高貴な方々の御前へいきなり出るとは、おそれおおいことかとは存じましたが、至急お知らせしたきことがございまして、敢えて推参いたしました」

劉美へむかって、丁重に腰を折った。苦い顔つきで、劉美もうなずいてみせる。

「この者は、みどもが例の件の探索を命じておいた者。多少、妖術をつかうが、心配はいらぬ。娘子にもご案じあるな」

「――では、例の」

そのひとことで、全員がこの異常事態を納得したばかりか、あきらかに激しい興味を示したのだ。それを視界の中におさめて、老人もせいぜい小ずるく見える愛想笑いをつくった。

「手がかりがつかめたのですか」

「それを申しあげる前に――、皇后陛下、八王爺のご子息をお除きになりたいと、ご本心からお望みでございますか」

「望みます」

あとの三人が、さすがに躊躇《ちゅうちょ》するあいだに、御簾のむこうの影はきっぱりといいきった。

「では、すぐに街へ人をお遣りなされませ。腕のたつ者、できれば武官がよろしかろう。

枢密使閣下のお力で、そのあたりはどうにでもなるはず」

「公子の居処は！」

「つい先ほどまで、馬行街《ばこうがい》の牡丹棚《ぼたんほう》の楽屋裏で、役者、芸人どもとともにたちさわいでおられましたぞ」

丁謂が、よりにもよって――という顔をした。直接、手をくだせと指名されたからだ。なんといっても、相手は皇族にはちがいない。よほどうまく仕組み過失にみせかけて殺さなければ、あとでこちらまで罪に問われかねない。

「ならば、命をうばうまでもない。悪処にでも出入りしている現場をとらえて、不行跡の廉《かど》を申したてれば、それで一生蟄居《ちっきょ》の身となる」

だが、なかばは責任のがれの提案であることを見抜いたのか、

「いいえ、なりませぬ」

劉皇后が一蹴して、その案は否決となった。

「憂いの種は、完全に断たねば意味がない。丁公、今すぐにその手配を。これは、命令ですよ」

「は――」

現在の宮廷のあるじが病弱な天子ではなく、皇后であるのは周知の現実である。廷臣の半分以上をその勢力下におく実力者も、こうなってはただ、かしこまってひきうけるより

ほかなかった。

そそくさと丁謂の姿が房から出ていくのを、横目でながめ、

「ああ、ひとつ――」

蟾蜍《ひき》に似た顔つきで、崔翁がつけくわえた。

「事は慎重におはこびくださいますよう、お願い申しあげます。なにしろ、大事な手がかりが、公子とともにおりまするので」

「どういう意味だ」

「――例の」

と、目くばせだけで、その場の人間にわからせるあたり、かなり芝居気がある。

「どういうめぐりあわせか、両者がかかわりあってしまいましてな」

「つまり、公子は亡き者にし、もうひとりは捕らえよと申すのだな」

「首尾《しゅび》よういけば、でございますが。あ、それから――」

「なんだ」

「急がれた方がよろしいかと存じます。何者かは存じませぬが、よけいな手をだしてまいっておるようす。今宵、牡丹棚が襲われましてございます」

「だれの仕業だ――！」

するどい、うたがわしげな視線を互いに互いの上へ走らせたところをみると、この四人

は、かならずしもひとつ穴の一味ではないらしい。

「さて、それは——、ご身分の高い方々のなさることは、てまえのような者の関知できるところではございませぬゆえ」

皮肉を皮肉と聞こえるように答えて、崔老人はすましかえった。

「ご安堵なさいませ。肝心のものは、無事でございます。さ、早う」

「おまえなどに、いわれるまでもない」

虚勢なかばに老人を怒鳴りつけて、丁謂は足早に立ち去った。

「では、てまえも、おいとまを」

「報酬は、のちほど屋敷の方へとりにまいれ——」

「お待ちなさい」

兄のことばを制止して、

「これを」

御簾のむこうで、ちいさな手まねきがうごく。雷太監が御簾の内部へはいり、白い手から品物をうけとって、もどってくる。

皇后自身が身につけていた、佩玉《はいぎょく》（帯から下げる玉製の飾り）だった。

「これからも、たのみます」

いくら非公式の席とはいえ、直接にことばをたまわるのは異例である。それだけ、この老人に対する——彼がひきうけた用件に対する期待が大きいといえる。それがわかったのか、崔老人は満面に蟾蜍《ひき》にそっくりの笑みをうかべて、深々と腰を折った。

「それでは、これにて失礼いたします」

うやうやしく賜《たまわ》り物をうけとり、おしいただいたままあとずさる。が、その身体がむかったのは出入口の方向ではなく、山水を描いた壁だったのだ。

どこへ——、と三人がいぶかり、制止する前に、崔老人の姿は煙のようにかき消えていた。

「あ——」

雷太監が、最初に老人の行方に気がついた。なんと、人ひとりみあたらなかったはずの深山幽谷の、その谷間をめぐる細い小径《こみち》に、うす墨の染みがぽつんと描きくわえられていたのだ。それが、人のうしろ姿に見えた。さきほどの老人に、猫背の肩のあたりの丸みがそっくりだった。

まさか、と、二、三度目をしばたたいたときには、その染みすらぬぐったように消えていた。

「あの者、まことに妖術使いであったのですか」

なかばあきれたような声色に、強い期待の色彩がまじったのは気のせいだったろうか。

「そもそも、例の件を持ちこんできたのも、あの者だった。信じられぬようなことも申すが、嘘ではない」

「では、まことなのですね。その地に霊薬があると申すのは」

劉皇后が、兄にむかって奇妙なことを口ばしった。

「さて、実際に手中にしてみなければ、実体はわからぬが、人智を超えた仙界であることはまちがいなかろう」

「吾子をこの手に、もう一度お抱き申すこともかないましょうか」

聞きようによっては異様なことを、うっとりと夢見るようにいう妹に、

「わからぬと申している。だが、けっして娘子に不利なようにははからわぬ。安心して、この兄にまかせていただこう」

「お頼みいたします、兄上」

そのことばに満足したか、劉皇后もそれで話をうちきった。すでに宵の口をまわっている。宮中の鼓楼《ころう》が初更（午後九時）を告げたのは、かなり前だったはずだ。

御簾のむこうで衣ずれの音が、さやさやと鳴った。気配を感じて、雷太監がいったん部屋の外へ出る。別間でひかえていた宮女たちへ、皇后の手だすけをするように指示をだした。皇帝は女たちに裳裾をあずけ、さらに奥に仮にしつらえられた寝室にはいっていった。

女たちの足音と息づかいが完全に消えるまで、のこったふたりは、じっと息を詰めていた。やがて、劉美から先に、ほっと肩の力をぬいた。

「まったく、わが妹ながら、むずかしいお人だ」

「そうおおせられては、お気の毒でございます」

「御身も苦労することだな、太監」

とは、皇后の耳にとどくことをはばかった発言と、実兄がとったからだ。

雷太監は、無言のままふとった首をまわして否定のしるしとしたが、

「それより、お気をつけなさいますよう。事が漏れている気配もございます」

話題を変えた。

「ちょっかいの正体ならば、おおよそ見当はついている。おそらく、わが義兄どのであろうよ」

「──こまったお方で」

「なに、たいしたことはできまい。ただ、うかつなことをされても困る。ひとつ、釘をさしておくべきではあるな──」

つれだって殿を出る彼らを、不安な闇がおしつつんだ。どこからともなく監視されているような、そんな視線をふたりがふたりとも感じたのだ。が、双方ともにそれを口にすることはなく、表面なにごともなく、その夜は更けていくようだった。

「――では、宝春《ほうしゅん》には、ほかに身よりはひとりもないのか」

白戴星《はくたいせい》の若い顔が、一瞬、悲痛そうにゆがんだ。それを見ながらうなずいたのは、軽業《かるわざ》一座の毛《もう》親方である。

「あるとしても、わしらは聞いておりません。そもそも、あのふたりはこの正月、西京《せいけい》（洛陽《らくよう》）で一座にくわわったもの。それも、むこうからいってきたもので、くわしい話はなにひとつ……」

祖父とふたりで、あちらこちらの一座をわたりあるいてきた。宝春の両親は、彼女が物心ついたころには、もういなかったらしい。彼が知っているのは、そのくらいだった。

「これでは、葬礼も出せません。もっとも遺体がないんでは、それどころじゃないですけどね」

困惑の色をうかべながらも、いかにも誠実な男らしく、懸命に記憶をふりしぼろうとしているのがわかる。そのかたわらの張七聖《ちょうしちせい》も、心配そうな眼で両者を等分に見ていたが、

「身よりがなければ、それでもいいじゃないですか。毛師叔《ししゅく》のところで面倒がみられないなら、うちでひきとってもいい。あの娘《こ》はきれいだし頭も気立てもいい。本人さえその気なら、そのうち、開封《かいほう》でも指おりの人気役者になれる」

「うちだって、宝春を手ばなす気はないよ、張公」

あわてたように、毛は両手を眼の前でふってみせた。

「そりゃ、ここで張七聖の弟子になる方が、芸人としての出世だってことはわかっているがね。わしにとっても、宝春は大事な看板なんだから」

苦笑まじりに、抗議する。ふたりとも本気でいがみあう気はないだろうが、宝春が欲しいことも事実らしい。

さわぎも一段落し、怪我《けが》をした者の手当もそのあたりの片付けもひととおり済んだあとの、牡丹棚の舞台裏である。ほかの者はとにかく寝しずまり、万一にそなえての不寝番をかって出た三人が、顔をつきあわせて話しこんでいるところだった。

実際、話すことは山ほどあった。その年長の芸人ふたりのあいだで、

「おれが心配しているのは、そういうことじゃないんだ」

むずかしい顔をくずさずに、戴星がつぶやいた。

「あの——老陶《ろうとう》の姿が、消えちまったことですかい？」

おずおずと毛がたずねたのは、まだ半信半疑——というより、信じたくない思いの方がつよいからだろう。だれしも、やっかいごとに巻きこまれるのはごめんこうむりたいものだ。人ひとりの身体が、雲か霞のように目の前で消え失せたなど、だれに話しても信じてもらえる類の話ではない。

「まさか、白公子、宝春がよりにもよって化け物の孫だなんて、おっしゃるんじゃないでしょうね」

「化け物かどうかはわからないが、とてつもないいわく因縁を背負っているのは、おまえも知っていたんだろう」

「宝春がいった、ねらわれてたってことですかい？」

「三月ちかく、いっしょに旅をしていて、気がつかなかったのか」

「いや、そりゃあ、その……。なんだか、妙なのがうろついてたことは、ありますがね。ですが、わしらのような稼業には、けっしてめずらしいことじゃないんで、昼間みたく、酔漢《よっぱらい》にからまれるなんてことも、その、いってみれば商売のうちなもんでね」

張七聖が、それをうらづけるように、かたわらでうなずいた。

「それに、老陶はくわしいことは、ひとことも話してくれませんでしたよ」

話したくないものは聞かずにうけいれてやるのが、芸人のならわしであり仁義だと、毛はいった。

「では、あの老人の末期《まつご》のことばにも、心あたりはなさそうだな」

「──さっぱり。いったい、自分の姓を名のって、あと、なにをいうつもりだったんでしょうね」

「名ではなかったのかもしれない」

とは、張七聖のせりふだ。

「虫の息でのことばです。いいそこねることも、聞きまちがえることもあります。おなじ音でも、平仄《ひょうそく》（アクセント）がちがえば意味もちがう」

舞台上のせりふを大切にする、役者らしい意見だった。

「では、ほんとうは、どういうつもりだったんだろう」

「さあ。それに、その前のことばの意味もわかりませんし」

「剣を指さしたことか。……これは、本人に訊くしかないか」

首をひねるばかりの話しあいにけりをつけたのは、戴星だった。投げ出すようにいって、身軽にたちあがる。

「眠っていますよ」

眠ったぐらいで、祖父をうしなった衝撃がやわらぐわけではないが、ほかにうつ手もない。とりあえず、一座の女たちをつけて奥まった部屋で休ませてあるのだ。

「ようすを見てくるだけだ。剣というのが、気になるし――」

「私も行きましょう」

張七聖が立てば、毛もすわっていられない。結局、三人そろって見にいくことになった――。

が、女たちのあいだには、宝春の姿だけがなかった。

「どこへいった」

「はい、つい、さっき――」

用に立ったというなら、剣はおいていくはずが、どこにもみあたらない。それと知るやいなや戴星が、ものもいわずに身をひるがえした。

「宝春！」

劇場裏は、燃えたところにとりあえず竹むしろをたてかけて、焦げた部分をかくしてある。こんなことがあったと知れたら、人気にかかわるというだけではない。これが大事になったら、宝春の祖父の消えたようすも人の口にのぼる。彼女が好奇の目にさらされることを恐れた、張七聖の配慮だった。

その竹むしろの前で戴星は、細長い布づつみを大事そうにかかえた少女をつかまえることに成功した。

「なにも、逃げることはないだろう」

「親方にも張公にも、迷惑はかけられないもの！」

「だれも、そんなこと、思ってないぞ」

「でも、ここにいたら、また襲われる。なんだかわけのわからないことで、他人にまで怪我をさせたなんて――」

「だ、そうだ。張公、毛親方」

外まで追ってきたふたりが、困惑しきった顔を見あわせた。

「どうする？」

「ここを出て、どこへ行くんだね」

「今まで、お祖父ちゃんとふたりで旅してきました。これから、ひとりで――」

「心意気はりっぱだが、今夜、これからの宿をどうする。今時分から娘ひとりを泊めてくれる宿があるとは思えないが」

「でも！　また、あいつらが――！」

要するに、居場所を知られて襲われた恐怖で、骨の髄まで染めあげられているのだろう。祖父の非業の最期の場から、一刻も早くはなれたいというのが、本音だろう。気がつよいように見えても、まだ十五やそこらの小娘なのだ。

「どうだろう。張公」

しっかりと宝春の手をとらえながら、戴星が相談をもちかけた。

「これも、のりかかった船だ。ここは、おれにまかせてもらえないだろうか」

「公子に――？」

「こんな若僧では、不安だろうが」

不安なのは年齢ではなく、身元がはっきりしていないことだ。だが、張七聖も人を見る目に多少、自信があった。すくなくとも、この少年が、ほとんど見ず知らずにちかい宝春のために、文字どおり懸命になっていることは信じてもいい。

「念のために、訊きますが――」

「これからの行き先だろう。とりあえず、今夜だけ身をかくすつもりなら、都合のいいところがあるんだ。もっとも、宝春がいやでなければの話だが」

「どこです」

「——金線巷《きんせんこう》」

「ああ——」

聞いたとたんに納得したのは、毛親方。ぽんと手をうって、

「そいつは、いい」

そして、いぶかしげな視線をむける張七聖にむかって、

「昼間、仁和店《にんわてん》で、人だすけをなさってるんだ。いやな客にからまれた、何史鳳《かしほう》を——。だから、一夜ぐらい、かくまってくれといっても、いやな顔はするまい」

「妓楼《ぎろう》ですか」

「若い素人娘《しろうと》を連れていくようなところじゃないことは、よくわかっている。だが、今からでもはいりこめるし、深更《しんこう》から暁《あ》け方まで、とにかく人目がある。腕のたつ人間もいるはずだ」

花巷《かこう》といえば、後宮とおなじく女ばかりの世界のように思われているが、それを支えるところで意外に多くの男たちがはたらいているものなのだ。特に、女と客、また客同士のいざこざを避けるためには、こわもての人間が何人もやとわれている。たしかに、身をか

くすにはうってつけといえた。

「宝春、どうする」

「──昼間の姐《ねえ》さんのところ？」

「そうだ」

「行くわ」

「よし、決まった」

少年は、いったとたんに歩きだしている。即断即決、思いきりがよいというか、短気というべきか迷うところだが、この場合はよい方向にむいたといえるかもしれない。

「親方、張公──」

つられたように戴星のあとを二、三歩追ってから、ふりかえる。

「気をつけるんだぞ」

「いつになってもいいから、もどっておいで。待っているから」

ふたりのあたたかいことばをうけとめて、宝春は夜の中へかけだしていった。

──その昔、唐代以前には、街は夜歩くところではなかったという。人々の暮らしは坊とよばれる囲いの中におしこめられ、夜間、大路を歩いていると罰せられた。

だが、開封の街には坊というものが、そもそもなかった。いや昔はあったのだが、時代が下り権力の形が変わるにつれて、禁令も土の障壁もまた、なしくずしになっていったのだ。

　禁令のあった時代にすら、坊の内には庶民の夜の暮らしがあり、商売が成りたっていた。坊という障壁がとりはらわれた今、人は夜道にあふれ、昼をあざむく光の下で昼とは異なった生活をいとなむようになった。

　ひとつには、産業の発展によって照明が便利になったことも、夜間の活動をさかんにしたといえるだろう。唐代には、灯火用の油は非常に高価なものだった。蠟燭《ろうそく》にいたっては、特権階級にだけ買える貴重品だった。

　宋代にはいっても、蠟燭は高価なものにはちがいなかったが、庶民に手のとどかないものではない。農業生産力がはねあがり、紅花、麻などの栽培がさかんになったために、灯火用の植物油もたやすく手にはいるようになったのだ。

　さすがに、昼間のような人出はないし、一歩、脇の小路にはいれば月夜でもないかぎり黒白《あやめ》もわかたぬ闇となる。だが、表どおりを歩いているかぎり、明かりをかかげた人とたえずすれちがったし、終夜開けている露店や食物屋もぽつりぽつりと在る。歩いていくぐらいの明るさは、充分にあった。

「——たずねてもいい？」

　と、宝春の方から口をきいたのは、明かりがあるとはいえ、夜道をふたりきりで行く不安にたえられなくなったからだ。

「さっき――あたしに、あやまったでしょう。なぜ、そう思ったの――つまり、あいつらが、あなたを狙ったんだと思ったの？　心あたりがあったの？」

「あった」

「聞いていい？　だれに？」

「親父の正夫人」

　この手の件になると、戴星は極端に口数がすくなくなった。それでいてきちんと要点は答えていて、かくしだてをする気配はない。よけいなことをしゃべらないよう、ことばを選んでいるらしいと、宝春は感じていた。

「だって、あなたが無事に生きてることは、知らないはずでしょ」

「が、おれの存在は知っているんだ」

「どういうこと？　――無理には訊かないけれど」

「おれが預けられた先は、親父の兄の家――おれにとっては血のつながった伯父の家だったのさ。伯父――養父と養母が話のわかる人で、侍女《じじょ》に生ませたことにしてつじつまをあわせて、自分たちの子にしてしまった。ところが――」

　ここでひとつ、わざとらしくため息をついて、

「実の親父のところに、男子が生まれなかった。いや、おれの母が行方不明になったあと、

ひとり生まれたんだが、十歳にもならずに死んでしまった。で、養子をむかえて跡をつがせることにしたんだが――」

「その養子の候補が、あなた」

「そう。よりにもよって、皮肉なもんだ」

それでおさまらなかったのが、仇《かたき》をおとしいれ、まんまと正室の座を手にいれた女。むろん、彼女もまだ、養子にむかえようとしている子が、夫の実子だとまでは気づいていない。だが、昔から彼女は夫の一族とは仲が悪く、ことに戴星の養父をきらいぬいている。

「で、その息子のおれを養子にすることにも、大反対をしているんだそうだ」

「張公がいってらしたわ。よほどのご大家《たいけ》なんだろうし、公子にはいろいろ事情があるんだろうけれど、そんなことならいっそのこと、金も官職もないほうがましだって」

「まったくもって、同感だ」

若いくせに、世故にたけたようなことをいって、戴星は、とっとと足を早めた。

都の大路とはいっても、すべてが舗装してあるわけではない。石畳をきれいに敷き詰めたところもあれば、脇の水路からあふれた水で泥だらけになっている個所もある。それを右に左にと曲がりくねり、どうやらすこし遠まわりして、ふたりは目指すところにたどりついた。

さすがに、妓館の数軒集まっているところは、すべての室にこうこうと明かりを点し、そのあたりだけは人通りも露店も、ざわめく音もひときわ高い。

戴星は、正面から問題の妓館へとはいった。宝春のような少女をつれて裏からまわれば、売りにきたとまちがわれるのが落ちだ。正面からはいれば、そして金さえ充分にはらえば、男だろうと女だろうと、客にはちがいない。自分の店にいる客の安全をはかるのは、こういった商売の鉄則のようなものだ。

「史鳳姐さんは、ちょっと今……」

と、口を濁されるのも承知の上だ。

「なにも、客にあがろうというんじゃない。ちょっと、おれの名まえを伝えてほしいだけだ。そのあとどうはからうかは、史鳳にまかせるから」

これまた、場馴れした口調で応対するところをみると、この公子、この歳でそうとう遊び歩いているらしい。いったんはやわらいでいた宝春の視線が、けわしくなった。不信――というよりは、軽侮《けいぶ》の色の方が濃い。

どう話がつたわったのか、それからすぐにふたりは階上へとみちびかれた。ながい、まっすぐな廊下の左右に、繊細な格子細工の窓や扉がつづく。各処におかれた燭台や灯籠にはいっているのは、蠟燭の中でも高価な蜜蠟製で、昼をあざむくという形容が、ここならば許されるかもしれない。

両側の室から流れでてくる、嬌声や管弦のざわめきに、宝春が緊張の色をはっきりと見せた。

「——やあ」

　奥まったところにある、ひときわ美しい扉を先にくぐった戴星が、めずらしく奇矯な声をあげた。よほどおどろいたらしいと不安になって、あわてて肩ごしにのぞいた室内に、

「やあ」

　と、目礼をかえしたのは、昼間逢った挙人の春風のような白面だった。そのとなりでは、化粧と衣服をあらためた何史鳳が、あでやかな笑顔でむかえてくれている。

「これは——、賢兄がこんなに裕福だとは知らなかったな。昼間、おごるのではなかった」

　出会いがしらに、嫌味がとびだす。彼女ほどの名妓なら、顔を見るだけでも銀十両（約三百七十三グラム）はかかるはずだ。

「誤解しないでください。私は、花魁《おいらん》を送ってきただけですよ」

「ならば、さっさと帰ればいいじゃないか。こんな時刻まで、なにをしている」

「白公子こそ、夜更けにご婦人と道行きとは、おだやかでない」

　売りことばに買いことばとでもいうのだろうか。仲がいいのか悪いのか、本気か冗談かわからない口調で、ひとしきり応酬があった。割ってはいったのは、何史鳳である。

「とにかく、お入りくださいませ。ただいま、公子の盃を。宝春さんには、なにか甘いも

のがよろしいわね」

「いえ、あたしは」

身体をこわばらせて、すかさず辞退した彼女に、史鳳は一瞬、悲しそうな顔を見せた。が、すぐに少女の顔色のただならぬことに気づいたのだろう。

「こちらへ。お掛けなさいまし、さ」

自分から立ってきて、宝春の手をとり、やさしくみちびきいれる。痔をたてておびえていた昼間とはちがい、ここでは史鳳はおっとりと優雅にふるまっていた。それもそのはずで、この館の内でなら、彼女はだれよりも大事にされ守られている。身寄りを亡くし追われている宝春が、気のつよそうな表情に、おびえの色をちらちらと見せるのとは好対照だった。

「——なにがありました」

おだやかな顔色は変わりないが、包希仁《ほうきじん》も気配から感じとったか、戴星を見あげながらたずねた。

「宝春を、ひと晩、あずかってもらおうと思ってきたんだが——。ここに知恵者がいたのは好都合だ。意見が聞きたい」

ちらりと宝春を見やったのは、席をはずした方がよくはないかという目くばせだった。ことばの上でとはいえ、あの惨劇を再現するのは、彼女にとって楽しかろうはずがない。

二間つづきの何史鳳の室の、奥へでも連れていってもらえないかと考えたのだが、宝春自身が首をふって拒否した。

史鳳がみずから、酒や肴《さかな》の追加を運んでくれるあいだに、戴星はここに来るに至った事情をわざとそっけなく、だが、かなり的確に話しはじめたのだった。

祖父が梁《はり》から落ちる場面になると、宝春の手が膝の上で拳ににぎられたが、あとは表面上は平静だった。

「……というわけで、迷惑だとは思ったが、とりあえず、押しかけることにした」

「——いい判断でした」

話し終わった戴星に、まず一番に希仁は、大きくうなずいてみせた。

「私がそこに居合わせても、同じことを考えたでしょう。私では、とっさの荒事《あらごと》には役にたたなかったでしょうから、郎君《きみ》がそばにいたのは、とてつもない幸運でした」

「で——。どう、思う？」

「いきなり、そういわれても」

せっかちな少年をおさえるような仕草を、手で見せた。

「せめて、陶《とう》の意味だけでも、わからないか」

「張公の意見どおり、ほかのことばをいいかけたんだと思いますね。ですが——」

「それでも、挙人か。毎日、文字ばかりにらんで暮らしてるんだろうが」

「平仄ちがいだけで、いくつあると思ってるんです。地方によっても、発音はちがいますし、一文字だけでは、なんとも――」

ほとんどいいがかりのような文句に、希仁もぴしりといいかえした。

「じゃ、剣の方はどうだ」

「同時に、彼女の方を指したんですね。そのつつみですか。昼間の、舞剣につかっていたものですか？」

少女は、無言のままにうべなった。

「見せてもらえますか」

本来、こんなところにあがる時には、武器ははずして帳場にでもあずけるのが礼儀だ。だが、まさかこんな少女が真剣を持っているとは、妓館の方も思わなかったらしく、なにも聞かれないまま、ここまでしっかりとだきかかえて、はいりおおせたのだ。

まるで命綱であるかのように、今まで剣をにぎってはなさなかった手が、ようやくゆるんだ。

ためらった末に宝春は、希仁の眼の奥をのぞきこむようにして、ふたたびうなずいた。

「調べてみますよ」

と、了解をとりつけた上で、希仁はつつみの布をとりはらった。鞘《さや》はなめし革を漆で塗りかためたもの。ところどころに粗末な金具がついているよりほか、模様ひとつない簡素なものである。双剣――一対、二本の剣をおさめるために、ふつうの品物より、わずかに太目にこしらえてある以外、なんのへんてつもない。

それを希仁は、目の高さにもちあげてためつすがめつしていたが、すぐに中身をぬいて戴星にわたした。彼の興味は、刀身よりも鞘の方にあるようだった。

「これは、いわくがあるようなものじゃ、ありませんね」

「毛親方の一座に加わるときに、洛陽でつくらせたものよ」

ようやく、宝春も声が出た。

「注文は、祖父君が？」

「ひとりで行って、あつらえてきたわ。ひきとりにいったのも、ひとりだった」

「ふむ」

喉《のど》の奥でうなると、いらいらしている戴星の目の前で、ひとしきりうなずいてみせた。

「なんなんだ、いったい――！」

「いいですか。見てごらんなさい」

いうや、希仁は鞘口を飾る帯状の金具を両手でにぎり、そのまままっすぐ左右に引いたのだ。

「鞘が！」

あっと叫んだのは戴星と、しばらく前からもどってきていた史鳳。宝春は、声も出なかった。

鞘が二重に――細めにつくった鞘の上へ、もう一重の鞘をかぶせてあったのだ。うすい革だからこそ、できた細工だった。内側の鞘を完全にぬきとると、それも少年にわたし、希仁は外の鞘をさかさにした。

かさかさと乾いた音とともに、うすい紙片が落ちてきた。

「文字が書いて――いや、刷ってありますね。これも、古いものじゃない」

木版印刷の本の、一部なのだろう。かすれた四角い墨跡が、びっしりと紙面を埋めつくしていた。

「祖父君は、字が書けましたか」

「読む方はなんとか。でも、書くのは名まえと、あとすこしぐらい」

「では、かわりになるものをいれておいたんでしょう。――陶淵明《とうえんめい》ですね」

紙をていねいに卓子《つくえ》の上でのばし、文字を追う。戴星も横からのぞきこみ、最初の数文字を見ただけで、

「桃花源記だ」

「そう、桃の花をたどって、仙界へ迷いこむという話です」

陶淵明、字を元亮《げんりょう》、またの名を潜《せん》。江州潯陽《こうしゅうじんよう》の人――といっても、ざっと六百年も以前の人間である。

三国とよばれた時代を制した司馬氏の晋朝《しん》、それが異民族に圧迫されて、都を建康《けんこう》（現在の南京）へ移す。陶淵明は、その東晋《とうしん》の末期から次の南宋朝に仕えた。混乱の時代に、不遇だった詩人は零落した一族をささえるために、意に染まない仕官と辞任をくりかえす。俗世を離れ無為自然の世界をよしとするのは、その時代の流行でもあったのだが、彼も田園生活へのあこがれをつづった詩や文章を多くのこしている。

『桃花源記』は、その中でも代表的な文章だった。

物語――ともいえないほどの、みじかい話である。

晋の太元《たいげん》年間、武陵《ぶりょう》というから長江の中流域あたりの漁師が、漁をしながら川をさかのぼるうちに迷い、両岸に桃の花が咲き乱れる中、川の水源にいきあたる。そこにあった洞窟をぬけると、そこは豊かな美しい田園がひらけていた。集まってきた人々は、衣服も髪形も見慣れぬもので、また、人なつこく親切で、漁師を歓待してくれた。彼らのいうことによれば、秦《しん》の始皇帝の迫害をのがれてここにたどりつき、以来、外部との接触はいっさいないとのこと。漁師が現在のありさまを語ってきかせると、いちいちおどろきあきれてみせた。

やがて、漁師はそこを辞す。家へ帰りついた彼は、土地の太守《たいしゅ》に逐一報告する。話を聞いた太守は、何度も人を遣ってさがさせたが、ついにたどりついた者はいなかったという。

他愛もない不思議話だと思えば、それまでだ。だが、思わせぶりにこうやって隠されていると、なにかあるのではないかと思わざるを得ない。

「なにかとは——なんだ」

よけいに話がわからなくなったと、戴星が不機嫌になった。

「まず考えられるのは——彼と小娘子《おじょうさん》とは、姓がおなじということ」

聞いたとたんに、宝春が目を丸くして首をはげしく振った。彼女の生い立ちから考えれば、そもそも陶淵明が何者かも知ってはいまい。頭のいい娘だから、戴星と希仁の会話から、なにやら著名な人物らしいぐらいはわかったのだろう。だが、自分がそんな人間とかかわりがあるはずない——、否定のしぐさは、そういう意味だった。

たしかに、陶という姓は、ありふれたものではないが、かといってきわめてめずらしいものでもない。これがきわめつきの名流というなら話は別だが、たとえ血縁があったとしても、あまり意味はないだろう。

希仁もそう思ったのか、すぐにことばをつづけた。

「陶と、桃は同じ音ですね」

「桃花源——この題をいうつもりだったというのか？」

「わかりませんよ。他にも同音の語はありますからね。たとえば——」

いいかけて、希仁は口をつぐんでしまった。

「たとえば、なんだって」

「いえ、いいまちがえました」

さりげなくごまかされて、戴星はあっさりと、

「さっぱり、わからん」

内側の鞘をひねくりながら、話題を投げだしてしまった。希仁も、無理につづけようとはしなかった。

「そうですね。手がかりが少なすぎます。それに、今の小娘子に必要なのは謎の答えではなく、休息です」

「まあ、気がつかなくて——」

ようやく自分の出番がまわってきたと知って、何史鳳が心底うれしそうな顔をした。

「わたしの室でよければ、いくらでも使ってくださいまし。よろしいでしょう、相公《あなた》」

希仁は、かるい苦笑でそれに答えた。

「さ、遠慮せずに。こちらへおいでなさい」

手まねきをし、宝春がうごかないとみると手をとり肩をかかえ、なかば強引にひっぱって、扉で仕切られた別間へさっさと消えた。

戴星の若い顔にからかうような苦笑が伝染していくのを、希仁はもうひとまわり人の悪そうな笑みでうけとめていた。

芸人ではあっても、素人娘の宝春が妓館の寝室などにはいったなど、これがはじめてだったろう。さすがに、緊張と警戒の色を濃くみせて、身体を石のようにこわばらせていたが、実際に一歩足をふみいれて、ほっと肩の力をぬいた。

美しい部屋だったが、少女がめんくらうようなものはひとつもない。調度のひとつひとつをとっても、意外に簡素だ。たしかにどれも上等の品で、たとえば架子牀《かししょう》（天蓋付きの寝台）にかかった帷《とばり》はうすい絹《きぬ》に吉祥模様をぬいとったものだし、布団は極上の繻子《しゅす》である。風流の風雅のといったところで、しょせんは色を売る商売だから、この部屋で客と一夜をともにしているのにちがいない、だが、これではまるきり素人家《しもたや》――田舎の素封家《そほうか》の奥といってもおかしくないぐらい、あっさりとして、居心地のいい室だった。

「――どうして、こんなに親切にしてくださるんです？」

安心したせいか、口調がすこし、つっかかるようになった。

「昼間、姐さんをたすけたのはあっちの部屋のふたりで、あたしはなにも――」

「なにかしてもらわなければ、人に親切にしちゃいけないのかしら？」

「そんなこと――」

「だったら、すなおにうけてくださいな。わたしはうれしいんですよ、人のお世話ができることが。こんなこと、めったにないんですもの」

それが本音と、宝春にも確信させるかがやきが、史鳳の眼の中にあった。おそらく、客の前では絶対にみせないようなはしゃぎようで、不自由な足で墩《こしかけ》をはこび、菓子をとりにいき、寝台をととのえに行きかけた。当然のことながら、ふだんは下働きの女たちがやっている仕事だから、手際がいいとはいえない。だまって見ているのも居心地が悪く、ついに宝春が手を出した。

「妹が、ここにいたら、こんな風かしらね」

てきぱきとあたりを片付ける宝春を見て、都随一の妓女はつぶやいた。

「妹さんがいるの？」

「いたはずだけれど、顔もおぼえていない。私がここへ来たのは、五歳のときだから。生きているかも、知りませんね」

むろん、自分の意思で来たはずがない。貧しい家から童女のうちに買われてきて、芸事を仕込まれ妓女《ぎじょ》になったのだ。

「故国《くに》は、どこ？」

「杭州だけれど、知っていらっしゃるかしら」

「行ったこと、あるわ。ずっと前、別の一座にいたときだけれど。きれいなところね」

「そう、わたしは、すっかり忘れてしまった。景色も人も」

化粧の下が、ふっとさびしげに翳《かげ》った。その手に、宝春の手が重ねられる。女同士、身よりのない者同士にだけわかる微笑が、そのあいだにたゆたった。

「宝春さんとやら。よかったら、杭州のようすを話してくれません？　そしたら、妹に逢っているような気になれるから――」

別の部屋からだろう、胡弓《こきゅう》のゆるやかな調べが流れてきた。

「こういうところは、だいぶ遊びなれているようですね、白公子」

「そういう大兄《たいけい》こそ、合肥《がっぴ》の田舎からいきなり出てきたにしては、粋《いき》な遊び方を知ってるじゃないか」

「合肥は、田舎ではありませんよ」

めずらしく憤然といいかえした希仁に、戴星はかちほこった笑顔をむけた。そういう顔をすると年齢相応、十七、八歳の少年にもどる。

「田舎だと最初にいったのは、おれじゃないんだがな」

「わかりましたよ。私自身が、そういいました。江南《こうなん》は、都にくらべれば田舎です」

「いや、そこまでとはいわないが――。そういえば、――范《はん》公といったか、昼間の官員は、どうした？」

「御宅へ帰られましたよ。明日、汴河《べんが》をくだる船を、手配されているそうですから」

「おもしろい人だったなあ」

「あちらは、迷惑そうでしたが」

どちらも、たがいの悪口の材料には事欠かない。ここに他人が居あわせたとしても、まさかこのふたりが、昼間出会ったばかりだとは、だれも思わないだろう。

「それはそうと――。さっき、なにかいいかけてやめた」

「気がつきましたか」

「莫迦《ばか》でもわかる。宝春のことを、おもんぱかってくれたんだろうが――。いちおう、気になるから聞いておきたい」

「――こういう話をご存知ですか」

いったん、酒で口を湿してから、希仁はゆっくりと話しだす。

「動物や草木の精が人身をとるとき、往々にして本質をあらわす姓を名のるとか。たとえば、狐《こ》は胡《こ》、風神《ふうじん》は封《ふう》だそうです。とすると」

「陶《とう》と桃《とう》――？」

「それならば、宝春の祖父の、その死に様も説明はつきます」

「桃花源というのも、ひっかかるが」

「ええ、なんらかの関連があるかもしれませんね。これが志怪小説ならばね」

「他愛もない、でたらめだと――？」

「そうでしょう。そんな不思議なことが、実際に起きるはずがない」

戴星の眼を見、少女がいるはずの別間の扉を見て、青年は笑った。少年が、ともに一笑すると思ったのだとしたら、思惑はみごとにはずれたことになる。

「公子、まさか、信じるとはいわないでしょうね」

いったせりふが、どことなくわざとらしい。戴星は、ぶすりと不機嫌な顔をつくった。

「大兄は信じないのか」

「君子は、怪力乱神を語らずといいますからね」

戴星も、負けてはいない。

「そのわりには、妙な話ばかりよく知っているな。化け物の名まえなんか、四書五経には載ってないぞ」

「わたしのことはいい。郎君《きみ》こそ、信じられるという根拠でもあるんですか」

「――ほかに乱神の話を聞いたことがあるのさ。信頼できる筋から」

「どれぐらい信頼できる話か、聞きたいものですね」

くちぶりには、挑むような調子がこもっていた。どうも、相手をわざと挑発して、口がすべるのを期待したらしい。少年は、知ってか知らずか、ひっかかった。

「おれがまだ、乳飲み児のころの話さ。毎晩、夜泣きをして、なんとしても泣きやまなかった。親たちが心配して、医者だのまじないだのと手を尽くしたが、効果がなかった。ほとほと困り果てていたある夜、とつぜん見も知らぬ白髯《はくぜん》の老人が、案内も乞《こ》わず門も扉も通らずにあらわれて、おれの耳もとでたったふたこと、八文字だけささやいて消えたんだそうだ。それを聞いたとたん、おれの夜泣きはぴたりとやんだ」

「その八字を、郎君がおぼえているとでも？」

「まさか。一歳の嬰児《あかご》だぞ。そばについていた母が聞きとって、父にだけ話した。おれはつい先日、母によばれて聞かされたんだ。父も母も、嘘をつくような人物ではない」

「——で、その老人は、なんとささやいたのです」

「『文有文曲　武有武曲』」

青年が、ゆっくりと大きく、時間をかけて息をすいこんだ。どうやら、期待していたとおりの答えがもどったのだろう、勝ちほこったようにゆっくりと吸った息を吐きながら、にっこりと笑った。

「やはり、そうでしたか。趙《ちょう》公子」

いったとたんに、白光が疾《はし》った。

少年の手の中には、さっきあずけられた宝春の双剣の抜き身が、そのままにぎられていたのだ。その剣の片身を少年はあざやかにあやつり、包希仁の喉もとでぴたりと静止させた。

ふるった素早さにも見るべきものがあったが、相手の身体に触れる寸前で止めた技は、みごととしかいいようがなかった。軟弱そうな花々公子の見かけのくせに、よほどいい武芸の教師についていたらしい。

一方、文弱の徒の典型のような希仁も、真剣をつきつけられたというのに、眉ひとすじうごかさなかった。顔色を変えるでなく、逃げる気配もなく、水のように静かな面でじっと、中腰になった戴星を見あげていた。

先に口をひらいたのは、希仁の方だ。

「どう、します？」

年長の彼の方が、まるで悪童のような悪戯っぽい微笑をうかべていた。

「大兄こそ、どうするつもりだ」

「さあ、どうしましょうか」

戴星の、剣をにぎる手に力がこもる。

「うかつにものをいうなよ。死人には口はないし、殺すことをためらうなと教えられている」

少年の顔は本気だった。それがわからない希仁でもないのに、

「だれにですか？」

笑みも消さずに、訊きかえした。ふたりとも、たがいの腹の内をさぐろうと、じっとにらみあったまま、膠着《こうちゃく》状態となった——。

「花魁——！　史鳳女兄《ねえ》さん！」

　外の廊下の扉が、はげしくたたかれたのだ。戴星が、はじかれたように剣を引く。もう一本の剣を合わせて、やはり手もとにあった内側の鞘へとすべりこませる。それがたったひとながれの動作で、まばたきふたつほどのあいだに、なにくわぬ顔をしてもとの席にもどっている。奥部屋からあわてて史鳳が出てきたときには、男ふたりは何事もなかったように、盃のやりとりをしていた。

「どうしたの、仙哥《せんか》」

　細くあけた扉からすべるようにとびこんできたのは、史鳳よりすこし歳若い妓女だった。ぽっちゃりとした愛嬌のある顔つきに、ひどくあせった表情をうかべ、ちらちらと背後をふりむく。

「今、表に官兵が来てて——」

「心配いらない。いくらお上だって、理由もなしには踏みこんではこられないはずじゃありませんか」

「それが、変なんですよ。今、若い男と小娘が来ただろうって。そいつらが、罪人だからひきだせっていってるんですけどね、それが祥符県《しょうふけん》のお役人なんですよ」

　開封の街は国の都であると同時に、その地方の中心でもある。都市は、二つの県（最小単位の行政区）の県境の上に作られている場合が多く、その行政も二分されている。

開封は、開封県と祥符県との県境にあり、ちょうど南北にはしる御街《ぎょがい》を境界にして、上は行政、司法から、下は物もらいの縄張りまで、くっきりと分けられていて、たがいにたがいの区域には力はおよばないはずだった。

この妓館は開封県の内城のそばにあって、だれがどんな問題を起こそうと、出張ってくるのは開封県の役人だ。妓館の方も商売が商売だけに、管轄の役人には日ごろから金品を贈り誼《よしみ》をつうじておく。だから、役人の顔は、妓女たちもよく知っている。

「——ばれたかな」

戴星が、すらりと立ち上がる。表へ出ていこうとするのを、包希仁がかるく腕をつかんで止めた。

「すこしようすを見た方がいい。とりあえず、奥にかくれてください」

「だが、ここにいれば花魁に迷惑が——」

「出ていく方がよほど迷惑ですよ。郎君《きみ》ひとりでは、すぐに腕ずくになる。とにかく、奥へ。宝春を守ってやりなさい」

「官兵なら、おれが目あてだぞ。おれといっしょだと、宝春にも累《るい》がおよぶ」

「みつからなければ、いいんですよ。さ、早く」

急かされて、戴星は宝春の剣をすくうようにたずさえて、扉の陰にかくれる。

「念のため、ほかの人たちにも知らぬ顔をしてもらえればいいんですが。頼んでもらえますか」

希仁は、仙哥にもぬかりなく指示を出した。

「女兄《ねえ》さんのためなら、みんな承知してくれます。あたし、行ってきますから」

身よりのない女たちは、抱え主を仮母《はは》とよび、同輩を女兄《あね》とよび女弟《いもうと》とよぶ。仮のものでも、家族の結びつきを求めるのだろう。天女のような女でも生身にはちがいないから、嫉妬も客のとりあいもあるだろうが、非常の場合には協力は惜しまない。

そんなわけで、強引に押しいってきた者たちは、何史鳳の部屋にたどりつくまでに、さんざんはぐらかされ、嫌がらせをされることとなった。

仙哥は官兵といったが、彼らは県の役人の中でももっとも下位の属吏、捕吏《ほり》といわれる連中だった。いいかげん頭にきて、何史鳳の部屋の扉をひらいたとたん、彼らの目にとびこんできたのは、若い男とその胸にしなだれかかる妓女の姿だった。

他人にふみこんでこられても、うろたえるでなく離れるでなく、男の肩ごしに婀娜《あだ》っぽい流し目で、

「あら、なんて間の悪い」

女に怨じられて、邪魔者たちは目のやり場がない。

「なんですよ、出てってくださいよ。これからがいいところだってのに」

「ひ、人をさがしている」

「だったら、お廉《かど》ちがいですよ。ねえ、相公《あなた》も、なんとかいってやってくださいましな」

恥じるようすもなく、男の首に腕をまわして、頬をすりよせて甘えた。袖から二の腕がこぼれ、着物の裾が割れて、白いふくら脛があらわになる。客は、あきらかに挙人とわかる白面の青年。それが、女を膝の上にかかえたまま、照れもせずに顔をふりむけた。

「いったい、だれをさがしているんだね」

「若い――豎児《こぞう》と、小娘のふたりづれだ。そっちの部屋は？」

「いやですよ。遊女が旦那といるときに、閨《ねや》に他人をいれているとでも？」

「いくらなんでも、失敬ではないか。史鳳は、そんな不実な女ではない」

「そうですとも、ねえ」

妓女に不実もなにもあったものでもないのだが、ふたたび視線をさまよわせて、男たちは態度をすこし軟化させた。こういう手合いは、弱い者には居丈高になるが、逆に相手に強く出られるとわけもなく低姿勢になるものだ。

「調べるだけで、よろしいのです。形だけのものだし、この部屋だけを特別あつかいにするわけにはいかないので」

「――だ、そうだが、どうする？」

「相公《あなた》、よろしいの？　あんな奴らに邪魔されて、いけすかないったら」

「おまえの部屋だ。それに、いつまでも、この人たちにここにいられても困るだろう」

「そうですねえ……」

身をくねらせて、女はじらす。

「家具に、すこしでも傷がついたら、弁済していただきますわよ。こうみえても、県のおえら方のだれかれ、存じあげてますのよ」

細い眉できっとにらまれて、まるで悪いことをするかのようにこそこそと次間にはいっていったのは、都合三人。

すぐに首をひねりながら、出てきて、

「たしかに、ここと聞いたんだが——」

「だが、窓から出た気配もないぞ。どこへ消えたんだ」

「もう一度、よくさがせ」

ひきかえしかけた足は、

「ちょいと！」

女の妍《けん》高い声で、ひきとめられた。

「もうお気がすんだでしょう。約束ですよ、出ってってくださいな。でなけりゃ人をよびますから。それとも、まだお疑いなら、開封県のお役人にも来ていただきましょうか？」

「いや——、その」

「このことは、どうかご内聞に——。ほんの手ちがいで」

すかさず、鉄火な調子でぽんぽんとまくしたてられて、閉口してしまったらしい。口の中でなにやら、あいまいなことをつぶやきながら一目散に逃げていく。

その足音が完全に消えるまで、希仁と史鳳はじっと、息を殺して待っていた。

「――女兄《ねえ》さん」

仙哥《せんか》のひそひそ声が流れてきたとたん、ふたりはばね仕掛けのように、ぱっと離れた。史鳳がそそくさと扉のすき間に寄る。外を透かして、妹分の彼女しかいないことをたしかめてから、扉をひらいた。

「もう、行っちまいましたよ」

希仁の方も、めずらしくせかせかと次間へ行ったが、

「白公子！　どちらです」

やはり、声量を落として呼んだ。

「……いらっしゃいませんの？」

眉をひそめた美しい貌にむかって、希仁の曇った顔がうなずいた。

「消えた」

「でも、どちらへ。窓の下は内庭の池ですよ。軒が出てるわけでなし、おっこちたらわかりますよ。ほかに、どこへいけるはずもない。牀《ねだい》の下にでも隠れてらっしゃるんじゃ」

「そこらは、奴らが調べたでしょう。これは、消え失せたんですよ。公子も宝春も。宝春

の祖父とおなじように」

「そんな、莫迦な――」

「しっ！」

首をふる妓女にむかって、包希仁はふいにきびしい顔をふりむけた。

「史鳳姐さん、ここを頼めますか」

「え？」

「だれかに訊かれたら、私が、今夜、ここに泊まったことにしておいてくれないでしょうか」

「それはお安いことですけれど、でも――？」

「出掛けてきます」

「相公《あなた》！」

「お礼をいいに、一度はもどってきますから」

最後に、いかにも彼らしく義理がたいことをいいのこし、知恵者といわれた青年は、扉をすりぬけようとした。

その袖をとらえたのは、仙哥。

「まだ、外で見張られてますよ」

理由はまだのみこめていないのだろうが、機転がきかなければ、こういう商売はつとまらない。

「やはり。じゃ、裏口から」

「そんなところより、こういう店にはね、隠し扉があるんですよ。わけありのお客のために。案内してさしあげます」

「ありがたい」

――眠れない夜は、まだそのなかばも過ぎてはいなかった。

第四章　壺中《こちゅう》の春《はる》

眠れない、長い夜は、なにも何史鳳《かしほう》ひとりの身の上だけにふりかかったものではなかった。

一夜、まんじりともせずに起きていた者は、皇城の中にも多勢いたし、せっかくやすらかな眠りについていたのに、たたきおこされた気の毒な人物もいたのだ。

もっとも、彼の場合、自分で播いた騒動の種がもどってきてしまっただけだったかもしれないが。

かつての呉越《ごえつ》王の王子にして、鄭《てい》王・銭思公《せんしこう》こと銭惟演《せんいえん》は、肩のあたりの寒さにふと気づいて目がさめた。絹の衾《ふすま》を二枚重ねて掛けて眠ったはずが、手でさぐってもどこにもない。

無理やりに夢の中からひきもどされて、まだ醒めきっていない眼で、あたりをさぐる。覆いをかけた常夜の蠟燭が、ぼんやりと見えるが、ほかは闇の中だ。

自分以外の者の息づかいに気づいたのは、衾をさがして牀《ねだい》を降りかけたときだ。これは、そうとう鈍い反応といえた――というのは、相手は気配を消す努力もせず、灯火の近くにたたずんでいたからだ。彼は、銭惟演が緩慢な動作で人をよぼうとする前に、疾風のようなうごきを見せた。

銭惟演の太った喉《のど》に、ひやりと冷たいものがつきつけられた。

「そうだ。人を呼びたければ、いくらでも呼ぶといい」

喉に触れているものより、さらに冷たい声が耳の奥から腹の底まで、ぞくりと落ちていった。

「その前に、おまえの首は、胴から離れているからな」

あまり新味のある脅し文句でもなかったが、荒事になれていない男は、いっぺんにふるえあがってしまう。

「お、おまえ……、おまえは、だれ……」

歯の根もあわぬ口でたずねたのは、その長身の男が、顔の下半分を布で隠していたからだ。

「ほう、仕事をたのんだ相手を、知らんというのか」

ずん、と低い答えに、惟演はふたたびふるえあがった。

「おまえ、殷《いん》……」

「そうだ、殷玉堂《ぎょくどう》だ」

返答とともに、すい、と顔の覆いがひきおろされる。その間、右手で相手の喉につきつけられた幅広の刃は、微塵《みじん》もうごかなかった。

「な、なんの用だ」

「ずいぶんないいようじゃないか、え、人にきたない仕事をたのんでおきながら」

せせら笑う気配がした。気配の中に、つんと金気の匂いがふくまれていた。それが血のにおいだと気づくまでには、しばらくかかった。

そういう男だと承知の上で依頼した——いや、そういう男を探して、人を介さず直接に命じたのだから、銭惟演に文句のいえたすじあいはなかった。

「か、金なら、充分に——い、いや、不足なら、いくらでも払う。いくら、欲しい」

「金は要《い》らん」

即座に、ひややかな答えがたたきつけられた。

「おれが欲しいのは、説明だ」

「せ、せつめい？」

「事情とか理由とかいうやつだな。おまえが、小娘ひとり、ひっさらってこいといった、な」

「む、娘はどうした」

「そんなことは、どうでもいい」

「失敗したな――！」

と、叫んだところで、刃物の位置を思いださされた。

「理由なんぞ知って、どうする」

話を聞きたいのなら、とりあえず問答無用で殺されるようなことはあるまい。そう判断したとたん、銭思公の顔色はもとへもどっていた。ふるえていた声も、こうなると現金なもので、日ごろの尊大な調子をとりもどしていた。

刃がわずかに真横にうごかされただけで、ひいと、なさけない悲鳴をあげた。

「は、話すはなす！　なんでも、好きなだけ話すから、命ばかりは助けてくれ！」

「立て」

すがりつかんばかりの哀願にもどってきたのは、冷ややかな命令だけだった。

「衣服を、きちんと着ろ。見苦しい」

そういった男自身は、暗緑色の短衣と袴《こ》の上から、縦横に綬《ひも》をかけて服のあおりをおさえるという、かいがいしい姿。淡いあかりに透かしてよくよく見れば、三十歳前のすっきりとした容姿に襟《えり》もとから襦衣《はだぎ》の白さをのぞかせて、なんともいなせなようすである。

容貌の中でも、特に目もとがくっきりとすずしく男らしい顔だちなのだが、惜しむらくは、あごのあたりが削いだように細く、それがなぜか酷薄そうな表情をつくりあげていることだ。この男なら、なにをやってもどんなに惨《むご》いことを口にしても、すべて本気だと、顔つきだけで相手に確信させられるだろう。伽《とぎ》の女が、今夜にかぎっていなかったのは、さいわいというべきだった。でなければ、まちがいなく、口封じのために殺されていたはずだ。

眼光だけに気圧《けお》されて、銭思公はぱたぱたと夜着の襟をととのえ、腰帯をむすびなおす。そのあいだ、ずっと刀の刃を喉の一点にあてがわれたままだった。

「す、すわっても、よいかな」

おずおずと訊きだした声がふるえていたのは、恐怖というより、そろそろ寒くなってきたためだろう。

どちらにしても、いい年齢の男が、それも大とつく名家の当主が、意気地なくふるえあがっている図は、見よいものではない。

「ここに」

前もって用意したのか、室内の中央に背もたれのついた椅子がぽつんと置きはなしてあった。男の顔色をおずおずとうかがいながら、銭惟演が腰をあずけると、ようやく白刃が首から離れた。

殷玉堂の姿は、背の方に回る。つまり、彼がなにをしでかそうと、銭惟演にはそれに対する準備も心がまえもできないわけだ。

これだけ広い屋敷の内部には、一族と使用人とをふくめて数十人の人がいる。ちかくの部屋には、警護の者もひかえているはずだが、うかつに呼べないのは自明だし、彼らが異変に気付いてくれることは、まず期待できない。だいたい、この不吉な男の侵入も、阻止できなかったのだ。

「で……、なにを聞きたいのだ」

あきらめのため息をついて、両目をできるだけ横にうごかし、背後を見る努力をしながら訊くと、

「あの小娘、何者だ」

頭頂から、単刀直入に質問が降ってきた。

「何者──といって、ただの小娘だ」

「命は大事にした方がいいと思うぞ」

「ほ、ほんとのことだ」

「では、なんであんな女を欲しがった。おれのようなうしろ暗い奴に、極秘のうちに、大金を積んでまで？」

返事はなかった。口にしてよいものかどうか、おそらく銭惟演の頭の中で、めまぐるしく利害計算がおこなわれているのだろう。

「最初から、面妖だと思っていた。小娘ひとり、気にいったのなら、金銭《かね》ずくか権柄《けんぺい》ずく

でひっぱってくればいいことだ。それで陰口をたたかれることはあるだろうが、貧乏人がなにをいおうと、おまえたちの知ったことではあるまい。今までもそうやって、何人も玩《おも》具《ちゃ》にしてきたんだろうが」

無言のまま、ふるふると頭が横に振られたが、それを殷玉堂が本気にした気配はなかった。

「――おもしろいことを、教えてやろうか」

ふいに、玉堂の声色が変わった。

「な、なんだ」

「あのじじい、人間ではなかったぞ」

「――え？」

銭惟演の反応はあまりにもすなおで、作為を疑うにはかなり無理があった。

「知らなかったのか」

「わしが知っているのは、あの娘が――」

いいかけて、はたりと口をつぐんだ。その背の中央が、なにかするどいものでちくりとつつかれた。

「つづけろ」

「人でないと、どういう根拠で」

「すくなくとも、人間はあとかたもなく、消え失せはせん」

「消えた――、消えた？」

意味がよくのみこめなかったらしい。二度、おなじことばをくりかえして、語尾をあげた。

「ああ、刃向かったあげくに、梁《はり》から落ちて死んだ――」

いい方は婉曲だが、まさか自分勝手に梁にのぼって飛び降りたとは、聞いている銭惟演も思わない。

「とたんに、遺体が消えた。その調子だと、ほんとうに知らなかったらしいが……」

その声にかぶせて、

「殺したのか、殺したんだな――！　わしは、そこまでは」

たのまなかったというせりふは、背中の痛みにのみこまれる。

「小娘を誘拐《さら》えと命じただけか。おれだって、殺しが好きなわけじゃない。だが、あのじじいの抵抗は、はんぱではなかった。しかも、若いのを用心棒につけていた。あんな話は、請負金の中にはいっていなかったぞ」

「用心……？」

「孩子《がき》のような若いやつだったが、腕はよかったぞ。昼間から、小娘とずっといっしょにいた」

ということは、昼間から宝春《ほうしゅん》たちを見張っていたということか。

「し、知らん、知らん。それは、わしのあずかり知らぬことだ！」

「……まあ、いい」

否定の激しさにこもっていた真実味を、くみとったのだろうか。とりあえず、といった調子で追及はうちきったが、声は、冷たさを増す一方だ。好きではないとはいったが、この男なら人を殺すときに、ためらいはしないだろう。

「で、あの娘は何者だ」

「――桃の」

「精だとでも、いう気か」

先まわりして、また、笑いとばす息づかいだ。だが、銭惟演は真剣だった。

「――桃花源というものを知っておるか」

ためらいがちに話しはじめる。

「おれは、孩子《こども》ではないぞ。子守をしてもらわなくともいい」

「孩子の話ではない。ほんとうに、そういった仙界が世の中のどこかに、あるというのだ。むろん、俗人が容易に行けるところではない。だが――」

不老長生は、中華の人間が、それこそ歴史のはじめから追いもとめてきた夢である。歳をとることもなく、永久に生きつづけることを彼らは――特に、権力をにぎった者たちは願いつづけてきた。結果、あやしげな術やら薬やらを信じて生命を落とした者の数も、歴史にのこる人物だけでも、両の手に余る。

「おまえも、阿呆のくちか」

殷玉堂がせせら笑ったが、銭惟演は笑わなかった。怒りも抗議もしなかった。

「信じられなければ、それでもよい。わしは知っておることを話している。年寄りが消えたのを、おまえも見たのであろうが」

口ぶりが、また尊大になっている。どうやら、相手の気色にあわせつられる癖があるらしい。要するに、確固としたおのれの意思がもてないのだが、背中にふたたびはしったするどい触覚が、ことばづかいをあらためさせてくれた。

「つ、つまり、仙骨《せんこつ》の持ち主でなければ、仙界を求めてもむだなこと。しかし——」

仙骨とは、仙人になれる資格とでもいえばよいのか、とにかく、それがなければいくらきびしい修行を積んだところで、俗人と変わらない。仙界にはいることも、かなわないというのだが。

「もともと仙界の住人であった者が、なんらかの事情で俗界に住まうことは、古来よくある話——」

殷玉堂には、長々と説明する必要はなかったし、される方もじっと待ってはいなかった。

「つまり、あの旅芸人の小娘が、仙界の住人とやらで、そいつをどうにかすれば不老長寿が得られるとでも」

「住人ではない。その末裔《まつえい》だ」

「おなじだろうが」

「娘本人は、おそらく、なにも知らぬだろう。桃花源の場所も、自分の価値も意味も――」

「そんな奴をつかまえて、どうする」

「なにも知らずとも、末裔にはちがいない。あの娘なら、どうにかして桃花源にはいれるはずだ。そうすれば――」

「不老長生か」

「栄華も栄達も金銭も富も思いのままだ」

殷玉堂は、顔色ひとつ変えなかった。そんな莫迦《ばか》なと嘲笑《ちょうしょう》もしなければ、さりとて話をうのみにしたようすもない。

「つまり――おれは、あんたの夢物語だか与太話だかにつきあわされて、後味の悪い思いをさせられたってわけか」

声に、はじめて苦いものがまじった。

「おい」

「へ――」

危険な空気を感じて、銭惟演が身体をこわばらせる。が、次に彼が見たものは、目の前につきだされたてのひらだった。

「な、なにを――?」

「金銭を出せ」

「さっき、要らぬと……」

「つべこべぬかすな。痛い目にあいたいか」

うしろの首筋に、ふたたびひやりとしたものがおしあてられたのがわかった。

「出す、だすから、刃物を退《ど》けてくれ」

「ことばで指示しろ」

「こ、ここには、ない。書斎の、手箱の中に五十両ばかり、はいっているから――」

命ばかりは、たすけてくれ。もっと必要ならば、後日、用意させるから、云々――。

夢中になってかきくどいているうちに、無意識のうちに声がだんだん大きくなる。最後は声をはりあげて、泣きわめいていると、ばたばたと回廊を複数の足音がわたってきた。

「旦那さま」

「く、来るな。来るな。殺される――!」

「夢でもごらんになりましたか」

はたと我にかえると、彼ひとりが床にすがりついているばかりで、ほかには人の影も気配もない。

「夢ではない。さっきまで、そこに」

いったとたんに、はらりと首すじにかかる物があった。はっと手をあてて、その正体を確認して、蒼ざめる。

「髪――」

「だ、旦那さま！」

ちいさな髷《まげ》が、根本のあたりからふっつりと切られていたのだ。

男女を問わず髪を伸ばし結い上げるのは、中国の不変の習俗である。こんなに短く切られてしまえば、結うことも冠をつけることもできない。つまり、髪がのびるまで当分のあいだ、公式の席には出られないということ。

高位にある者に対する、これはすさまじい侮辱だといえた。

しかし――。

家人たちがうろたえさわぐ中、銭惟演の思考はもう、ほかのところへ飛んでいたのだ。

「――そうだ。金銭！」

あっけにとられた家人の顔を尻目に、太った身体で可能なかぎり早く、書斎へと駆けこんだ。

「ない。――ない！」

手箱の蓋をとって、蒼白になる。そこに入れておいた銀のかたまりが、きれいに無くなっていただけではない。その桌《つくえ》の上に載せられていた、玉の香炉《こうろ》までが、文字どおり煙のように消え失せていたのだ。

「容華鼎《ようかてい》がない。江南随一の宝が！」

さんざん脅され、話をさせられた上で、なにひとつ得るところのなかった銭惟演は、寒さも忘れてその場にへたりこむよりほか、なかった。

殷玉堂は、思いきり不機嫌だった。

そもそも、気のすすまない話ではあったのだ。

彼の本業は盗賊だが、強請《ゆすり》や脅迫《きょうはく》、話の次第によっては人殺しもひきうける。旅芸人の小娘ひとりをさらうなど、彼の手にはたやすすぎる仕事のはずだった。貧乏人を標的にするのは本意ではないが、それでもひきうけたのは、報酬《ほうしゅう》がよかったのと、貧しい旅ぐらしをしているよりは、妾でもなんでも金持ちの家に迎えられた方が、楽になる、ひいては娘のためだと思ったからだ。それは彼の基準であり考え方だったが、すくなくとも悪意からではなかった。

銭思公の屋敷なら、すくなくとも、着るものと食べるものには困らないはずだ。

だが、実際はどうだ。

思わぬ抵抗にあって目標はとり逃がす、年寄りは殺してしまう。依頼主の目的はおのれの物欲で、しかも愚にもつかない夢想がその基盤ではないか。

今さら、人殺しを後悔するような感性などもちあわせていない。殷玉堂の殷は、孤児だった彼が自分でつけた姓であり、殷には赤いという意味がある。それは、彼自身が浴びてきた血を自嘲《じちょう》気味にあらわしたものだった。だが、その血まみれの玉堂をしてさえ、あの年寄りの死にざまはなんとも後味が悪かった。

(それに、あの豎児《こぞう》)

彼は、昼間、宝春が酔漢にからまれたところから見ていた。戴星《たいせい》がたすけにはいったところも、遠目に見ているのだが、騒ぎの中で声までは聞いていない。まさか、あれが彼らの初対面だとは思わない。意気のいい若者が、やとわれてか娘に好意をもってか知らぬが、宝春の護衛についているとしか考えられなかった。

(——あの若さで、ひどく腕はよかった)

外見は、軟弱な浪子としか見えないのに、玉堂とむきあったときの身のこなしは、ただ者ではなかった。その技巧もさることながら、気迫がちがったのだ。

玉堂は、実際に何人もの人を殺している。その彼と正対して、気圧されることのない人間は数すくない。昼間、大男の酔漢をなぐりとばしたほど気の強い宝春でも、彼の前では身をすくませてただ逃げまわるだけだった。おなじ稼業の者ですら、なかなか勝てない玉堂を、とにかく撃退してのけたのはあの少年が最初といっていい。

腹がたつより、何者だといった興味の方が強かった。

銭思公から銀をうばいとったのは、少女にやろうと思ったからだ。けっして慈悲心などは持ちあわせていない漢《おとこ》だし、詫びなどいうつもりもない。が、当座の暮らしにこまらないようにだけ、してやろうと思ったのだ。金銭と腕力で解決のつかないことなどないと信じている玉堂にとっては、これが他人に向ける関心の限界だった。

この銀塊を、牡丹棚《ぼたんほう》にいるはずの小娘の枕もとにでもころがして来れば彼の気はすみ、それでこの一件はすべて終わりになるはずだった。むろん、宝春と戴星がすでにそこを出たことなど、知っていようはずがない。

銭惟演の広大な屋敷をやすやすとぬけだし、暗がりで衣服をととのえて、灯火のとどかない小道から足早に、大路へと出ようとした。

そのとたんに——！

「気をつけろ！」

「あ、申しわけない」

非は、横道から飛びだした玉堂の方にある。にもかかわらず、先に文句をいった玉堂に、相手の青年はさからわずに謝罪した。急いでいるのか、青年はそのまま大路をまっすぐに歩み去る。

だが、玉堂はその一瞬に、青年の顔をしっかりと見とどけていた。

（――あ？）

むろん、深更《しんこう》をまわった夜道だから、ふつうの道には灯火はほとんどない。が、この一角は夜市とよばれる、夜通しひらく露店があつまっているところだった。酒を売る屋台の灯火がとどくあたりで、両者はぶつかったのだ。商売がら、夜目がきく玉堂にとって、そのうす明かりの中で人の顔を判別するぐらい、たやすいことだった。

その、聡明そうな青年の顔には見おぼえがあった。あるどころではない。

（昼間、あの小娘とともにいた挙人ではないか――）

彼は、仁和店《にんわてん》まであとをつけて、見届けている。

（どこへいく、この夜更けに）

すぐに玉堂は、そちらのあとをつけることにした。なにがどうなっているのか、彼にはよくのみこめていない。関係がないといえば、彼にはまったくかかわりのないことだ――。だが、知らぬふりをして忘れてしまうには、玉堂はあまりにも好奇心旺盛にできていた。荒っぽく短気なくせに、その一方で、もつれた絹糸をほぐしてみるのが大好きだという、妙な性分なのだ。

結局、その青年――包希仁《ほうきじん》という名までは知らないが、彼が官員のひとりのものらしい小ぎれいな屋敷の門をたたくまで、殷玉堂はついていった。ねぼけまなこで出てきた門番と押し問答のあげく、青年が邸内に消えるまで見とどける。そのまま暗い路上でちょっとためらったあと、玉堂の姿は屋敷の屏をかるがると乗りこえていたのだった。

——話は、少し以前にもどる。

戴星は、何史鳳の次間にはいるとすぐに、双剣《そうけん》を鞘《さや》ごとその持ち主の手におしつけた。

「どうしたの」

「追っ手だ。かくれろ」

ふたりとも、声は最小限にしぼっている。

追っ手、と聞いたとたんに、宝春の愛らしい顔がこわばった。史鳳と話をしているうちにほぐれていた警戒心に、みるみるうちに棘《とげ》が生えてくるのがわかった。

「かくれるったって——」

とっさに思いつくところといったら、屏風《びょうぶ》の陰か牀《ねだい》の下。窓のひとつは、繊細な模様格子がはめ殺しになっていて、開かない。もうひとつは、中庭に面して開いているものの、その下の壁には、手がかりになりそうな突起すらない。

綱でもあれば、すがって降りられないこともないが、綱がのこれば逃げた場所もすぐに知れる。

「やはり、梁にあがるのが一番か」

黒々とした屋根の裏側をあおいだときだ。

「かくまって進ぜようか」

その梁のあたりから、ひそひそとそんなささやきが降ってきたのだ。

「――だれ？」

悲鳴を、あやういところでのみこんで、宝春は戴星の腕にすがりついてきた。

「だれか、いる」

「わしは、味方じゃ。信じなされ」

と、ささやいた声は、今度はふたりのあいだの耳もとで聞こえた。当然のことながら、両者のあいだに人の入る余地はない。にもかかわらず、はっきりと、なにもない中空から声はしたのだった。

「心配しなさるな。ほれ、ここじゃ」

いわれて、何気なく振った視線の先――紗《しゃ》にあっさりと墨一色で江南の風景を描いた、絹《きぬ》張りの衝立《ついたて》のすぐ前に、見たこともない老人が立っていたのだ。

宝春はとっさに両手で自分の口をふさいだが、指のあいだからひきつれた悲鳴が漏れた。さすがに、戴星も身体が発条《ばね》仕掛けの傀儡《にんぎょう》のように跳び上がるのを、おさえることはできなかった。

それでも、喉をしぼって、

「だれだ――」

と、その、蟾蜍《ひき》に似た老人にむかって誰何《すいか》することは、忘れなかった。

「おぬしらに、悪意はもたぬ。気の毒じゃから、たすけて進ぜようというのじゃ。ほれ、わしのあとについて来なされ」

低い姿勢から戴星の顔をのぞきこみ、袖先からわずかにのぞかせた指を、ちょいちょいとうごかした。おいで、といっているつもりらしい。

が、だからといって、にわかに信じてついていける道理がない。だいたい、どこへ連れていこうというのだ。この室《へや》から、どこへいけるというのだ。そもそも、この老人はどこから現れたのだ。

「白公子《はくこうし》……！」

戴星の袖をつかんだ少女の手が、ぎゅっと縮められた。

疑問の山から戴星がぬけだしたのは、隣の部屋から、人の話し声が流れてきたからだ。内容まではわからないが、その複数の男の声は、あきらかに包希仁のものではない。

「わかった、行く」

腕をつかむ少女の手を、逆にもう一方の手でつかみかえして、戴星は決断をくだした。

「では、おいで」

老人は、あっさりとそういって、くるりと背をむけた。黒っぽく見える長衣の裾が、ずず――、と床を擦った。

ひどく背が低いな――。

と、布のうごきに目をうばわれたそのすきに、老人の影は、どこにも見えなくなっていたのだ。

「消えた――？」

「いや、ここだ」

戴星の視力は、絹画の中の変化をするどくとらえていた。少女の手をひっぱりながら、そして衝立に駆けよりながら、新たにくわわった墨の一点を指す。

「そんな、莫迦な。それに、あたしたちにどうしろというの」

「ついていくのさ、この後を」

きっぱりと、確信をもって戴星は答えた。

常識では信じられるはずのないことを、なぜ、こうもすなおに受け入れられるのか、戴星自身にもわからなかった。

慎重に行動するよう、ふだんからきびしく叩きこまれているし、自分がそれほどお人良しだとは思ってもいない。むしろ、うたぐり深い、小心者だ。その生い立ちや立場からいっても、心から信じられる者などほとんどいなかった。義理の父母――といっても、義父とは血のつながりもあるのだが――に対しても、わざとこちらから隔意をおいてきたし、胸襟《きょうきん》をひらいて語りあう友人などひとりももったことがない。

出生の秘密とやらを打ち明けられてからは、表面、快活であけっぴろげに見せながら、弟妹たちに対してさえ、ある程度、距離をおいてきたのだ。

(それがいったい、どうしたっていうんだ)

今日は、昼間から調子が狂いっぱなしだ。宝春をたすけたことといい、包希仁にあっさり正体を見破られたことといい――。

こうして、得体のしれない老人の、非常識を信じて足を踏み出したことといい。

(帰らないと――。母をさがしだすまで屋敷にはかえらない、ことによったら、身分もなにもかもすてる覚悟をしてきたせい――だろうか)

が、柄にもなく感傷的になった少年の思考は、歓声とも嘆声ともつかぬ声で中断されたのだ。

「公子、白公子――！　見てよ、ここは、いったいどこなのよ？」

ものがよく見えないと思ったら、うす闇に慣れていた眼がとまどっていたのだ。さすがの戴星が数回目をしばたたき、視力がもどるのを待ち、さらに周囲をゆっくりゆっくりと見わたして――。

「もとの部屋じゃないことだけは、たしかだな」

そんな、間のぬけた返事しかできなかった。そこは、室内ですらなかった。ひろびろとひらけた湖水のほとり、水面には細い舟がふたつ三つ、点在している。岸辺には柳並木、その背後には、なんの木か知らないが広葉樹の林が続き、その奥に反りかえった瓦屋根がちらりと見える。

遠目には、なだらかな山の稜線《りょうせん》の上へ、霞だか雲だかがたなびいている。つまり、あとにしてきた部屋は三更（午前零時）をまわるころだったのに、ここは昼の光に満ちていたのだ。

もっとも、昼間といっても明け方か黄昏時《たそがれ》か――ほどの明るさで、物が黄色くくすんで見えた。そして、時と方角をはかろうと無意識のうちにふりあおいだ空には、太陽の姿がなかったのだ。

「こちらじゃ、こちら」

と、林の木立のあいだに見えかくれしながら、老人が奥へむかうのがわかった。

「どうするの」

「行くしかないだろう。ひきかえす方法がわかるなら、べつだが」

少女があわてて、自分の足もとをぐるりと見まわした。扉も穴も、自分たちが通ったはずの出入口を思わせるものは、なにひとつみあたらなかった。

「な……いわ」

「これは、ひっかけられたかな」

小首をひねったが、戴星はすでにひきかえすことはあきらめた口調だ。

「そんな」

「しかたないだろう。あのままいれば、追っ手につかまっていた」

いいながら、老人のあとを追っている。宝春は、つかまれていた手を邪険にふりはらったが、なにもいわずにあとをついてきた。

あたりの樹の中には、花をつけているものもあった。いや、よく見れば、花ざかりの樹ばかりだ。木蓮《もくれん》、海棠《かいどう》、棣棠《やまぶき》、桃花《とうか》——、白い雲のような木は、梨花《りか》か林檎《りんご》か杏花《きょうか》だろうか。

微妙に満開の時期がちがうはずの花が、いっせいに花をつけているのは、異常にも思えたが、昼夜が逆転しているぐらいだから、季節の多少の混乱ぐらい不思議ないのかもしれない。

低い花の枝をくぐるとき、その葉に戴星の衿《えり》がわずかに触れてはねあがった。その感触に異様なものを感じて、彼はたちどまった。

ふりむいて、めずらしいものでもあるかのように、その枝をまじまじと見る。やがて、無雑作《むぞうさ》に腕を伸ばし、その枝を折りとった。生木にしては、ぱきりとするどく乾いた音をたてて、枝はたやすく少年の手の中に落ちてきた。

「どうしたの？」

追い越して、すこし先へ行っていた宝春が、顔だけをふりむけて訊く。

「いや、なんでもない」

と、袖の中へかくそうとした枝から、葉がいきおいよくはじけ飛んだ。

老人は、奥の建物の前で待ちうけていた。

「ようこそ、おいでくだされた。陶宝春どの、そして……いや、今のところは白公子とお呼びしておきましょうか」

蟾蜍《ひき》に似た顔をくしゃりとゆがめて、深々と礼を執った。

どうやら笑ったらしいが、宝春は気味わるそうな表情を見せただけだったし、戴星も礼を返そうとはしなかった。

「まずは、内へはいってお休みくだされ」

先にたって、中へはいっていく。園林の中に建てられた、庁か楼といったところだろうか。瀟洒《しょうしゃ》な一棟の内部は、意外にあっさりとしていた。

家具も室内の装飾も極力おさえてあり、そういった趣味のない若いふたりの目にも洗練された印象を与える。主間をとおりすぎ次間もぬけたところは、水面にむかってひらけた一房だった。表の湖の水をひきこんで池をつくり、そこへ船の舳《へさき》をかたどった建物をせりださせてあるのだ。俗に不繋舟《ふけいしゅう》とよばれるこの形は、江南の園林によく見られる建物である。

「さ——」

勧められた卓子《つくえ》の上には、茶の支度がととのえられている。室内にも建物の中にも、いや、この風景の中に彼ら三人のほかに生き物の気配はまったくない。にもかかわらず、用意された茶からは、あたたかな湯気と香気がたちのぼっていた。

「おどろかれたかな」

白い磁器の茶碗をさしだしながら、老人はふたりの顔を等分に見比べた。

「どういうことか、聞かせてもらおうか」

戴星が先に、さっさと墩《こしかけ》に座り茶碗をうけとり、ためらいもせずに口をつけた。緑がかった液体からは、かすかに花の香りがただよっていた。

「——心配ないの？」

おずおずと、ささやいた宝春に、

「極上品だ」

うなずきかえす余裕まである。

「なに、他意はござらん。おふたりが、追いつめられるのを見かねて、好意でお助けしただけのこと」

老人は、戴星が予想していたとおりの返事をした。

「好意、か。うまくやったものだな、好意の押し売りをする絶好の機会があったわけだからな」

「公子は、この年寄りをご信用になれぬとおおせだ」

ごろごろという奇妙な音は、どうやら喉の奥で笑った声らしい。

「まあ、ふつうは無理でしょうな。ですが、わしが、あなたさまの母君の行方を、知っているかもしれないとしたら……？」

さっと緊張の色をあらわしたのは、宝春。逆に戴星は、すっと目を半眼に細めた。

「知っているという確証は？　それが正しいという、証明はだれがする。おまえはおのれが何者か、名のってさえいないんだぞ」

「それは、おたがいさまですな」

老人の濁った眼球と、少年のまっすぐな視線とがぶつかった。ふたりに完全に主導権をにぎられた宝春が、不安と不信のいりまじった眼で両者をじっと見た。

「外へ出られぬかな、公子。小娘子《おじょうさん》はお疲れのようじゃから、ひとまず、ここで休ませてさしあげるとして」

聞かれてまずい話をする——と、露骨にいっているようなものだが、この場合、否とはいえなかった。

「小娘子の無事は、約束いたそう。そこに木の実などもあるし、別間に榻《とう》も用意してあるから好きに使われよ。安心してもらってよい。ここには、だれも来ぬ」

と、いわれても、にわかに信じるわけにはいかないが、宝春はうなずいた。

「あたしは、心配いらない。行ってきて」

双剣の鞘を抱きかかえて、はっきりとした口調で告げる。

「ほんとうに、いいか」

「お母さんの行方、知りたいんでしょ」

「すまない」

年齢相応の感情の揺れも見せるが、かばわれるばかりにも、足手まといにもなってはいない。愛らしい顔だちに毅然《きぜん》とした表情を載せるこの少女に対して戴星は、他の女とはちがう、妙な親近感をいだきだしていた。

「さ、こちらへ」

腰をひくくかがめ、すり足で案内にたつ老人のあとを、戴星は対照的に胸をはり堂々とした足どりでしたがった。

「まずは——わが名は、崔秋先《さいしゅうせん》と申しまする。ごらんのとおり、しがない年寄りで」

小径は、池のほとりをうねうねとくねりながらめぐらされている。人工的な小山や洞窟が配置され、無数の丸い穴がうがたれた奇怪な白石が、要所要所にすえられている。これは太湖石《たいこせき》といって、江南の特産品。園林の景色の要として、特に珍重されているものだ。

どうやら、この風景全体が江南のどこかのものを模したものらしい。

「正直にいわないのなら、話は聞かないぞ。昼間、相国寺《しょうこくじ》の境内にいただろう」

「や——、これは、知っておいでしたか」

ばれても、悪びれた風はない。あいかわらず、蟾蜍《ひき》のような顔をくしゃりとゆがめてみせるだけだ。

「おれは、一度見た顔は忘れない。そう、仕込まれている」

「ご慧眼《けいがん》、おみそれいたしました。では、わしの商売も、ご存知なわけじゃな」

「どの、商売だ。壺をつかった目くらましか、人さらいか、それとも——」

「しばし、お待ちを。それは、牡丹棚が襲われたことをさしておられるのでしょうが、わしではない。わしの、依頼主のしわざでもない」

疑わしそうな視線が、崔老人の全身をなめてとおった。

「……そういうことにしておくか。なぜ、牡丹棚の一件を知っているかは、別にしてな」

「わしの耳目《じもく》は、どこにでもござる。だからこそ、危急の際に間におうたのじゃ」

「要は、宝春をつけまわしていたわけだ。なんのために」

「それまで、お話しする必要はないかと思いまするがな」

「話せ——」

不機嫌な返事が、老人の小さな身体をつらぬいた。

「でなければ、おれの件も聞かん」

「やれ、それでは逆じゃ。本来なら、公子の方から聞かせてくれと頼まれるのが筋の話ですぞ」

「なら、いい」

思いきりよくくるりと踵《きびす》をかえし、庁の方へもどりかける。その律動的な動作が、本気だぞと、暗に示していた。

「わかりました。お話しいたしますから、おもどりを。まったく、ご大家《たいけ》の若君はわがままで……」

あとは口の中でもぐもぐともみ消したのは、戴星の目つきの険しさを見てとったからだ。

たしかに、きわめつきの家の公子だが、この少年の場合、背骨にとおっている資質がすこしちがう。

「わかり申した。ですが、ある程度は、推察をつけておられる——いや、包希仁といったか、あの挙人が申したとおりなので」

「やはり、聞いていたのか。それでは、宝春が、桃の精だとでも——」

そんな莫迦な、と嘲笑《わら》う声を、

「その昔、事情があって桃花源を出た者の、末裔にちがいございませぬ」

きっぱりと打ち消し、断定した。疑問をさしはさむ余地を拒否しきった強い口調に、さすがの戴星もいうべきことばを失った。

「だが――、そうだとしても、なんだというんだ。宝春自身は、ただの人間だぞ。なんでねらわれる？」

「桃花源をさがす、あの娘が鍵だからで」

「桃花源？　ここではないのか」

なかば皮肉まじりの質問は、老人の否定のしぐさに逢った。

「ならば、ここはどこだ」

「さて、どこでござろう？　わしの口から聞き出そうとしても、無駄でござるよ」

意図をみすかされて、戴星はこれみよがしに舌うちした。

「それで――桃花源なんぞさがしだして、どうする」

「それは、利益があるからに決まっておりますよ。ただし、そのあたりの凡人が望むような、あさましい欲につられてのことではござらぬが」

「なにかが欲しいのには、かわりないだろう。なんだったら、あさましくないというんだ」

「わしが手に入れたいのは、生命じゃ」

「不老不死というやつか」

「御身さまの発想も、ありきたりな範囲からぬけられぬようじゃな」

すこしわざとらしく、しらけた風に肩をすくめて、戴星の嘲笑はうけ流される。

戴星はあずかり知らぬことだったが、その返事は殿玉堂というあの刺客が、銭思公から聞きだしたものと微妙にことなっていた。

「えらそうに——。おまえの依頼主とやらにそれを教えてやろうか。烈火のごとく怒ると思うぞ」

低いふくみ笑いが、奇妙にうつろにあたりの空気をふるわせた。

「……どうして、わかりましたな」

「おれの母を知っている奴は、そう多くない。おれの親たちと、叔父と——その夫人ぐらいなものだ」

「公子は、なかなか聡明であらせられる。お若いのに、いや、なかなか。これなら将来、まちがいなくあっぱれな天——」

「母の行方を知っているといったな」

堅い声が、ばさりと相手のせりふを切ってすてた。

「ならば、おれの素姓も事情も知っているはずだな。おまえの依頼主がおれの仇だということも、わかっているんだろうな。その上で、おまえを信用しろと？」

「御意」

低い位置から、上目づかいに、慇懃《いんぎん》な礼がかえされた。

「どちらの味方だ。旗幟《きし》をはっきりさせねば――」

「信用、なりませぬか。敢えて申すならば、わしはわしの味方とでも」

つまり、最終的には、自分の利益のために働いているというのだ。たしかに、他者にあやつられているというよりは、ましかもしれないが……。

「ならば、こう申しあげれば、どうじゃな？　十七年前、李妃さまを禁中よりお逃がし申しあげたのは、このわしじゃと」

まるで、針の山を踏んだか熱湯に足を踏みいれたかのように、少年は文字どおり飛びあがった。

「おっと……、公子は聡明であられるが、気が短い」

のばされた戴星の手の先を、その体躯からは想像のつかない敏捷さで、ひょいとかわして、老人はせせら笑った。

「おまえ、なぜ……。いったい、どうして、そんなこと」

さすがに、頭に血がのぼってか、ことばが意味をなさなくなっていた。

「なにをなさる。わしは、母君をおたすけしたのじゃ。感謝されこそすれ、憎まれる筋あいはござらぬぞ」

「助けただと。どうせ、おまえの欲得ずくだろうが」

「いけませぬかな」

一丈ほどの太湖石の頂点へはいあがり、しらりとした顔つきで見下ろしてくる。

「なにか得することがなければ、だれもうごきませぬわい。それでも、人助けをしただけ、ましだとお思いくだされ。わしには、李妃さまにお力を貸す義理もいわれも、なかったのですからな」

「やかましい！」

どなりながら太湖石をまわりこんだときには、老人の姿はさらにその先へ移っている。

本人はあずかり知らぬことだが、少年の腕が並みではないことは、さんざん場数をふんできた殷玉堂が認めるところだ。その戴星の身のこなしでも、追いつくことができないとは、ただごとではない。

「お静かにお聞きくださらぬか、公子、いや、皇太子殿下」

「そんなものに、なったおぼえはない！」

「これから、なられる」

「そんなもの、なりたい者がなればいい。おれは、その気はない！　母ひとり救えずに、なにが天子だ」

殴りかかった腕の、指先がほんのわずかな差で老人の衣をかすった。その手ごたえで、戴星はようやく真相に気がついた――。

「いやいや、まだ、お若い。うらやましいことじゃ」

「──そこか」

戴星がふりむいたのは、老人が蟾蜍《ひき》のようにうずくまっている池のほとりではなかった。燃えるような視線で射抜いたのは、灰色の巨大な石を据えて築山にした、その頂上に立つちいさな亭の中。と、同時に、池のほとりにうずくまる老人の姿は、煙のようにかき消えた。

「得意の目くらまし──というわけか」

「ほんの、小手しらべにござるよ。さて、どうなされます、殿下。わしの話をお聞きくださるのか」

「なにがいいたい！」

「取り引きじゃ。わしは桃花源へ行きたい。それにはあの陶宝春が必要だが、娘に強要する気はない、──というより、意思をねじまげて強制してもたどりつけぬのじゃ、本人が行きたいとのぞまねばな」

「おれに説得しろというなら、むだだぞ。信用されてないんだからな」

「自覚がおありとは、けっこうなことじゃ」

戴星は思いきりにらみつけたが、築山の上へのぼろうとはしなかった。不規則な石段はついているのだが、息せききってかけあがったところで、そこにいる崔秋先が本物だという確証はなにひとつないのだ。

「だが、そこをなんとか、やりとげていただきたい。たとえば、自分もともに赴くからというとか――」

「なんで、おれがそんな夢物語につきあわねばならぬ。おれは、仙界なんぞ行きたくもなんともない！」

「母君の行方、知りたくはないのですかな」

「脅迫する気か」

「取り引き、と申しあげている」

これが包希仁であれば、またなんとか逆撃のしようもあるのだろうが、戴星はまだ、口よりは腕に自信がある方だ。

「……わかった」

たっぷり、呼吸二十回分はだまりこくったあげくに、戴星は承諾のしるしにうなずいた。

「話してみる」

「それがよろしゅうござる」

「ただし」

老人の顔にたたきつけるように、

「宝春が承服するかどうか、責任はもたんからな」

「そのときは、また、そのときのことじゃ」

　こくりと老人の頭がかたむくのをたしかめてから、戴星は背をむけた。やってきた小径をそのままたどって庁へもどると、宝春が奥から飛んで出てきた。まだ、双剣をしっかりと抱いたままだ。

「——どうだったの？　あの、年寄りは？」

「ここを出るぞ」

　直接には答えず、戴星は命令口調で告げた。

「出るって……、どうやって。ここがどこかもわからない、どうやって来たかもわからないのに」

「だが、帰る途《みち》は、絶対にあるはずだ。あのじいさんが、出入りしているんだからな」

「出入り？」

　ことばづかいをいぶかった少女の顔の前へ、戴星は袖から、さっき折りとった木の枝をさしだしてみせた。

「……なに、これ？」

「ここの枝だ」

「だって、ただの陶器のかけらじゃないの」

　宝春のいうとおりだった。たしかにそういえば小枝の形をしているし、葉もついている。

　だが、色や質は白くなめらかな陶器だし、その折り口はざらざらとした陶器の割れた跡とおなじだった。

「さっき、木からじかに折った」

「まさか」

という声には応えずに、少年はあたりを見まわし、花架《かか》の上の鉢植えに目をつけた。ととのえられた松の枝ぶりの細いところを選んで、無雑作に折りとる。先ほどとおなじく奇妙に乾いた音をたてて、いとも簡単に樹脂の多い枝が折れた。ちいさな破片が宝春のところまで飛んだ。手についた白い粉のようなものを、少女はまじまじと見ている、その手の中へ、戴星はだめを押すように折ったばかりの枝をおしこんだ。

「どうして？　だってそこにあるのは、本物の木じゃないの。お茶だって本物だったし、食べ物だって……」

「そう見えているだけだ。樹木も、この建物も家具も、どれがまがいものでどれが本物か、わからない。いや、あの風景だって、水だって」

「そんな、莫迦なことって」

「信じたくない気もちはわかる。おれだって――」

うまく感情を表現できないらしく、少年は右手を振って、目に見えるかぎりの風景を示した。

「壺中天《こちゅうてん》というのを、聞いたことがあるか」

「あたしに、そんな学があるわけ、ないでしょう」

「……むずかしい話じゃない。壺の中に、広々とした別天地があるって話だ」

「桃《とう》……、なんてったっけ、桃花――」

「桃花源」

「それとは、ちがうの？」

「ちがう。だが、そういえば話は似てるな」

狭い洞窟をくぐりぬけて仙界に至る――壺の口をぬけて別天地にはいる。崔秋先は、壺をつかって幻術を見せていた。とすると、ここはさしずめ、崔老人の壺の中の別天地といったところか。なるほど、それならすべて陶器でできているというのも、納得できる。桃花源にあこがれるあまり、彼がつくった世界だとでもいうのだろうか。

「いや、納得している場合じゃない。ここから出よう」

いいながら、室内をあちらこちらと、せわしなくなにかを捜している。そのうしろをいちいちついてまわりながら、宝春が、

「だって、出口なんて、わかるの？」

「わからない。でも、あるはずだ」

「お母さんの行方は、わかったの？」

「取り引き、だそうだ」

「なにと？」

「おまえと」

一瞬、宝春はたちすくむが、すぐに戴星の背を追った。

「あたしをどうしようっていうの」

気の強そうな表情のすぐ前へ、戴星の、めずらしくひどくためらったおもちがむきなおった。

「信じるかどうかは、おまえの勝手だが」

「だから、なによ」

「おまえは、桃花源の民だそうだ。桃の花の精なんだと」

「……あたしは、ただの人間だわ！」

「おれに怒鳴るな！　おれがいったんじゃないし、おれが信じてるわけでもない！」

負けずに怒鳴りかえしたところを包希仁が見たら、きっと「仲がいいですね」とまぜかえしたにちがいない。

「おまえを説得して、桃花源へ行かせろといわれた。要するに、おまえを奴の手の中につかまえておけってことだ。そんなことができるか」

「でも――白公子、このまま逃げ出したりしたら、お母さんの行方は？」

「ほんとうに知っているかどうか、だれにわかる？」

　知っているかもしれない。だが、目の前のこの娘を犠牲にしてまで、知ろうとは思わない。それが彼女だから、ではない。他人をふみつけにして平然としていられる神経を、彼はもともと持ちあわせていない。

「ほんとうに、それでいいの？」

「横からとやかくいうな。そんなことをやったら、母にどやされるぐらいじゃすまないんだ」

　この場合の母とは、顔も知らない生母のことではなく、養母のことだろう。

「……ねえ」

「なんだ」

「あんたの育ての親って、きっといい人だったのね」

「なんでだ」

「あんたが、いい人だもの」

「なんだ、やぶからぼうに！」

　耳まで真っ赤にして、戴星は怒鳴った。

「いったい、なんだってそんなこと考えついたんだ」

「だってほんとうのことだもの」

「時と場合を考えろ」

いいながらあけた櫃《ひつ》の中には、なぜか米がいっぱい詰まっていた。

「なあに、これ？」

「思ったとおりだったな」

と、戴星は蓋をしめる。昼間、相国寺の境内で老人がまきあげていたものだろう。

「ねえ」

「だから、なんだ！」

「さっきから、なにをさがしてるのよ」

戴星の腕をとらえ、手もとを無邪気にのぞきこむ。

「綱か、細い帯みたいなものがあればと思ってるんだが」

「なににするの」

「これにくくりつける」

ふところから、ちらりとのぞかせたのは首剣の柄。

「これは、どう？」

宝春が指でつまみあげたのは、卓子《つくえ》の上に無雑作に置きはなしてあった、佩玉《はいぎょく》。極上の翡翠《ひすい》を彫りぬいた美しい品である。玉の緑色にあわせた、あざやかな翠緑の絹綬《きぬひも》がかかっている。腰帯にくくりつけて下げるものだからひどく細い綬だが、ほどけば三尺（約九十センチ）以上の長さがあるそれを、戴星はかるく両手でひいて強度をたしかめた。

充分に役にたつと判断すると、すばやく結び目をほどいて、手の中へたぐりいれた。のこった玉の方は、どうしようかというように手の中で二、三度もてあそんだあげく、目についた花壺の中へほうりこんだ。

それはほんの思いつきで、たとえ気にくわない相手であろうと、一応、この庁の所有者の持ち物を無断でいじったことをかくそうとした、孩子《こども》っぽい動作だった。

大ぶりの翡翠は、壺の底にあたって堅い音をたてる——はずだった。

音にあわせて、首をすくめようと身がまえた戴星だったが。

「ん——？」

「……あら？」

宝春の方が先に、その青磁の壺のそばへ駆けよった。壺自体はひとかかえほどもある大きなものだが、その口は、やっと人ひとりがはいれるかどうか——ほどの狭いものだ。深さは、ちょうど少女の腰ぐらいだろうか。

「底はちゃんと見えているわよ」

「手をつっこんでみろ」

「自分でやったら？」

気味悪そうに、少女はあとずさる。入れかわるように、戴星が壺の縁に片手をかけた。もう一方の手で丸めた絹緩をふところにつっこみながら、宝春の眼をのぞきこむ。

「いいか、ついてこいよ」

「ちょっと、本気で……！」

「なにごとも、やってみなきゃわからないからな」

片手で身体を支え、一動作でかるく跳ねあがる。と、思ったときには、足の先からするりと壺の中へすべりこんだ。本来なら、底にぶつかって止まるはずが。

「白公子――！」

宝春は悲鳴をあげかけて、反射的に声をおさえた。

「どうし……」

おなじ動作なら、宝春にだってできる。舞剣が彼女の得意だが、軽業だってほかの一座の花形とおなじ程度にはこなせる。だが、戴星につづいて姿を消す勇気が、すぐには出てこなかったのだ。

「あたしに、どうしろというのよ。ほんとに、あとさき考えないんだから。だいたい、どこへ行くかもわからないのに、むこうみずもいいところよ。無責任だわ！」

聞こえていないことをいいことに、早口にののしっておいて、紅いくちびるを二、三度嚙みしめる。それから、二度ばかり、平手で壺の口をたたくと、彼女もまた、さっきの戴星とそっくりおなじ身のこなしで、壺の底へ吸いこまれたのだった。

「──夜分、お邪魔いたしましたこと、深くおわびいたします」

「なに、気になさるな。ちょうど、眠る前だったからな」

と、いうのは、あきらかな嘘だ。時刻は、三更（午前零時）をとっくにまわっているし、だいいちこの家のあるじは、明日──正確にはすでに今日、長旅に出る予定なのだ。早々に寝《やす》んでいたはずだが、不快な顔ひとつ見せずに正庁に招きいれたのは、この家のあるじの度量がよほど寛《ひろ》いということか。そういえば、使用人のしつけも行き届いており、門の前で長く待たされることもなかったし、応対も丁重で、迷惑に思ったとしても素振りにも見せなかった。客間の卓子《つくえ》の上には、湯気のたつ茶の碗がすぐに運ばれてくるという、もてなしぶりだ。

さすがに恐縮しきって、包希仁は深く頭を下げた。

「申しわけございません」

「あやまるようなことは、しておらぬだろう。それだけの理由がなければ、指一本うごかさぬ男だ、足下《そっか》は。ちがうか？」

夜中にたたきおこされたというのに、范仲淹《はんちゅうえん》はひどく機嫌がよかった。

「ありがとうございます」

青年の変わらず生真面目な礼に、年上の官員はいかつい口もとをわずかにほころばせる。

「それより、話を聞こうか。夜明けまで待てぬから、夜道をわざわざやって来たのだろうが」

「では、お願いいたします。どなたか、八王爺《はちおうや》のもとへ人を遣っていただけませぬか」

「なんといわせるのだ」

范仲淹は、おどろきもせず質問することもなく話を先にすすめた。

「公子の御身に危険が迫っていると」

「そんな話をいきなり、無名の足下《そっか》が言上して、とりあっていただけると思うか」

「ですから、こうして范公に仲介をお願いいたしております」

「わしは、すでに職を辞した身だぞ。たとえ現職であっても、ご皇族方の家の内情に、口だしはできぬ」

「本気でいっておられるとは、思えませんが」

「なにを、根拠に」

うすい微笑をたやさずに、范仲淹は問いかえす。目の前の無礼な青年の忍耐力を、ためすかのように、おもしろそうに眼の奥をひらめかせている。

「職を辞しても、貴公のご同輩がまだ要職についておいでです。昼間、仁和店で会っておられたのは、太子太師《たいしたいし》に内定されている方だったと思いますが」

「ふむ。だが、何故、足下が八王爺の公子殿下の危急を知っておるのだ。そういった悪だくみに、加担でもしておるのかな」

口調は疑っているが、眼だけは笑っている。

「殿下と、さっきまでごいっしょしていたからですよ」

「さっきまで？　それで、今は？」

「消えました」

「消えた？」

「おそらくは、何者かにおびきよせられたかと。なにしろ、利発ではあるが用心という点では、かなり問題のある方にみうけられましたから」

それから希仁は、昼間いったん別れてから、ふたたび白戴星がたずねてきたこと、彼と話した内容、そして陶宝春とともに消えうせるまでのいきさつをかいつまんで、だが要領よく話して聞かせた。

「……やはり、そうか。昼間の」

「お気づきでしたか」

「わしは、よそながら、お顔を拝したことがあるからな。足下は、どうしてわかった。まさか、むこうから素姓を明かされたわけではあるまい。たしか、偽名でとおしておられたようだったが」

「在下《それがし》が殿試で落第したこと、ご存知のはずでしょう。そのおり、わずかでしたが聖上の龍顔を拝しております」

「ふむ」

「似ておられました。ひと目で、わかりましたよ」

「甥御《おいご》とは思えぬほどに、な」

奇妙な沈黙が、両者のあいだに流れる。腹のうちのさぐりあいを先にうちきったのは、范仲淹の方だ。

「それで。なぜ、殿下の身をそれほどに案じるのだ。あれほど痛烈に朝廷を皮肉って、殿試をしくじったということは、足下《そっか》の方から任官の気をなくしたということだろう。今さら、次の天子がどうなろうが、関心を持ってもいたしかたあるまい。下手に首をつっこまぬ方が、足下のためではないか」

いきなり歯に衣を着せなくなった相手に、包希仁も一瞬、たじろぐ気色を見せたが――。

「たしかに、今の朝廷のありようには失望していました。外戚と宦官が力を伸《の》ばし、官吏は官吏で勢力争いに終始して、蒼生《たみ》のことは二の次になっている。ことに、実際に禁中をつぶさに見てまわったところで――いえ、在下《それがし》ごときが、たった一日ふつかですべてを知ったとまでは申しませんが、ここはおのれの生きるところではないと思いましたので、あのようなことをしでかしました。が――」

「気が変わったか」

「はい。あの公子を見ているうちに」

苦笑とため息が、厳格そうな顔のかた隅にうかびあがった。

「あの公子は、いろいろと困ったお方だぞ。仮にも皇族の身で微行《しのび》で街は歩きまわる、悪処で遊びまわる、下情に通じているとは聞こえがいいが……。まあ、身分を明かすようなことも、それをかさにきて横車を押すようなこともないのが、取柄といえば取柄だな。そういえば、天子などにはなる気はないともいわれているそうな」

「それは、今日、じかに見聞きいたしましたよ」

苦い微笑は、包希仁の若い顔に小波《さざなみ》のように伝染する。

「ですが、あの方なら」

「よい皇帝になる、か？」

半信半疑、といった口調だ。

「さて、なにをして『よい』といえるのか、わかりませんが。すくなくとも、今よりましにはなる可能性があるでしょう。見識の高い者が補佐をしおおせれば、の話ですが――」

「足下ならば、うまく補佐してみせるか」

「在下には、そんな大それた野心はありませんよ」

苦笑が、もっと明るい微笑にひろがった。もしも、この破顔が心からの本心でないなら、この青年はたいした役者だということになる。

「在下《それがし》は、ただ、あの公子が気にいっただけです。好奇心まじりの、野次馬根性で協力してみたくなったのです。ほかに、やりたいこともありませんし、退屈はしなくてすみそうですから」

「若い者は、気楽でよいな」

といった本人が、せいぜいが十歳ほど年上なだけである。

「いかがでしょう。この理由で、尊公のご協力はいただけぬものでしょうか」

「小生は、明日、蘇州へ帰る身だ。もはや、関わりはない。とはいえ——」

にやりと笑って、ことばを中断し、人を呼んだ。清げな僮僕《どうぼく》があらわれて、あるじの命をうけてひきさがる。すぐに墨をすった硯《すずり》が、運ばれてくる。

「置きみやげをしていくのも、また一興。八王爺は今宵は禁中に詰めておられる。連絡は取りにくいが、昼間の魯宗道《ろそうどう》もよびいれられたままのはず。彼にたのめば、うまくはからってくれよう」

東宮《とうぐう》候補の父親と、その傅《も》り役候補ならば、なにかと接触があってもおかしくはない。

達筆で書いた文書を手早く巻いて、また家人をよんでふたことみこと、命じる。この深夜だというのに、これまたきちんと衣服をつけた従者は、信頼のおける落ち着いた挙措で書面をうけとり、さがっていった。

「魯宗道は、人はよいが信頼に値する。あの者にまかせておけば、まちがいない。それで、足下《そっか》はどうする。狭いところだが、このまま泊まっていくか」

「いえ――」

「柄にもない遠慮はするな。いくら、東京《とうけい》が繁華な都でも、夜道が安全だとはとうていいえぬ。もうすぐ、夜も明ける。空が白んでからここを出てもよいはずだ」

「明朝、ご出立の予定でしょう」

「なに、家はなくなるわけではない。家財の処分は家の者にゆっくりやらせて、とりあえず小生ひとりが、先にもどるだけのこと」

「しかし――」

なおも固辞しようとすると、范仲淹は急に機嫌を悪くした。むっと声を落として、

「むしろ、泊まっていくべきだと、わしは命じる。足下、つけられていたのだぞ」

「存じています」

包希仁の白面は、平静をたもったままだ。

「来る途中から人の気配は知っていましたが、殺意がなかったし、私は腕には自信がないものですから放置しました。急いでもいましたしね。ついさっきまで、ここをうかがっていたようですが――もう、いなくなったようですね」

「足下……」

聞いたとたんに、満足そうな微笑が、まるで氷を融かすようにじわじわと、少壮の文官

の面にひろがったかと思うと、すぐにはじかれたような笑い声になった。とおる声ではないが、底意のない、いかにも楽しそうな響きだった。

「なにか？」

「いや、足下《そっか》のようにおもしろい男を、久々に見た。故国《くに》に帰る直前に、こんなおもしろい想いをしようとは思わなかった」

ただの文弱の徒ではない。すくなくとも、度胸はそこらのかざりものの武官などより、よほどあるだろう。腕力はなくとも、信頼に足る男だと范仲淹も思ったのだろう。

「お気に召して、光栄です」

かるく希仁はうけ流したが、范仲淹はなおもひきとめた。

「せめて、八王爺からの返書が来るまで、待つべきだと思うが」

「……わかりました」

すこし考えて、ようやく希仁は肯首した。

「わしは、明日——いや、今日の午《ひる》に舟に乗る。それまでで、なにか役に立つことがあれば相談にのろう。足下が江南へもどるのならば、蘇州へ寄ってくれれば、一臂《いっぴ》の力、貸せると思う」

ふたたび卓子《つくえ》につく後輩に、二癖ほどある先輩官僚はつけくわえた。

「その必要が生じました場合は、遠慮なく」

「まあ、それまでの言動には、十分に注意した方がよいだろうがな。足下は、将来、かならず有用になる身だ。それは、小生が保証するから、つまらんことで身をあやまらぬようにな」

だが、事なかれかつ常識的な口とはうらはらに、少壮の退職官員の眼は子どものように躍っていた。長身の青年もまた、まなざしと微笑とでうなずいて、先輩の説教をうけ流す態勢にはいっていた。

第五章　夜《よる》、深沈《しんちん》

一瞬の暗闇とめまいのあと、宝春《ほうしゅん》が目をひらいたのは、がらんと広い場所だった。寺院の講堂か芝居小屋の土間かと、宝春は思ったが、ひえびえとした天井の高さと暗さ、それにひとかかえもある石の柱が、別のところだと直感的に教えていた。

この寒さは、夜明け前の冷気のせいではない。もっと異質な――よどんだ空気のせいだ。うすい衣服の下の皮膚がぞっと粟だつのを感じて、宝春は片手でもう一方の肩を抱いた。

「寒いか」

背後からの声に、宝春は思わずとびあがってしまった。

「白公子《はくこうし》」

「がまんしろ、ここには、火の気はないからな」

肩をならべる位置に、白戴星《たいせい》が立っていた。うすい闇の底で、彼が手の中でなにかを数度、かるくほうりあげるのがわかった。

それの表面がどこかの光をつややかに反射して、例の翡翠《ひすい》の佩玉《はいぎょく》の形をあきらかにした。

ふたりより先に、ここへ落ちたのだろう。

戴星は、その処分にしばしためらったあげく、ふところへほうりこみ、代わってもっとぎらぎらと光るものをとりだした。それが手の中をすべり落ち、なめらかな石を敷き詰めた床にはねかえって金属音をたてる。

おちた首剣をあわててひろいなおし、戴星は、いっしょにふところからひっぱりだした綬《ひも》をかけようとするが、うまくいかない。

「なんだ」

「案外、不器用なのね」

宝春は笑いながら横あいからうばいとり、細くすべる絹綬をあっという間に柄にからめて、堅い結び目をつくってしまった。

「ふ……ん。器用なものだ」

戴星は、怒りもせずに少女の指先がうごくのを見ていたが、武器を返されるとすぐに数歩離れた。綬の一端をしっかりと右手に巻きつけて、いきおいよくふりまわしてみる。

なるほど、こうすれば短兵でも長尺の武器と同様に使えるし、長さも自由自在に変えられる。

「それはそうと、ここはどこかわかる？」

さっきから、おなじ質問ばかりしているような気がしたが、

「わかる」

無雑作に綬をたくしこみ、またふところにおしこみながら、戴星は自信たっぷりにうなずいた。さっきの江南の風景同様、期待していなかった宝春は、疑わしそうな眼つきをしてみせた。その視線へむかって、

「よく知ってる――とまでは、いわないが」

ただし書きがつけ加えられた。

殿宇《でんう》の内部よりも格子のはまった窓の方が明るいのは、外で燎《かがりび》が焚かれているためらしい。ここからは見えないが、不寝番まで立っている音と気配がある。

「あれは、なんの音？」

不寝番のたずさえている武器が触れあう音を聞きとがめて、たずねた宝春に、

「衛士だな。喝探兵士《かったんへいし》（内殿を守る護衛兵）というんだ。聞いておどろくなよ、ここは――」

いたずらっぽい双眸をひらめかせて、戴星は告げた。

「ここは、大慶殿《たいけいでん》だ。つまり、皇城の中だよ」

一瞬、知っている語彙《ごい》の中から、告げられたことばに該当するものをさがしだそうとして、

「…………」

絶句する。

大慶殿といえば朝殿、つまり、文武百官を集めての公式行事がとりおこなわれる、皇城の中でももっとも重要な建物だ。政治には関わりも興味もない旅芸人の宝春でも、それくらいのことは知識として持っている。だが、それはあくまで雲の上のこと、それこそ桃花源の話とおなじく別世界の話であって、建物の形やたたずまいなど想像したこともない。

「なんで、そんなこと……」

わかるのだと訊きかえしかけて、また口をつぐむ。なるほど、高官の子弟なら禁裏の建物の配置ぐらいは知っていても不思議はないが、こんなうす闇の中で、即座に自分の位置が判別できるものだろうか。

「白公子、あんた、何者――」

詰問しかけたことばを、宝春は三たびのみこんだ。

直感に近いひらめきだった。

ひらめいたとたんに、少女の身体は次の動作にうつっている。後生大事にかかえてきた双剣を、一本にそろえたまま抜きはなち、戴星の胸もとにつきつけたのだ。

「そろそろ、ほんとうの名を教えてもらっても、いいころだと思うわ」

「趙《ちょう》――受益《じゅえき》」

一族の名をひとりひとり知っているわけではないが、趙姓が宋国の皇室のものであることぐらいは、どんな庶民でも知っている。

「——つまり」

この頭のいい少女が、脚もとの地面を踏みかためるように、ひとつひとつゆっくりとことばを選び、考えながら口をひらくのはめずらしいことだった。

「つまり、あたしをからかって、楽しんでたというわけね。でたらめで、信用させて」

しかし、きびしい非難の視線にも戴星はたじろがなかった。

「でたらめなんぞ、ひとこともいってない」

逆に胸を張る始末に、さすがの宝春の頭にも血がのぼりかける。ことばよりも早く、行動を起こそうとするところを、直前で、表情だけで制して、

「生みの母が行方知れずなのも、伯父の子として育ったのも、母親をさがすために家を出てきたのも、みんな真実だぞ。母の行方を——すくなくともどうなったか、結末を知るまでは帰らない気でいる」

おちついた低い声に、沸騰しかけた血がすこしだけ冷める。

「だまってすわっていれば、叔父さんの——実の親のあとを継げるのに？　天子さまにもなれるっていうのに、それを放りだして、わざわざつらい目をみるっていうの？」

「そうだ。悪いか」

「あんたに、できるの、そんなことが。貧乏人の旅暮らしができるとでもいうの？」

「やってみなけりゃ、わからんだろうが」

ふんと、行儀わるく鼻を鳴らして、戴星はそっぽをむいた。

「甘く見るなよ。自慢じゃないが、おれはそのあたりの、やわな育てられ方はしてないんだからな」

――食べることにも着ることにも、困ったことなどないくせに。しょせんはご大家《たいけ》のわがまま公子の気まぐれではないか。そのお遊びの気ばらしにつきあわされて、こんなところまでひきずりまわされて、いい迷惑だ。

そう叫びかえしかけて。

宝春は、ことばをすべて呑みこんでしまったのだ。

（この人、本物だ）

ふと、そう思ったのだ。

うまく整理して表現することはできなかったが、白戴星が何者であったとしても、彼自身の存在や言動は――昼間も、牡丹棚《ぼたんほう》でも、金線巷《きんせんこう》の妓館《ぎかん》でも、嘘やでたらめなら、あれほどけんめいに彼女をかばう必要はなかったはずだ。

巻きこんだというなら、宝春も彼を自分の事情に巻きこんだ。今夜、開封の街を逃げまわったのは、戴星の身の安全のためではなかったはずだ。

「……わかったわ」

宝春は、ちいさくつぶやいた。金属が触れあうかすかな音とともに、白刃が鞘におさまる。

「とにかく、ここから出ることが先決だわね。けんかは、あとでもできる」

「できたら、このまま勘弁してほしいんだがな」

「それも、無事に抜けだしてから考えましょう。それで、出られるの？」

「まったく、よりによってこんな妖物《ばけもの》の棲《す》み家《か》へ出るとは思わなかったからなあ。ここからだと、外に出るには宣徳門《せんとくもん》がいちばん近いんだが。——内側からだろうと、まさかこの時刻に開けてくれるとは思えないしなあ」

どうしたものかと考えこむ頭の中には、皇城の中の見取り図かなにかがはいっているらしい。

「これは、宮城へぬけるしかないか」

「宮城って——後宮でしょう？　そんなところへ行けるの？　だいいち、男は——」

「孩子《こども》のころだが、母に連れられて何度もはいっている。中の建物のようすなんぞ、たいして変わってないはずだ。おまけに、外から人が忍びこむはずがないと思っているから、警護なんぞ、案外杜撰《ずさん》なものだ」

宝春はため息をついただけで、なにもいわなかった。ただ、少年じみた気の強そうな表情のまま、戴星の説明に耳をかたむける。

なめらかな石を敷きつめた床に、戴星は指ですこしゆがんだ方形をさっと描き、な左上の隅を示した。

「後宮の西北の隅は、城隍《じょうこう》（土地神）をまつった後苑になっている。かなり大きな池があって、城壁をへだてて外の金水河《きんすいが》とつながっているんだ。水門は一応あるが、警備はふつうの門よりゆるやかだし、目もとどきにくい」

「わかったわ」

ただし、夜陰にまぎれられるうちに、そこへたどりつかなければならない。夜空の色の深さから判断して、今は四更（午前三時）をかなりまわった頃だろうか。

追っ手を避けて、崔秋先《さいしゅうせん》の誘いにのったのは三更（午前零時）をまわるかまわらないかのころだった。壺の内だか外だかわからないが、あの別天地には一刻（約二時間）もいなかったはずだが、どうやら、途中で距離とともに時間をも飛ばしてしまったらしい。急がないと、空が白んでしまう。

「そうなったら、どこかに隠れて、一日やりすごすしかないな」

「冗談じゃないわよ」

戴星とふたりになるのがいやなのではなく、これ以上、緊張がつづくことに耐えられないという意味だ。

それがわかったのか、

「おたがいさまだ」

肩をかるくすくめて、戴星は殿宇の扉に倚《よ》った。

「燎《かがりび》のあいだの影をぬっていけば、なんとかなるな。門は避けて、壁をのりこえていく。できるな？」

「あたしを、なんだと思ってるの。公子こそ、足手まといにならないでね」

「心しておこう」

「万が一、はなればなれになったら？」

「うまくここを抜けだせたら、史鳳《しほう》姐さんのところへ行け。あの人なら、おまえひとりかくまうぐらい、なんとでもしてくれるだろうし――おれも、あの兄哥《あにき》風の落第挙人と、つけなけりゃならない決着もある。とにかく顔を見せて、安心させてやろう」

「心配してるでしょうね。部屋の中から消えちゃったんだから」

「――よく考えてみたら、昼間からとんでもない目に遭《あ》ってきているんだがな」

ひどくのんきなことをいって、重い木の扉の隙間から夜空を仰いだ。

「そのわりには、頑丈にできているわね、あんたもあたしも」

不思議を不思議とうけとめる正常な感覚が、すっかり麻痺してしまったらしい。もう、どうにでもなれという気持ちは、ふたりともに共通していた。

本来ならば——そして、おとなしく周囲のお膳立てにのってさえいれば、やがてはこの大慶殿のもっとも上座に座して百官に号令するべき少年が、まるで盗賊のようにあたりをうかがった。

「いくぞ」

音もなく、するりとぬけだす。宝春もすぐあとに続く。

見ていたものは、軒を連ねる皇城の殿宇の大屋根だけだった。

ちょうどおなじころ。

魯宗道《ろそうどう》の手を経由して、范仲淹《はんちゅうえん》の書簡が八王爺《はちおうや》こと商王《しょうおう》・元份《げんふん》の手にわたっていた。直接ではなく、宦官《かんがん》の手によって仲介されたのだが、元份は委細かまわずその目の前で文面を読んだ。

のみならず、

「受益の奴、やはり街中へ出ていたらしいぞ」

目前に佇立《ちょりつ》する宦官にむかって、内容まで教えたのだ。

室内に人影は、元份とこの宦官ひとりとの、ふたりきり。むろん、八王家の随人もあるじにしたがって皇城内にいるのだが、今はこの室《へや》の外に出て余人がはいりこまぬよう、目をくばっている。

黒衣のその人物は、宦官の例にもれず中性的でひどくやつれた容貌をもっていたが、身体つきはほっそりと痩せていた。年齢はすぐには判別しがたいが、しぐさの緩慢《かんまん》なところ、またまっ白な髪から見て、どうやら外見とほぼつりあうほどの高齢らしい。そのしわの多い、老女そのもののおだやかな顔に、心底からの安堵の感情をのぼせて、

「ご無事でございましたか」

「──とは、まだいえぬようだが、とりあえず、この宵までの足どりはつかめた」

「今、どちらにおわしますか」

「消えたそうだ」

安堵してよいのやら心配が増えたのやら、感情が微妙にいり混じったおももちで、元份は嘆息した。

「消えた?」

「どうやら、拉致《らち》されたのではないか、とのことだ。それも、妖術《ようじゅつ》かなにかでな」

「……妖術、でございますか」

小狡《こずる》いのが常識のように思われている宦官にしては、ひどく率直な反応を彼は示した。いかにもうさんくさそうな表情をつくってみせたのである。

「にわかには信じがたいがな。だが、そうでも思わねば納得できぬ状況で、姿を消したと

いうのだ。それをいいたてているのが、今年の殿試までできた挙人だというから、そうでたらめとも思えない」

「だからこそ、妙なことを口ばしっているのではございませぬか」

「とも、思うが。だが、頭からそうともいえまい。そういう得体のしれないものが好きな方々も、おわす。腑におちぬこと——人が消えたのは、これが初めてのことではないからな」

「は」

奇妙な目くばせが、両者のあいだにかわされる。

「ですが、もしも少爺があちらの手の中に落ちているのなら、すでになんらかのうごきが報告されているはず。臣のところには、まだ何も——」

「そなたの諜者の正体が知られて、留められている可能性は?」

「臣に同心してくれるのは、ごく少数ではございますが気のきく者ばかり。この臣もふくめて、内侍《ないし》の中に異心をいだく者がいるとはあちらは想像もしておりませんでしょう。十七年間、身を屈し辞を低くして、そう信じこませてまいりました。——あのような思いを二度もするのは、御免こうむりとうございますから」

声を落として、その宦官は答えた。

「十七年か。そういえば、こんな夜だったな。あれを、そなたがわしのところへ連れてきてくれたのは――、陳内侍《ちんないし》」

――十七年前、まだ春浅い深夜、文字どおり夜陰にまぎれて、八王家の門がひっそりと叩かれた。哀願されてようやく夜来の客に会った元份はまず、宦官と生まれたばかりの嬰児《あかご》という奇妙なとりあわせにとまどったものだ。

それが弟の世子であり、しかも生命の危険にさらされていると知って即座に預かることにはしたものの、そのあとの処遇についてはひどく悩んだものである。

本来ならば、禁中に還すのが筋だった。どういう事情があるにせよ、この子は天下がのぞんでいる天子の後嗣なのだ。太子としてたてられ、ゆくゆくは天子となるべき大切な子どもであるはずだった。

だが、果たしてそれが正しいことなのか、はなはだ疑問に思わざるをえない現実に、元份はつきあたることになったのだ。

元份が知るかぎりでも後宮は、劉《りゅう》美人（美人は女官の官位）と、その兄劉美《りゅうび》、そして彼らと結託した宦官、雷允恭《らいいんぎょう》の手の中にあった。皇帝ですら、その支配の例外ではなかったのだ。

そのころの皇帝の寵《ちょう》は、劉美人ともうひとり、李氏《りし》という侍女《じじょ》あがりの妃の上にあったのだが、実家の権勢からいって両者の力関係は目に見えていた。ひとあし先に生まれた李氏の子を劉氏の一派が獣の仔《こ》ととりかえ、魅物《ばけもの》が生まれたといいたてても、後宮の者はだれひとりとして、異議なり疑念なりを申したてようとはしなかった。そんな莫迦なことは思ってもだれもが口をぬぐって知らぬふりをしたのだ。真実を口にすれば、今度はおのれの身があぶなくなるのが明らかだったからだ。

皇帝にいたっては論外で、疑うどころか頭から信じこんで激怒したという。

もともと迷信深い性癖はあったが、そこまで目がくらんでいたかと、元份は鼻白む思いだった。

とりかえられ、闇から闇へ葬られるところだった皇子を救ったのは、寇宮娥《こうきゅうが》という宮女だった。劉氏に仕えていた侍女だが、これが現在の宰相、寇準《こうじゅん》の娘である。父親に似て剛直なところのあった彼女は、隙を見て皇子を盗みだしはしたのだが、雷允恭の手の者にみつけられて重傷を負ったらしい。そこを見つけ、彼女の手の中から、嬰児を託されたのが、この陳内侍――陳琳《ちんりん》という宦官だったのだ。

「寇莱公《こうらい》のご息女の、いまわの際《きわ》のご依頼でございました。いま少し臣に力がございましたら、ご息女もともに救えていましたものを――」

悔やんでも悔やみきれない重荷を、その身体のどこかにかかえてきた――そういった表情だった。肉体は普通人の機能をうしなってはいるが、精神までねじまげられたわけではない。そういういたげなおももちに、

「わかっている、陳内侍。そなたのせいではない」

元份は、ありきたりだが、心からのなぐさめのことばをかけた。

陳琳から話を聞き、また宮中のようすをしばらく観察したあげく、元份は皇子を自分の子として育てることに決めた。寇宮娥は行方不明、皇子の生母であるはずの李氏もどこへやら消えた——それですべてがうやむやにされ、父親たる皇帝もすっかり知らぬ顔をしている。のみならず、まもなく劉氏が男子を生むと、さっそくに皇后にたてて、もうひとりの女のことなどきれいさっぱり忘れている始末だ。

こんなところへ子どもを還したところで、ほうっておかれればまだよい方、虐待されるどころか、生母や侍女同様、真相もわからぬままに殺されるのがおちだとは、考えるまでもなくわかることだ。

さいわい——というべきか、そのころはまだ元份自身、正妃・狄《てき》氏とのあいだにも、ほかの側女の腹にも子がなかった。そこで狄妃にすべてを話し相談して、その子を実子として世間に公表することを納得させた——いや、実をいえば、それは狄氏からの提案だったのだ。

婢《はしため》が生み落とした子、ということにしたのは、受益と名づけたその子へ不審をいだかれないための配慮だった。それを狄氏がひきとったことにしたのは、商王家の嫡子《ちゃくし》として、のちのち、どこからも文句をつけられないための形式だった。のちに狄氏にも実子が生まれたが、彼女はわけへだてをしなかった。そのおかげかどうか、受益はひねくれもひがみもせず――実をいえば、手をやくほどに野放図《のほうず》な少年に成長した。

その子が今、実の父親の養子となって、天子の位を継ごうかという話になっている。皮肉といえば皮肉だが、それもこれも、寇宮娥と、この陳琳の決死のはたらきがあったればこそなのだ。

だが、老宦官は、うなだれたまま首をふった。

「寇宮娥さまが内密のうちに殺されたことは、ほぼまちがいないこと。ですが、証拠がございませぬ。せめてご遺骸《いがい》なりともみつかれば、なんとかしようもあったものを。同様の目にお遭いになったにちがいない李妃さまのお身の上といい……、それを思うと――」

「今は、繰《く》り言をいっている時ではないぞ、陳内侍」

たとえ遺骸がみつかったところで、深宮のことはすべて内部で片をつけるのが慣習、逃亡しようとしたところを捕らえたのだといわれてしまえば、それまでだ。弁明しようとすれば、幼い皇子の生存も明るみに出てしまう。

それに、陳琳がみつけたときには、寇宮娥はすでに瀕死の重傷だったというから、救ったところで生命をとりとめたかどうかははなはだ疑問だ。嬰児の安全をまず優先した陳琳の判断は、まちがっていなかったと、元份は確信を持っていえる。それと同様、どういう死に方をしたにせよ、だれが見てもあきらかな証拠を手にいれ、しかも衆目のあるところで証明してみせなければ責任の追及はできないだろう。

（それには、よほどの行動力と頭脳を持った者がほしい）

別に弟に敵対する気はないが、信用できて秘密を守れる味方が、もっと必要だ。范仲淹からの書簡を信用するなら、この包拯《ほうじょう》とかいう挙人は高く買える。

「とにかく、范公には返書を」

気をとりなおした陳琳が勧めるのへうなずいて、

「わが屋敷の方へ書状をとどけてくれ。用心のために、そちらから返書をまわさせる」

「その方がよろしゅうございます。夫人も、ご心痛になっておられることでしょうから」

同情の色をうかべる顔へ、元份は苦笑をかえして、

「なに、あれについては心配しておらぬ。わしよりも、こういう目には慣れている。なにしろ、受益を育てた張本人だからな。それよりも受益をさがしあてることの方が先決だ。とにかく、あちらの手に落ちていないとたしかめる必要が……」

「それは、すぐにでもお調べいたします――」

と、老宦官はひきうけた。宦官にしては言動が地味で、策謀が苦手なため、出世もおぼつかないとされている人間だが、やるべき仕事はきちんとこなす。以前から、後宮の宦官の跳梁《ちょうりょう》を苦々しく思っていた元份だが、だからといって個々の才能や人物を過小に評価する愚をおかす気はなかった。

「とりあえず、これを――」

手近に用意されていた筆をとって数行書きつけ、封もせずに渡した。

「たのむ」

「万事、心得ましてございます」

うやうやしく受け取り、低く答えてひきさがろうとした黒衣と、外から風のような勢いではいってきた影とが、ぶつかった。

「これは――。ご無礼をいたしました。ご容赦を……」

陳琳は、相手を確認するよりも先に、頭を床にすりつけんばかりに恐懼《きょうく》してみせた。たった今まで、商王ひとりにむかいあっていたときの、毅然《きぜん》とのばした背筋が、うそのようなしぐさである。

「気をつけぬか！」

一喝を落とした人物はと見る前に、

「八王爺、王孝先《おうこうせん》にございます」

口早に名のった。

王曽《おうそう》、字《あざな》を孝先という朝臣のひとりである。

陳琳は、ただただ恐れて謝罪のことばを繰りかえしながら、逃げるように出ていった。

背中を送る元份の視線の中に、わずかにいたましそうな色が横切る。

受益の身の安全をおもんぱかった場合、秘密を知る者はひとりでも少ない方がいい。知っているという疑いをまぬがれるためにも、陳琳はそ知らぬ顔で十七年間、卑屈で気のきかぬ宦官の仮面をかぶりつづけているのだ。

敵をだますには味方から——というのは、はかりごとの鉄則のようなものだ。仕方がないとわりきって、元份は陳琳を無視してむきなおった。

「いかがされた、王公」

「夜分、いやもう早朝でございますな。とにかく、非礼のほどはご寛恕《かんじょ》を。だが、八王爺、これは王爺におすがりするよりほか、もう、術《すべ》がございませぬ」

「だから、なにがあったのだ」

王曽をとどめることができず、そのまま戸口にかたまってこちらのようすをうかがっている随人たちに、手ぶりで下がるように示しながら、元份はわざとゆったりと訊いた。

王孝先は、朝臣としては少壮の部にはいる。性、温厚にして、地味だが、堅実な仕事ぶりには定評がある。だいたいにおいてもの静かな人物で、たった今、陳琳を怒鳴りつけたのもかならずしも悪意からではなく、あせったあまりの暴言だろう。

元份とは当然面識はあるが、ことばをかわしたことも稀で、その為人《ひととなり》はほとんど知らないといってよい。

その王曽に、最後の望みの綱としてたよられるとは、いったい何事がおこったのか、元份はとっさには思いつかなかった。

「いまだ、お聞きおよびではないかと存じますが、寇萊公に、禁中よりの退出と蟄居《ちっきょ》が命じられるとのうわさがございまして——」

「莫迦な。陛下は、夕刻よりずっと御寝《ぎょしん》になられている。そのような勅令が出るはずがない」

「そのとおりです。命は、娘々《じょうじょう》のお手もとから出るとのこと」

「早まられたな」

　思いだしたのは、昼間の宰相・寇準の耳うちと、そして、銭思公の小細工だった。おそらくは、皇后臨朝という説得工作は、あちらこちらでおこなっていたのだろう。そして、大勢を味方につけたとふんで、反対派の旗頭と目していた寇準を封じこめる策に出ようとしたのだろう。

　しかし、それが実行にうつされれば、あきらかに越権行為となる。

（だが、むしろ好都合ではないか）

　皇后とそのとりまきが、皇帝をいかにないがしろにしているか、はっきりとわかれば、あの弟もすこしは目が醒めるのではないか。

　だが、王曽は、その思惑を打ち消すように、はげしく首を横にふりたてた。

「寇萊公を、お止めください」

「——どうしたのだ」

寇準もまた、不時の事態にそなえて、今夜は禁中に詰めていたはずだ。

「うわさの真偽をたしかめ、事実ならば、娘子《じょうし》に思いとどまっていただくために――」

「赴《おもむ》かれたのか」

直談判におよぶ、といって、皇后の滞在している殿へむかったという。

むろん、直接に顔をあわせることは不可能だが、あいだに人をたて御簾《みす》をおろして話はできる。だが――。

「何度か使いの者が往復したあと、あちらから、話しあいに応じるから、伺候するようにとの伝言があったとも、もれ聞いておりますが」

王曽の説明なかばで事態の全容をさとった元份は、おもわず歯噛みした。

「寇萊公らしくないことを――」

たとえ承服しかねる命令であっても、しょせんは無理無体だ。正論をふりかざせば、すぐにでもくつがえせる。厳格な寇準には政敵も多いが、だからといって皇后一派が権力を掌握してしまえば、困る者も多くでる。得をする者があれば損をする者も同時にでるという論理からいけば、一時的にでも、味方につけられる朝臣は多勢いるはずだ。彼らを糾《きゅう》合《ごう》して反対させるという手もある。

だが寇準は、ひとりでたちむかうことを選んだのだ。

「穏便に話しあえば、利害得失がわからぬ相手でもないからとおおせでしたが」

「話し合いで事がおさまる相手ならば、なにもいままで苦労していない。単身のりこむとは、みすみす罠にふみこむようなものではないか」

「は。寇萊公も、そこまでのことは充分ご覚悟の上で。罠ならば罠でよい、それを逆手にとるまでとおおせられ、在下《それがし》に王爺のところへ知らせにまいるようにと、命じられた次第にござる」

つまり、みずからを犠牲にしておいて、元份に後事の処理――できれば反撃を託すつもりなのだろうが。

「志はけっこうだが、まだ失脚などされては困る。いや、失脚程度ですめばよいが、相手がなにをしてくれるか、知れたものではないのだぞ」

さすがに、死人に口はない――とまではいえなかったが、腹の底ではそこまでの事態も想定している。

「われらもそう思っておとどめしましたが、聞き入れてくださる方ではない。ですが、王爺のおことばならば……」

「すぐにまいろう」

むろん、今夜は一睡もしていない。だが、疲れたなどといっていられる場合ではない。

元份は、袍の裾をひるがえして室を出た。王孝先もすぐあとに続いた。八王家の随人のうちのひとりふたりが、先触れとして走ったが――。

「しばし、ここでお待ちください。ようすが妙でございます」

すぐにひとりが復命してきた。

「それでは、わからぬ。もっと、くわしく申せ」

「なにやら、くせ者があらわれたと、衛士のひとりが口走っておりましたが」

「……寇萊公をくせ者よばわりか」

「いえ」

随人は、明瞭に否定した。

「宰相閣下ではございませぬ。賊はふたり――いや、三人とのことでございますから」

「賊……？」

思わず異口同音に、つぶやいた元份と王孝先だったが、

「とにかく、寇萊公のご無事を確認するのが先決」

今度は、王曽が先に立って回廊を小走りに進む。

賊とやらの居場所だろうか、人のおめき声がたちのぼるあたりから、次第に明かりが増えていき、それでなくとも不夜の城は、いまや真昼の活況を呈しはじめていた。

「――まずい」

宝春を手まねで制して、戴星が植えこみのつくる影に身をひそめたのは、園林を区切る低い壁をいくつかのり越えたときだった。

「ひきかえそう。人が居る」

宝春はさからわずに後ずさったが、不満そうな気配は、見なくても伝わってくる。

さっきから、衛士が多すぎるといっては後もどりし、あかりが多いといっては迂回をくりかえしているのだ。

おなじ壁を行ったり来たり、二度も三度ものりこえれば、いいかげんいやになってくる。

実際、戴星が考えていたよりもあかりが多いのは、問題だった。

「──なにかお祝い事でもあるの」

元宵節《げんしょうせつ》といって、毎年正月十五日には、市中に意匠をこらした灯籠《とうろう》をくまなく飾りたて、夜を徹してさわぐという習慣がある。これは開封の街にかぎったことではなく、また今にはじまった行事でもないが、年中をとおしてことに華やかな催しのひとつである。そして、宝春の念頭にその元宵節の情景がかさなるほどに、この夜の皇城は明るくざわめいていたのだ。

戴星は、もう少し冷静だった。

「祝いというより、凶事《きょうじ》だな、これは」

祝いならば、衛士の顔つきや態度がもうすこしやわらかだというのだ。それに慶事ならば、何日か前から準備がおこなわれるはずだから、いくらなんでも戴星が知らないというはずがない。

「凶事って——なに？」

「いちいち、訊くなよ。おれがなんでも知ってるはずが、ないだろう」

「ほかに訊く人がいないんだから、しかたないでしょう」

「……もっともだ」

戴星は、おとなしくひきさがった。

この年齢で、女を知らないわけではない。母をはじめとする夫人たちや、その侍女たちなど、女の中で育ってきたようなものだし、成年に達してからは、夜ごと邸第《やしき》をぬけだしての悪い遊びも覚えている。だが、おなじ年ごろの友人となれば、男女を問わず、宝春がはじめての存在といっていい。遊び半分の色恋沙汰ならあしらいようも知っているくせに、まっすぐに感情をぶつけられると、勝手がちがうのか、どう対処していいのかわからなくなるらしい。

ともあれ——。

建物の影や軒の下、灯火のとどかないところをぬってきて、それでなくともかなりの距離を浪費している。

ここでまたあともどりするのは、体力よりも精神力に対する負担だった。それでなくとも、ほとんど眠っていないのだし、昼間から過重な緊張の連続なのだ。

「わかった。かくれて、やりすごそう」

少女の腕をとらえて、早口にささやいた。

宝春のうごきはなめらかで、猫のように物音をたてないのだが、それでも、ほっと肩で安堵の息をついたのはわかった。

殿宇というより小亭のような建物の前の、院子《にわ》に面してたたずんでいたのは黒衣の人物だった。遠目に顔は判然としない。はっきりわかったところで、大勢いる宦官の顔など、戴星もいちいち覚えきってはいない。宝春はといえば、宦官を見るのもこれがはじめてだろう。

戴星に肩をならべて、ものめずらしげにうかがったが――。

「変だわ」

すぐに戴星を臂《ひじ》の角でこづいた。

その宦官は、なにかに追われるように何度も背後をふりかえり、手にした灯籠で前を透かし院子を照らし、とにかく、そわそわとおちつきのないしぐさをくりかえしていた。この深更《しんこう》に、しかも闇の中というのに、人の目のないことを執拗に確認するのは、よほど他人に知られてはまずいことがあるにちがいない。

「なにをするつもり――」

「出るな。おれたちには関係ない」

好奇心にそそのかされた少女の身体がのりだすのを、戴星がひきもどした。

「それはそうだけれど、気になるじゃないの」

「他人のことを、心配している場合ではないだろうが。自分のことで、せいいっぱいなんだぞ」

「用心はするけど、心配ぐらいしたっていいじゃないの。じっとしてて、ほかにすることもないんだもの」

またしてもいいかえされて、戴星はそれ以上の反論をひかえた。ひとつには、回廊の人影に変化があったこともある。

「来ましたぞ」

ひそひそと、しかしはっきりとした声で、その黒衣がおのれの背後の暗闇へささやいたからだ。しずまりかえっているのは、繊細な細工の木枠のはまった長窓の列。どうやら、背後の殿の中にも、人が控えているらしい。こうなると、戴星も自分の好奇心をおさえることができなかった。

その黒衣が灯籠を下げたまま、人待ち顔にたたずんでいるところへ、回廊の奥からあらたな人影がくわわった。

小腰をかがめながら走ってきて、

「雷太監《らいたいかん》」

ひそひそとささやきかけたのは、やはり黒衣の宦官である。高い声からは年齢も特徴も判別しようがないが、先の人物の前へ来てうずくまらんばかりに丁重な礼を執るところから見て、たぶん若く身分も低いのだろう。

「どうであった」

「まちがいなく、まいられます」

「よし、中へ入っておれ」

長窓《ちょうそう》（扉）の一枚が、かすかなきしみとともに開かれ、すぐにぱたりと音をたてて閉じた。吹き消される寸前の灯籠が、一瞬、いくつもの光を反射させた。まちがいなく金属の——するどい刃物の光である。

内部には人の気配がいくつもあるというのに、あかりひとつ点《つ》いていないのも異様といえば異様だ。あきらかによからぬことが起ころうとしているのはわかるのだが、とりあえず、自分たちには関わりなさそうに思えた。

戴星は、それ以上、待っていられなくなった。

とにかく、回廊や前栽《せんざい》に人影はなくなったし、ここで夜明けをむかえるわけにはいかないのだ。それでなくとも、空の色が変化している。もっとも闇が濃いこの時期にここをとおりすぎてしまうか、それが不可能なら今のうちに一日身をひそめていられる場所を確保しなければならない。

「行くぞ」

と——。

声をかけると同時に、物陰からすべりだした。宝春も、仔猫のような身のこなしであとに続く。

長窓のむこうに、人の気配があることを忘れたわけではなかった。注意も充分にはらっていたつもりだった。

だが、その分、ほかの方角への用心がおろそかになっていたことは否めない。院子《にわ》を区切る低い障壁に丸くうがたれた月洞門の、むこうをよくたしかめもせずにくぐろうとしたふたりは、おぼろな灯籠の光の前にまっすぐ飛び出すことになったのだ。

真正面からのはちあわせで、避けようがなかった。

灯籠をささげ持っていたのは、やはり若い黒衣の宦官。そのあとに悠然とつづいていたのは、長く白いあごひげを胸にたらした、いかめしい顔つきの老臣だった。

黄色い光の輪の中で一瞬、老人と戴星の視線が激突する。

「少爺ではござらぬか——」

おどろきの声をあげかけたのは、老人の方だ。が、戴星がとっさの反応に迷っているあいだに、われをとりもどしたのも、老人の方だった。

案内に立っていた宦官の首すじをとらえ、背後から口をふさごうとしたのだ。同時に、つられたように戴星も行動をおこす。にぎりしめていた首剣をくるりと持ちかえて、柄もとで黒衣のみぞおちを力いっぱいに突いたのだ。

ほんのわずかな差だった。戴星たちの初動もけっして緩慢なものではなかったのだが、恐怖にかられた人間の反応の方がわずかに早かったのだ。

「くせ者――！」

人間のものというより、獣じみた悲鳴だった。おそらく、その発音をはっきりと判別した者はいるまい。しかし、非常事態を知らせる響きと意味は、だれが聞いても明白だった。

声と同時に、戴星の突きが腹にはいる。絶叫は、なかばでぷっつりと途切れた。

手からころがりおちた灯籠は、すかさず宝春が踏み消し、あたりは一瞬にして闇にしずむ。

だが、それもしばしのあいだにすぎないことはわかっていた。

「少爺、何故にこんなところへ」

「寇萊公こそ」

束の間の闇の中で、両者は無意味な質問をかわした。

どちらも、双方の事情を知らない。くわしく聞きただしているひまがないことも、充分承知していたが、

「この先で、待ち伏せされているぞ。あれは貴公をねらったものだったんだな」

せっぱつまった危険は、教えないわけにはいかなかった。

「おおかた、そんなところだとは思っておりましたがな」

「相手はだれだ——と訊くまでもないか。こんなあざとい真似をするのはあの女しかいない」

「少爺、仮にも皇后陛下でござるぞ」

「仮にもな」

若い声に似つかわしくない、皮肉と憎悪の響きがこもる。

「少爺」

とがめだてる寇準を制して、

「貴公が、あの女を赦せるはずはない。おれを助けようとした息女《むすめ》を、殺されているんだろうが」

「お聞きおよびでしたか」

「すべて、義母《はは》から聞いている。そして、今度は貴公か。次にだれかが目ざわりになれば、そいつも殺すというわけか。この次はだれだ。おれか、義父《ちち》か義母か。それとも、大家《たいか》か！」

戴星が吐き棄てたことばに、思わず寇準は身をふるわせた。

若い感情にまかせたいきどおりのせりふにすぎないが、一面の真実はついているのだ。今は、皇帝が一応の実権をにぎっているからよいものの、この先、病弱を理由に皇后が臨朝でもした日には、どんな無道がまかりとおるか知れたものではない。そして、それは今日明日にも実現する可能性のあることなのだ。

「――少爺、大家のご不予をご存じか」

「またか。それで、今夜、皇城にいたわけか」

「八王爺も、禁中におわす。ともあれ、父君のところへおもどりを」

「当分、邸第《やしき》には帰らない。父上には、受益が謝っていたと伝えてくれ」

「少爺――！」

「白公子、人が来る！」

一歩さがってじっと戴星たちの会話を聞いていた宝春だが、周囲への気配りはおこたらなかった。寇準が、おやといった顔つきをしたが、戴星は説明する手間を省いた。

「宝春、先に行け！」

「公子は」

「やることがある」

「少爺、なにを」

「あの女に、一度ぐらい肝《きも》が冷える思いを味わわせてやる必要がありそうだ」

「なにを、莫迦なことを――！」

止めるひまも、なにをするか質《ただ》すひまもない。

寇準の腕をとらえ、うしろ手にねじりあげて、そのときさっとその場にさしこんだ光に
老臣の貌《かお》をかざした。

先ほどまでの灯籠の、ぼんやりとおだやかな光ではない。炬火《たいまつ》の刺すような輝きだった。待ち伏せの連中に加えて、周辺の衛士がかけつけたのだ。月洞門の片側の景色が、あざやかにうかびあがった。

「こちらへ来るな！ 来てくれるな！」

歳の功とでもいうのだろうか、とっさに寇準が戴星の意図をさとって、調子をあわせたのはみごとだった。

賊に、人質にとられたという芝居である。あいた手に首剣をにぎって、老人の喉もとに擬したあたりなども、即席の筋書きとしてはなかなか念がいっている。しかも両者の位置と、戴星の方がわずかに背丈が低いがために寇準の白髪頭と朝臣の冠がさえぎって、集まってきた黒衣や衛士の方からは戴星の顔がかくれる。

寇準のよばわる声にたじろいで、衛士たちの腰がひける。そこをみこして、寇準の身体を盾にして、少年はついさっきかけぬけてきた院子《にわ》へはいった。

「――あの中か」

「おそらくは」

この騒ぎにつられたのだろう、長窓の中にもおぼろげなあかりが、あわただしく点《とも》されたばかりだった。

「しかし、莫迦なことはおやめなされ。今のうちならば、無事に逃れられ——」

「なにを今さら。いいか、つきとばすから、怪我をするなよ」

まるきり悪戯を思いついた、悪童の表情でかるくいうと——。

戴星は老人の身体を前へ、とんとかるく突いた。寇準はたたらをふんで、衛士の列の中へたおれこむ。ついでに両袖をできるだけ大きくひろげて、数人を巻き添えにひきたおした。

わっと人垣が割れたときには、戴星の手の中から白刃が流星のように飛び出している。長さいっぱいにふりまわした綬《ひも》の先が、突出してきた衛士の肩先にあたって、はじけあがった。悲鳴とともに、首剣が戴星の手もとへもどってくる。それを、絹の綬の長さをあやつり首剣に直接ふれずにその方向をあざやかに変える。短兵は、横あいから飛びこもうとした衛士の頬をかすって、そのななめうしろの男の腕に突き刺さった。

炬火の光を避けるように、飛びすさりながら腕をひと振りすると、首剣は犠牲者の身体から抜けて、手もとに返る。かえったかと思うと、今度は反対側の人間の得物をはじきとばしている。

綬のうごきは、まるでそれ自体に意思があるかのように自在で、時に顔面をかすり、脚もとを薙ぎはらう。綬と首剣がとどく範囲に、他者が踏みこんでくるのを完全にこばむ。そのあいだに、戴星自身は目ざす長窓に手をかけようとしたが、数人の黒衣にはばまれた。宦官といえば女性的で弱々しいという先入観があるが、実際にはそのまま武官として通用する屈強の者も、ときにはいる。戴星も彼らを相手に、うかつにとびこんで捕らえられるわけにはいかなかった。

対応にまよった一瞬、白光となってとびこんできたのは、宝春の二本の剣だった。

「なんで、逃げなかった！」

「なにをいってるのよ。あたしだけで、途《みち》がわかるわけがないじゃないの。最後まで、責任もって、道案内してもらわなきゃ」

いいながら、双剣を同時にふるう。紅い糸のような血がそのきっ先からほとばしり、黒衣たちの輪が、ざっと広がる。

「このあいだに！」

いわれるまでもなく、戴星はさっそく長窓にかけよっている。外びらきの扉をもぎとるように開くと、一歩足をふみいれるなり、手にした首剣を室内に思いきり投げこんだのだ。

緑の絹糸を曳きながら、白刃は一直線に飛んだ。幾重にもおろされた御簾と紗《しゃ》の帷幕《いばく》をやぶり、首剣は硬いものにつきたって音をたてた。同時に、おし殺した悲鳴があがる。人のたおれるにぶい音も、床にひびいた。

「なにを、なにを、なさる――！」

横あいから、黒衣がひとりむしゃぶりついてきた。さすがの戴星も、不意をつかれてよろめいたが、腕をつかんで力まかせにひきはがす。

自然、顔と顔が合う。

「お、……御身さまは」

「まずい」

黒衣は、戴星も顔を知っている雷允恭だったのだ。宮城に長い宦官だから、当然あちらも戴星――いや、商王・趙《ちょう》元份の嫡子、受益の顔を知っている。

「お、御身さま、ここが娘子の仮のご宿舎と知ってのご狼藉《ろうぜき》か」

正体を知って居丈高《いたけだか》になりかける宦官の喉もとに、舞いもどってきた首剣がおしあてられる。

「狼藉が聞いてあきれる。おまえらこそ、ここに人を集めてなにをたくらんでいた」

「お、御身さまには、かかわりのないことでございます。ひ、人のことより、このようなこと、なされて、御身さまのみならず、八王爺がどのようなことになるか、ご承知の上でございましょうな」

「手を出せるものなら、やってみろ」

それまで多少なりともためらいのあった戴星だが、こう脅されて、ようやく腹がすわった。

「そうなったら、十七年前、おまえらがなにをやったか、明るみに出すまでだ」

「――十七年前？」

雷允恭が怪訝《けげん》な顔をしたのも無理はない。十七年前といえば、この少年は生まれたばかりの嬰児のはず、なにがあったにせよ、知っているはずがない。

しかし――。

十七年という期間には、心あたりがあった。

「十七年――と、いえば、まさか、まさか……、そんなはずが」

でっぷり脂《あぶら》ぎった宦官の顔から、血の気がひいた。青くなったくちびるが、わなわなと大仰にふるえたが、同情する気はさっぱりわかなかった。

「生きているはずがない、か。それとも、化け物として生まれたはず、か」

わざとにやりと笑った横顔を、灯火にさらす。

「いいたてられるものなら、いうがいい。八王爺の息子が、実は十七年前、李妃《りひ》の生んだ子でしたと、知られてもいいならな」

「し、証拠がどこに――」

「おれがなにより、生き証人だ。八王家の父も母も知っている。それで不足なら、生みの母を連れてきてやる」

「李妃さまは――」

「今は行方知れずだ。だが、おれがきっとさがし出す。救いだして、連れもどす。その日を楽しみにしていろ」

「公子――！」

長窓のすぐ外で、宝春が警告を発した。黒衣がひとり、たたらをふんで雪崩《なだれ》こんできたのを、かるい脚どりでかわして、外へ飛び出す。放たれた雷允恭が、腰をぬかしてなかば這うように奥へむかうのが見えたが、ふたたび追う時間のゆとりも、その必要もなかった。外の人は、さらに増えていた。いくら宝春が男なみの双剣の名手でも、これは支えきれるものではない。

血路をひらくつもりで、戴星は院子《にわ》へ小走りにおりた。綬《ひも》をしっかりとにぎりしめて、思いきり首剣をふりまわした。

――と、ぐん、と手ごたえがあったあと、ふっつりとその重みが消えたのだ。

流星に似た白光が、まるきり見当はずれの方角へ飛び、ほつれた綬の先が戴星の手もとへふらふらと巻きついた。だれかがかざした剣だか刀だかの刃にまっこうから触れて、糸が断ち切れたのだ。

「ちっ。やはりだめか」

口ではそういったが、さして落胆したようすもなく、綬を手からふりほどく。非常の場合は頭よりも身体で考えよと、平素からたたきこまれている。おのれの生命をまもるための最高の技術を、少年は幼いころから教えられてきていた。

ななめ右から突きこまれてきた短槍の穂先をかるくかわして、その柄をとらえ、思いきりひねる。衛士の装備を奪いとろうとしたのだが、無理があったのかそれとももともと亀裂でもはいっていたのか、木製の柄はいやな音をたてて裂けるように折れた。

舌打ちをして、戴星は飛びすさる。

「白公子――!」

声とともに、一本の白光が星の消えかけた空へ投げ上げられたのは、そのときである。

戴星は、声の方向を見なかった。見なくても、わかったからだ。

もう一本、左からの短槍を、ひょいと飛びあがって避ける。着地したのは、地面ではなく細い槍の柄の上だ。体重で穂先が下がったときには、少年自身は柄をつたって兵士の手もとに走りこんでいる。そのまま、おどろきに硬直している兵士の手から肩へ、さらに頭へと脚をかけた。兵士の頭を蹴りつけて、少年は空中へ駆け上がった。

手をのばしたところに、剣の柄がねらいすましたように落ちてくる。まるで、剣にも見えない綬《ひも》がついているようだった。

気の毒だったのは戴星に踏み台にされた兵士であり、もっと哀れだったのは、着地点にいた黒衣である。少年は、空中で体勢を崩すどころかかえってたてなおし、振りかざしたそのままのいきおいで、剣をふりおろしたのだ。

斬り割られた額から鮮血がほとばしったときには、戴星はもうおりた地点にはいない。片手の剣で斬りふせぐ宝春の、片側のまもりをひきうけようとしたのだ。

が、その前に、戴星の視界にはいったのは、さらに院子《にわ》の中へなだれこんできた数人の衛士の姿だった。

「手間をくいすぎたな」

斬り伏せて血路はひらけないことはないが、すでに宝春に疲れが見えはじめている。これ以上人がふえる前に逃げる算段をつけなければ、結末は目に見えている。

さすがの戴星も判断にまよった、まさにその瞬間だった。はらりとかるい音が、天から降ってきたのは——。

正しくは、院子をとりかこむ建物の屋根から、降りてきたものだった。そりかえった軒先をふりあおげば、細縄が地から夜空へつながっている。縄には、一定間隔で結び目が作ってあり、のぼってこいと無言の誘いをかけていた。

これが、なにを意味するのか考えている時間はなかった。

「宝春、先に行け！」

少女の肩をつかんで、ひきもどす。縄におしつけるように背後にかばい、剣を衛士に正対させた。それまでのふたりの働きが身に沁みていたのか、衛士たちは戴星を遠巻きにしている。黒衣の姿は、逃げたかうしろにかくれたか、まったく見えなくなっていた。

宝春の行動は迅速だった。帯にたばさみ背にまわしていた鞘に剣を投げこむように突き刺して、縄に手をかけた。

軽業《かるわざ》の一座にいるだけあって、縄をのぼるしぐさにはよどみがない。戴星が衛士ににらみをきかせながらじりじりしていたのは、そう長い時間ではなかった。

「公子——!」

宝春の声が降ってくると同時に、戴星も縄にとびついた。剣の刃を歯でがっちりと嚙み支え、のばした腕に縄をまきつけて身体をひきあげる。双剣の薄い刃だからこそ、できた芸当だった。

衛士たちが手に手に武器をふりかざして、どっと押しよせてきたときには、人の背丈の二人分ほどの高さにまでせりあがっている。すぐに軒の瓦に手をかけると、縄を離し、腕の力だけで身体をひきあげた。片足が屋根の上にあがったときには、くわえていた剣を右手にうつして、縄をふっつりと断っている。

少年の後を追ってよじのぼりかけた兵士が数人、悲鳴をあげてころげ落ちた。

が——。

悲鳴は、屋根の上にも起こっていたのだ。

「白公子」

大きな声ではなかった。だが、さしせまった危機感は、下でたちさわぐ連中の比ではなかった。

中腰の姿勢の戴星の、すぐ目の前に宝春が立っていた。が、人影はひとつではなかったのだ。

「きさま――」

宝春の手をおさえてねじりあげ、剣をその所有者本人に擬しているのは、長身の男だった。背の高さからいえば、夜半に別れた包希仁《ほうきじん》と似ているが、あの文弱の青年がこんな高いところにおいそれと登れるはずがないし、なにより宝春に剣をむける道理がない。

「牡丹棚の刺客か」

以前は顔面の半分をかくしていたが、その蛇類のようにつめたい眼つきを戴星ははっきりとおぼえていた。禁中の衛士を相手にひるむことを知らなかった宝春が、宵とおなじ気配にすくんでいるのも、戴星の推測を裏打ちした。

戴星の問いを、男は否定しなかった。顔の片側がゆがんだように見えたのは、わざとらしい笑みをつくったためらしい。

「なにが望みだ」

「なに、助けてやろうと思ってな。ただし――」

と、もったいをつけて、いったんことばを切る。

「公子、だまされちゃだめよ！」

宝春にいわれるまでもない。この男が宝春の祖父を殺して、まだ一夜すら過ぎていないのだ。舌の根もかわかぬうちにというが、手のひらをかえしたように助けてやろうといわれても、おいそれと信じるほど戴星も出来は甘くない。

「条件次第だがな」

男は、宝春の抗議を無視してことばをつづけた。

「条件？」

「報酬《ほうしゅう》ともいうな」

「なにがほしい」

「これといって大望はないがな」

「金銭《かね》か」

相手の腹をさぐりながら、ちらりと視線を逸《そ》らしたのは、屋根の下のうごきが気になったからだ。交渉するにしても実力で宝春をうばいかえすにしても、あまり時間はない。

「だが、ごらんのとおりだ。金なんぞ、もちあわせていないぞ」

ただし、この男ともう一度斬りむすんで、勝つ自信は戴星にもない。

「貸しにしておいてやってもいい」

「こちらにも、条件がある」

「なにを、莫迦なこといってるのよ！」

宝春があわてて叫んで、男に腕をねじりあげられる。

「痛いってば！　離しなさいよ。はなさなきゃ、あとでひどい目にあわせてやるから！」

すぐに危害をくわえられるわけではないと見切った宝春が、気力をふりしぼってさわぎたてる。

それを、ひとにらみで封じこんで、

「いってみろ」

男は戴星をうながした。

「やとい主の名を教えろ。牡丹棚をおそったのは、だれの指図だ」

わずかにだが、相手の肩のあたりに動揺がはしったのを戴星は確信した。

「ずうずうしい孩子《がき》だ。そんなことを教える義理はないぞ」

「それなりの代価を払えば、問題はなかろう」

「否といったら、どうする」

「どうもしないさ、おれだけの方が、逃げるのはたやすい」

戴星の態度は、あきらかに虚勢だった。だが、勝算もあった。これは、取り引きであり
かけひきなのだ。応じる気がなければ、最初から——戴星がよじのぼってくる前に、縄を

斬っておとしているはずだ。すくなくとも、目的が宝春だけでないのは、宵とはちがって殺気がないことでもたしかだ。

百戦練磨の男に、少年の強がりがわからないはずはない。だが、彼は、今度はあきらかににやりと笑った。それは、わが意を得たといいたげな——ある意味では不吉な印象のある嗤《わら》いだったが、とにかく、とりあえずの交渉が成功したことを戴星は知った。

「——銭《せん》、惟演《いえん》といったな」

「そうか」

「ついでに、おれの名は、殷玉堂《いんぎょくどう》という。報酬を支払ってもらおうか」

「だめだってば！　こんな奴の口車にのったりしたら、いくら公子だってゆるさないわよ。こいつは、お祖父《じい》ちゃんを殺したんだから！」

宝春の抗議は、この際、考慮の対象にはならなかった。

「あとで払う——、いや、待てよ」

少年はふところの重みを思いだした。ひっぱりだしたのは、大ぶりの佩玉《はいぎょく》。崔老人の異界から無断で持ち出してきたものだ。むろん、他人のものを勝手に処分してよいはずはないが、戴星にそのあたりの頓着はない。

老人がそれを手にいれた由来も、正確に知っているわけはなかったが、崔秋先が劉皇后の一派とかかわりをもっていることははっきりしている。とすれば、この佩玉も、どうせそのあたりから出たものにちがいない。ならば、やましいところはない――と、いいわけがましく考えたわけでもないが――。

　少年はその翡翠のかたまりを、かるく玉堂めがけてほうった。

　と、同時に、軒の瓦にかかった梯《はしご》の先をすばやく蹴り離している。またしても、なさけない悲鳴と抗議の声がたてつづけにあがったのは、玉堂が戴星とまったくおなじ行動をとったためだ。五個所ほどにたてかけられていた梯は、ふたりがかりで次々とはずされ、兵士がとりついたまま、ゆっくりと倒れて折れた。

「あやういところだったな」

　佩玉を手の中でもてあそびながら、玉堂がいった。宝春はといえば、すでに解きはなたれていたものの、愛らしい顔を不服にふくらませていた。祖父の仇《かたき》と戴星とが手を結んだことが、許せないのは当然かもしれない。

　一時的なことだと説明しても、納得はするまいし、させる必要もみとめなかった。

　だから、いきなり宝春に頬をなぐられても、戴星は説明も弁解もしなかったかわりに、容赦もしなかった。なぐった腕をわしづかみにして、委細かまわずひっぱったのだ。

「離しなさいよ、裏切り者！」

「いいのか、はなして」

たずねておいて、答えが返ってくる前にぱっと手を開いている。それまで、別方向へ力いっぱいにひっぱっていたものだから、たまらない。たちまち均衡をくずして軒から落ちそうになる少女を、すぐにまた、つかまえてひき上げてやった。

この騒ぎで瓦が数枚落ちて、下から照らしあげる光がどよめく。

「なにをするのよ。このひとでなし！」

もう一度、ほほに平手が飛んでくるのを、今度はきれいに避けた。

「離せといっただろうが。そのとおりにしただけだ」

「冗談は、時と場所を考えなさい！」

「なにを遊んでいる。さっさと来ないか」

玉堂に冷たくせかされ、戴星は身をひるがえす。剣のかたわれを宝春にほうりかえしたあとは、武器らしきものももたない丸腰だが、それで不安なようすもなかった。肩越しにちらりとふりむいた殿玉堂が、甘いなといった眼をしたが、それにつけこんでどうこうする気配はなかった。宝春も、いちいちひきずられなくとも、だまって戴星のあとについてくる。

目の前には、瓦の波がうねっていた。琉璃《るり》瓦の黄色が夜目に白っぽく、どこまでも輝いてひろがって見える。屋根にあがってしばらくたつというのに、今はじめて、走りだしながらその情景に気づいて、少年はいきなり笑いだした。

「……どうしたのよ」

肩をならべた宝春が、気味悪そうにたずねたのは、なぐったはずみにどこかおかしくなったのではないかと心配したからだ。

「いや、やっと気がついたんだ。最初から、屋根づたいにいけば、楽だった」

反《そ》りかえった高いところにのぼるのはひと苦労だろうが、屋根の上なら人の目もほとんどない。建物と建物のあいだも、飛んで飛べない距離でないときは、回廊の屋根がつないでいる。見わたすかぎり、すくなくとも皇城と宮城の内部は、さえぎるものもない。黄色い瓦を踏んでいけば目的地まで、地上を行くよりずっとたやすい。

「なにを今さら」

軽蔑の色をつんとうかべて、戴星よりもかるい脚が先へ出た。軒から軒へと飛んだ殷玉堂のあとにつづいて、少女の身体が宙に躍る。

下では、衛士がはしりまわって各所に警告を伝えている。明かりの範囲が広がっていくのが上からも見えるが、屋根の上の移動速度においつくはずもない。そのうえ、皇城と宮城との警備体制もちがうから、そこでもまた時間かせぎができるはずだ。

「殷玉堂といったな」

ずっと年上の、暴力沙汰にすれきった男にも、戴星は遠慮というものをしなかった。けっして心を許したわけではないが、代償をはらった以上は、しばらくのあいだの安全は買ったものと信じてうたがっていないのだ。

「たしかに、そういった」

それがどうかしたかといった、不機嫌な表情にもたじろがず、

「その佩玉を、枢密使の丁公言《ていこうげん》か、外戚の劉美のところへもっていけ。うまくすれば、言い値で買いあげてくれるだろう。かまわないから、思いきりふっかけてやれ」

足場の悪いところを走りぬけながら、それだけのことを一気に、楽々といってのけた。

玉堂という男は聞いているのかいないのか、無表情にうなずいたが、ふと思いだしたように、

「かわりに、ひとつ教えておいてやろう」

おなじように、息も切らさずに告げた。

「その小娘、まだねらわれるぞ」

とたんにけわしくなった戴星の表情をうかがいながら、

「くわしいことは知らん。おれはもう、かかわりあいになる気もないが、おえらい奴たちは、喉から手が出るほどに欲しいらしい。小娘自身がほしいわけでは、どうやらないらしいがな」

おおかたの事情は知っているぞと、言外にほのめかして、玉堂は先に出た。

すでに、目的の宮城の西北隅は、すぐ目の前だ。

「これから、どうする。どこへ行く」

「とにかく、ここを出て――」

戴星は、頭の中を整理した。自分の行く先は決めてある。宝春を安全な場所へ隠して、自分は牡丹棚へもどる。毛親方から、生母の情報を聞きだす必要があるからだ。それから先は――。

「とにかく、金線巷へ行く。そこで、先のことを決める」

宝春を休ませてやりたい、というのは口実で、本音をいえば戴星自身、いいかげんくたくたになっていた。

「気をつけていくんだな。これで、借りは返したぞ」

というところをみると、すこしはこの男も、宝春の祖父を殺してしまったことを気に病んでいたのだろうか。

胸の中にわだかまっていたものが、ほんの一部ではあるが、落ちていったような感覚を、戴星はおぼえていた。

身を刺すような冷気とともに、白々とした夜明けの空がひろがろうとしていた。

「娘子、娘子。お怪我《けが》は、御身はご無事にございまするか」

斬り裂かれた御簾の奥にたおれ伏《ふ》したまま、身じろぎもしない人影に、雷允恭の声もふるえた。

「どうぞ、おことばを。ご無事ならば」

御簾の内へはいってたしかめればよいことなのだが、なにしろ腰がたたない。荒事になれていない雷允恭にとって、みずからの身体に刃がむけられるなど、ほとんどはじめての経験だった。しかも――。

戴星――八王爺の公子の正体が、十七年前抹殺《まっさつ》しおおせたと思っていたあの嬰児だったとは、青天の霹靂《へきれき》とはまさしくこのことだ。

「賊は、捕らえたのですか」

ようやく、細い声がもどってきて、雷允恭はほっとひと安心する。

「いえ、いまだ」

「あれは――まことでしょうか」

いつになく、声に棘《とげ》も自信もない。

「では、お耳にはいりましたか」

戴星の声は、さほど大きくはなかった。だが、御簾のうちへはとどくよう、微妙に制御されていた。雷允恭とのやりとりは、ほぼすべて、劉氏の耳にもはいっていたのだ。

「ほんとうに、あのお子が――」

「わかりませせぬ。たしかに、大家に似ておいでだとは、以前から風評がございましたが。

それにしても、どうやって……」

「調べなさい、真偽を調べなさい、早く！」

それは雷允恭がはじめて聞く、皇后のうろたえぶりだった。

「万が一――万にひとつ、真実でありましたならば、いかがいたしましょう」

「なにを申しているのです。今さら、まことのことを明るみにだせるわけがありませんでしょう！」

劉氏が声をとがらしたところへ――。

「これは、なんの騒ぎだ」

落ちつきはらった壮年の男の声が、院子《にわ》の方からひびいてきたのだ。

「ご無事か、寇莱公」

「これは八王爺、王公もか。わざわざ、おでましとはおそれいる」

元気に答えるのは、寇準のもの。両者ともに、殿の内部に聞かせようといわんばかりに、わざとらしい大声と抑揚だった。どうも、戴星の芝居気は育ての父の元份ゆずりかもしれない。

「賊と聞いて、見舞いにまいったのだが、いや、貴公の身にもなにごともなく祝着しごく。それで、娘子におかせられてはいかがだな」

「――妾《わらわ》は、不快です。王爺のお顔など、見たくない。休んでいると申しなさい。よろしいですね」

御簾の奥の人影は、よろめきながらたちあがった。うけた打撃からすれば、意外なほどにすばやく身をひるがえす。

逆に、雷允恭はふたりの貴人がはいってくる前に転がり出た。足もとにうずくまって、かれらの行く手をさえぎったかっこうになる。

「これは、八王爺には、わざわざのおでまし、恐懼しごくに存じまする。娘子におかせられては、おかげさまでなにごともなく――」

「それは重畳《ちょうじょう》。さいわい、宰相にもなにごともないとのこと。不幸中の幸いでありましたな」

「どういうわけか。このあたりには、武器をたずさえた内侍どもが多勢、たむろしておってな。いや、たすかった」

寇準が、脇からあきらかな皮肉を添える。

「おかげで、くせ者に襲われたときに、すぐにかけつけていただけた。まるで、なにごとか起こることを予測していたような警備の厚さには、いたみいる。まことと、感謝のいたり」

じろりとにらみおろされて、黒衣の太監はひたすらかしこまるより方法がない。

そのくせ者が、その八王爺の子息だと告げてやったら、どんな顔をするだろう。

だが――。それをいったん公《おおやけ》にしてしまったら、八王爺の方も居直るだろう。顔形はともあれ、公子の気性は八大王《はちだいおう》そっくりだともっぱらの評判だった。あの公子が真実、十七年前に抹殺しようとした皇子ならば、ことがあきらかになって罪に問われるのは、雷太監たちの方だ。

雷允恭は、いったん顔をあげてひらきかけた口を、思わせぶりにとじた。

さいわいというべきか、寇準《こうじゅん》は宦官の返事など最初から期待しておらず、

「娘子《じょうし》がおやすみならば、われらはこれでひきとらせていただこう。明朝――といっても、もう一刻もないが、ご機嫌うるわしき尊顔を拝せることを願うておりますと、娘子におつたえいただこうか」

かさにかかって強い口調で口上を述べて、寇準は傲然《ごうぜん》と胸をそらした。

「は、たしかに、たしかにうけたまわりましてございます。宰相閣下にも、どうぞ、お気をつけあそばして、おもどりくださいますよう……」

語尾が、かすかにふるえた。一瞬、老人にあてた雷允恭の視線に、憎悪の色がよぎったが、その面はすぐに伏せられる。

この宦官が、腹の底でなにを決心したか、ふたりの貴人が目にすることはなかった。

第六章　夢江南《ぼうこうなん》

朝まだきの街路には、すでに行きかう人の姿があった。

開封《かいほう》の街が寝しずまるのは夜半過ぎのほんの数刻、それも完全に眠ることはなく、払暁《ふつぎょう》前からもう人は起き出している。

鉄の札をたたきながら徘徊《はいかい》する僧侶は、報暁頭陀《ほうぎょうずだ》とよばれる者たちで、夜明けをしらせながら報謝《ほうしゃ》を乞うているのだ。もっとも、彼らが姿をみせるころには、だいたいどこの家でも一日がはじまっている。

彼らが戸口にたつと、すぐに銭なり食事なりがさしだされる情景を、朝もやの中で戴星《たいせい》たちは何度も見た。

――宮城の北西の池には、殷玉堂《いんぎょくどう》が用意した小舟がつないであった。これは玉堂がしのびこむときに使ったもので、水門もあけはなたれたまま、なんの警戒もされていなかった。そのまま三人は金水河へ出て、運河づたいにしばらく漕いだあと、白《はく》戴星と陶宝春《とうほうしゅん》は陸にあがった。

そのころには、しらじらとあたりも明るくなっており、行きかう人の流れにまぎれて、ふたりは金線巷《きんせんこう》まで、なんの問題もなく来ることができた。

「でも、こんな早くから行って、史鳳姐《しほうねえ》さんに会わせてもらえるかしら」

「それより問題は、希仁《きじん》とは別の客が泊まりこんでいる場合だな」

「客って──」

とたんに、宝春が口ごもる。

彼女とて、史鳳の商売にこだわるつもりも、まして軽蔑する気もないのだが、やはり抵抗があるのだろう。自然、歩みが鈍くなるのを見てとって、戴星はわざと先を急いだ。

だが、金線巷の目ざす妓館のはるか手前で、戴星もまた、脚をゆるめることになる。

『──春、尽きんとして、日は遅々《ちち》たり

　牡丹の時、羅幌《らこう》巻かれ　翠簾《すいれん》垂る

　彩牋《さいせん》の書に紅粉の涙　両心に知る』

「三字令だな」

ひそやかな琴の音とともに、細い糸のような歌声が低く流れてきたのだった。

歌は詞とよばれるもの。詩の一種なのだが、読書人のつくる絶句《ぜっく》だの律詩《りっし》とはちがって、酒席や紅灯の巷で音曲にのせて歌われるものである。むろん、韻《いん》や平仄《ひょうそく》などの規則はあるが、一行何字と形が決まっているものではない。いや、形式はきまっているのだが、基本的には曲があってそれにあわせる、一種のかえ歌のようなものと思っていい。唐《とう》代から流行がはじまったというが、さかんになったのは五代とよばれる時代にはいってからだ。ことに、纏足《てんそく》の発案者といわれる南唐《なんとう》の後主・李煜《りいく》は、この詞の名手としても知られていた。宋の太宗《たいそう》、戴星の祖父にあたる趙光義《ちょうこうぎ》が彼を殺したのは、詞の中に叛意のある語句があるのをとがめてのことだという話もあるぐらいだ。

もっとも、今、戴星が聞きわけたのは、李煜の作ではない。だれでもが気軽につくれるため、詞牌の数も作者の数も、山ほどあるのが詞というものだった。

「人不在《ひとはあらず》　燕空帰《つばめはむなしくかえり》
負佳期《かきにそむく》　香燼落《こうじんおち》　枕函欹《ちんかんそばだつ》
月分明《つきはぶんめいに》　花淡薄《はなはたんぱく》　惹相思《そうしをまねく》」

一行三字の詞が、哀調をおびた琴の音にのって、朝の巷に低くながれる。

ふたりが、今度は妓館の裏口をくぐろうとしたときには、曲が変わっていたが、

「どうも、おだやかじゃないな」

ふと、聞きとがめて戴星がつぶやいた。

「——当年、還《ま》たみずから惜しむ
往時、なんぞ憶《おも》うに堪える

花に露　月明は残り
　錦の衾《しとね》に暁の寒さを知る」

『菩薩蛮《ぼさつばん》』という詞牌は人気があって、いくつもおなじ歌があるが、これは閨情《けいじょう》、それも情人《こいびと》のつれなさを詠ったものだ。先の『三字令』といい、孤閨《こけい》の詞ばかりだ。

「あれ、史鳳《しほう》姐さんの声よね」

「あの調子なら、すくなくとも、客はいないようだがな」

　案じるまでもなく、ふたりはすぐに何《か》史鳳の部屋へ通された。いや、史鳳が階下まで、不自由な足で出てきていたのだ。美しい顔は宝春を見たとたん、安堵《あんど》とひそかな落胆とに染めわけられた。

「無事で――、よかった。ほんとうによかった。いきなり、消えてしまうのだもの。いったい、どこに行っていたの、どうやって消えたの」

　すくなくとも、宝春をだきよせて流した涙は本物だった。

「その話は長くなるし、信じてもらえまい。それより、包《ほう》希仁はいるか」

　口早に訊いた戴星に、史鳳は涙をやどしたままの顔をあげて、

「公子《こうし》たちが姿を消されたすぐあと、出ていかれて……。まだ、おもどりにならないんですよ」

「行き先は」

史鳳は、首を力なく振る。

「一度、もどってみえると、お約束はいただいたのですけれど」

「こまったな。あの知恵者の頭が借りたいんだが」

頭以外に存在価値がないようなことをいう。

「とにかく、部屋へ。お疲れのようすです」

宝春のようすも戴星の姿も、さすがに疲労の色がはっきりとあらわれていた。屋根だの院子《にわ》だのを走りまわり、立ち回りを演じてきた衣服は、泥にまみれている。ふたりとも、目立つところにはかえり血をあびていないのが、不思議なほどだ。

だが、戴星はうなずかなかった。

「宝春を、たのめるか」

「それはよろしいですけれど、公子はどうなさいますの」

「行くところがあるんだ」

「いけません。とにかく、希仁さまがおもどりになるまでお待ちになってくださいな。でなければ、叱られてしまいます」

「……希仁さま？」

さすがの戴星も、絶句した。

それもそのはず、昨日の午《ひる》にはじめて出逢ったはずなのに、もう十年来の馴染《なじ》みのような物言いなのだ。

「あら――」

自分で気がついて、史鳳も袖で顔を被った。まるで、宝春ほどの小娘のように、耳までまっ赤に染めて恥じらわれては、それ以上追及もできない。

年少のふたりがあっけにとられているあいだに、あらたな来訪者が告げられた。

「こんな朝から、なにごとでしょう」

招じいれられた男は、牡丹棚《ぼたんほう》にのこったはずの毛親方《もう》だった。

毛は、戴星の顔を見るなり、

「思いだした、思いだしたんですよ」

叫んだのだ。

「花娘《かじょう》の行方か！」

「いや、花娘じゃありません」

腕をわしづかみにされて、顔をしかめながら、毛親方はいったん否定した。

「ちがうんですよ。花娘じゃなかったんで。花娘花娘というから、なかなか思いだせなかったんですよ」

「どういうことだ」

「つまり、花娘じゃなくて、花娘がどこからかひろってきた――いや、失礼、たすけてきたご婦人がいたんですよ。どこでどう、花娘とまちがわれたのか、こまかいことは知りませんがね。十七年前かどうか、細かいことも忘れましたけどね。だけど、かれこれ二十年近く前、病気の婦人を世話して江南《こうなん》までいっしょにいったことが、たしかにありましたっけ」

「……それだ」

戴星の口から、つぶやきが漏れた。

「なんとなく憶えてますよ。細っこくて今にも折れそうで、あきらかにどこぞの良家のお人なんだが、えらく怯《おび》えてましたっけか。いつもうつむいていて、あまり人に顔をみせなかったこともあって、印象はうすいですがね」

「それで、その婦人は」

せきこむように訊いたのは、宝春。戴星は、茫然《ぼうぜん》としてしまって、二の句が告げられない。

「揚州《ようしゅう》で別れたよ。花娘……つまり、その人をひろった花娘が、揚州で一座とわかれることになって、そいつについていったんだ」

「その花娘の、ほんとうの名まえは？　別れて、どこへ行ったの？」

「名まえは、李……李なんとかといったな。とりあえず、杭州《こうしゅう》へ行くといった。そこに親戚だかなにかがいるとかで」

「杭州……」

「決まった」

戴星が、いきなり膝をたたいてたちあがった。

「杭州へ行く」

八王爺《はちおうや》からの返書が范仲淹《はんちゅうえん》の屋敷へとどいたのは、夜があけてまもなくだった。それが、ただの返書ではなかったから、さすがのふたりも度肝《どぎも》をぬかれた。

従者をふたりほどしたがえて、婦物《おんな》の轎子《かご》が門前に止まったと思ったら、

「商王《しょうおう》が内人《ないじん》（夫人）、狄千花《てきせんか》と申します」

案内を乞うた貴婦人が、そう名のったのだ。あわてふためいた范仲淹と包拯《ほうじょう》が出迎えようとしたときには、すでに書斎に姿をあらわしている。皇族の夫人ともなれば、顔をめったなことではあらわにしてはならないはずが、被《かぶ》り物もなくうつむくでなく、面を昂然《こうぜん》とあげた態度があまりにも自然だったため、男たちはあっけにとられて、この大胆な貴婦人の顔をまじまじと見てしまう始末だった。

狄氏、名を千花。その祖は唐代に文官として世に出たが、ここ数代は武人を輩出している、いわば武門の出である。その知識があるものだから、狄氏の来訪と聞いて、ふたりと

も大柄な女丈夫《おんなじょうふ》があらわれるものとなかば確信していた。

が、かろやかな足どりではいってきたのは、どちらかといえば小づくりで、ほっそりと優しげな女性だった。美貌というにはすこし物足りない印象だが、たしかに美しい容姿の持ち主である。それも、ただ外見がととのっているというのではなく、人がらの良さがにじみでているような、気持ちよい顔とでもいうのだろうか。

とにかく、深閨《しんけい》の婦人というにはすこしばかり問題のありそうな女性が微笑をうかべて、おっとりと希仁たちの礼を受けたのだった。

「愚息《ぐそく》が、迷惑をかけたそうですね。まず、それを詫びにまいりました」

事情は八王爺から書簡で知らされたと前おきして、狄妃はていねいに謝罪した。

「本来ならば、わが相公《との》がまいるべきなのですが、いまだ皇城から下がってまいりません。僭越ではありますが、わたくしが代理としてまいりました。お礼を申し述べるためと——すこし、たずねたいこともございましたので」

はっきりとした口調で、よどみなく告げる。まっすぐな視線といい溌剌《はつらつ》とした表情といい、義理とはいえ戴星のような大きな子がある年齢とは、とても思えない。その気迫におされた主人側が、即座に応えられないうちに、

「包希仁《ほうきじん》とおっしゃるのは、そなたですか？」

ひたと、長身の青年に双眸《そうぼう》をむけた。

「は――」

「そなた、どこで、あの子が八王家の長子とわかりました？」

単刀直入という言があるが、ことばを飾るということを、まったくしない女性だった。やる気になればかけひきのひとつやふたつ、やってのけるだろうが、この際はその必要がない――いや、やってはいけないと判断したのだろう。

希仁ももはや、たじろいではいられなかった。二、三度くちびるを開きかけては閉じたのは、ためらったのではなく慎重にことばを選ぼうとしたためだ。やがて――。

「逆に、おたずねいたします。『文有文曲　武有武曲』――この八文字、おそらく、戴星という仮の名もここから採《と》られたものでしょうが、これは妃殿下がお聞きとりになられたことばと、公子からうかがいました。たしかなことでございましょうか」

「たしかです」

狄氏は、ためらいもせずにうなずいた。

「――小生《それがし》は、席をはずした方がよろしいのではありませぬかな」

咳ばらいとともに、范仲淹がたちあがりかける。それを、狄氏が眼で制する。

「かまいませぬ。范公は、信頼に足る人物ゆえ、ともにすべてをうちあけよとの、わが相《と》公《の》よりのご指示です」

そして視線をひるがえし、包希仁の先をうながす。

「そのことばは、天の文武二星が補佐のために下る――、その意にとれますが」

「ですから、秘したのです」

にっこりと、こともなげにいってのける。

皇帝とはすなわち、天の子である。天の星が補佐するとは、天がその人物をわが子としてみとめたことになる。つまり、生まれてすぐに棄てられ父親ですらその存在をしらない子が、天子となるという意味なのだ。

予言とは解釈のしようでどうにでもとれるものだが、他人にいいふらすには危険すぎることばではあった。なにより、戴星、つまり皇子、受益の正体を大声で主張しかねない八文字だった。

「それで――、それが、なにゆえ手がかりになったのです?」

「その文曲星《ぶんきょくせい》とは、私のことなのです。おそらくは」

狄氏にまけずに、実にさりげなく、包希仁はとんでもないことをいってのけたのだった。正気か――といった表情で目をむいたのは、范仲淹。だが、その彼でさえ、なにを莫迦《ばか》な と嘲笑《ちょうしょう》することはなかった。ひとつには、あまりにも希仁が真面目くさっていたからであり、もうひとつには、狄氏がおなじぐらい真剣な表情でうなずいたからだった。

「田舎《いなか》の巫《みこ》の妄言《もうげん》かもしれません。が、私が生まれたときに、母がそう聞かされたそうです。この子は天よりくだった者で、将来、文を以《もっ》て天子さまにお仕えすることになる、と。

──むろん、おのれの子の前途に、親が過大な期待をしがちなことはみとめますが」

「それで、母君は、ご健在？」

「いえ。生まれてすぐに亡くしました」

のんびりと話を脇道にそらして、平然としているところも、このふたりは呼吸が合っている。が、希仁が早々に話をもとへもどしたのは、一応、范仲淹に気をくばったのだろう。

「──殿試《でんし》で龍顔《りゅうがん》を拝して、この方ではないと思いました。例の八文字を聞いたのは、その直後。聖上によく似たお顔だちを見て、私が仕えるべき方は、おそれながら今上ではなく次代の天子であったのかと、そのとき悟った次第です」

「──ふつつかな子ですが」

と、ここではじめて視線を伏せて、狄氏は唇《くち》もとだけで微笑した。

「しかも、あのような驕子《きょうし》（わがまま）では、迷惑をかけるばかりではありますけれど、これも天命だと思ってあきらめてくれますか。これは、范公にもおねがいしたいのです。こうやって巻きこまれたのも、なにかの縁《えにし》と思って」

「もったいないおおせ──」

と、范仲淹はかしこまったが、希仁はちがった。

「いたしかた、ございません」

長身を折りながら、皮肉っぽくこたえて、あわてた范仲淹にこづかれた。聞きようによってはすさまじい無礼であるが、狄氏はただわらってその礼を承けた。

「ですが、肝心の少爺《しょうや》の行方が知れぬでは――」

范仲淹の渋面に、意外な方向から声がかけられたのは、その時である。

「教えてやろうか」

扉にもたれかかり、自堕落《じだらく》なかっこうで内側をのぞきこんでいたのは、見知らぬ男。官職を辞したとはいえ、れっきとした進士の家に不審な者がはいりこめるのも異常ならば、迎える側がいささかも動揺しなかったのも尋常ではない。

「――昨夜の賊か」

「この家からは、なにも盗《と》ってない。おまえから、賊よばわりされる筋あいはない」

「老人ひとり、殺しておいてか」

これは、昨夜からの状況からみてのあて推量だったが、男は冷笑しただけで否定しなかったし、希仁もそれ以上、追及はしなかった。

「まあ、よかろう。それより、われらがさがしている人間を、おまえがなぜ知っている」

「ついさっきまで、いっしょだったからさ」

「でたらめを申すと――」

「うそだと思うなら、それでいい」

太い眉をつりあげた范仲淹をちらりと見て、男はつい、と身を起こしかける。それをとどめたのは、やはり希仁。

「かなりのことを、知っているようだな」

「おまえの姓名まで、知っているぞ」

夜半の気配がこの男ならば、だいたいのいきさつは、ほとんど知られていると思っていい。

優位にたって、せせら笑う顔に、

「姓名ぐらい、だれでもある。おまえは無名《ななし》かもしれぬがな」

「……殷玉堂だ」

冷静に希仁に挑発されて、玉堂は憮然となった。

「まったく、おまえといいあの孩子《がき》といい、なかなか食えん」

投げ出すようにそういった横顔からは、危険な翳《かげ》がわずかに消えた。

「それで——？」

「その前に、いくら出す？」

「金銭《かね》か」

「べつに、値うちものならなんでもいいぞ。公子にもいろいろ訊かれたんでな、その分もふくめて払ってもらえれば、知っていることはなんでも教えてやる」

ここへ来たのは、親切心ではなく、あきらかに金づるになると思ったからしい。

希仁は、視線だけで狄氏の了承を求めた。

「かまいません。いくらでも、好きなだけ」

鷹揚《おうよう》なところを見せて、狄氏は承諾をあたえる。

「――と、おおせだ」

「公子は、あの小娘といっしょに、金線巷へいった」

「何史鳳のところだな」

「おまえを尋ねるとかいっていたぞ」

「私はここに居ると、教えてやらなかったのか」

「訊かれなかったからな」

それはそうだ。

そもそも――この不吉な男が一方的に包希仁の顔をおぼえていて、あとをつけ、范家からの書状を追って皇城まで来た――などと、いくら戴星でも想像がつくはずがない。知らないものは、訊きようがない道理だ。

「なるほど」

苦笑して、包希仁はこの家のあるじの方へむきなおった。

「とにかく、迎えに行ってみることとします」

間髪をいれず、

「――すなおに帰らぬと思いますが」

疑わしげな口調で、狄氏が首をふった。

「どういうことでしょう」

「あの子は、母君をさがしにいったのです」

この型やぶりな貴婦人は、おだやかな双眸で、男たちの反応をひとつひとつたしかめていった。

「ご存命なのですか」

「わかりませぬ。ですが、あの子は信じています。たとえ、亡くなっていたとしても、おのれが何者であるかはっきりとさせたい。天子になるにも父の後を嗣《つ》ぐにも、家を出るにも、それが第一の条件だと、わたくしにむかって生意気なことを申しましたよ」

かるく天を仰いだのが包希仁、ため息まじりに肩ごと首をふったのが范仲淹。男――殷玉堂の眼にはじめて、奇妙に童《わらわ》めいた光がひらめいたのも、そのことばを聞いてからである。

「それで夫人は――いえ、八王爺もです。それで、よろしいのですか。だまっていれば、公子は太子にたてられそのまま至高の位に就き、八王爺も夫人も帝と后妃に準ぜられるはず。波風をたてるようなことは、必要なかったのではございますまいか」

狄氏は、敢えて反論しなかった。ただ、しずかに詰問の主の名をよんだだけである。

「希仁どの」

「はい」

「そなたなら、だまっていられましたか？」

青年の顔の苦笑が、ほかのふたりにも伝染した。

「では、万がひとつに、公子がこのまま永久におもどりにならずとも？」

「帰ってこないのには、慣れておりますよ。目をはなしたら、すぐに邸第《やしき》をぬけだして遊びあるいていたのですもの。心配するだけ、無駄というものです」

とはいえ、悪処で遊びほうけて帰らぬのとはわけがちがう。

「では、たとえば」

包希仁は、くどいほどに念を押した。

「たとえば、公子がおとしいれられて罪に問われ、ご夫妻が連座することになったとしても」


それも、けっして可能性のないことではないのだ。現に、戴星は官兵に追われて姿を消した。この先、皇后の憎悪がうすれることは、ないだろう。たとえ真実があきらかになっても、危険な立場にはかわりない。皇后の一派が、完全に力を失わないかぎりは。

「生きてさえいてくれれば、わたくしはなにも申しません」

「どんな事態になったとしても」

と、希仁はくいさがる。

「そのぐらいの覚悟がなければ、あの子をわが子になど、最初からいたしませんよ。それに、わたくしが聞いた八文字が真実であるなら、きっと無事にもどって来ますでしょう。もどらねば——あの子にそれだけの運がなかっただけのこと」

きっぱりといいきった口調とはうらはらに、眸の色がやわらいだ。

なるほど、この母親にしてあの子かと、三人——ことに昨日からふりまわされている希仁は、納得した。血のつながりのない狄氏がいかに厳しく、またいつくしんで育てたかがよくわかるような気がした。

「だとしたら、早く手をうった方がいいぞ」

と、水をさしたのは、殷玉堂。

「なにしろ、昨夜、皇城をさわがせた賊だからな」

「おまえなどといっしょにするな」

「だから、いっしょだったといっただろう。皇城でうろついているところを、助けてやったんだ」

「なぜ、そんなところへ——」

「おれが、知るか」

と、玉堂は実にそっけない。

「いったん、開封を出た方がよくはないか」

考え考え、ゆっくりと口をさしはさんできたのは范仲淹。

「公子の所在さえわかっておれば、よいのだし、やっかい事を避けるためにも」

「なにか、よい案でも？」

「わしは今日の午《ひる》、汴河《べんが》をくだる船に乗るはずだった。わしは帰郷がおくれたところで、さしつかえない。包公、足下《そっか》、公子を連れてその船に乗るがよい」

「それで、よろしいでしょうか」

了承を求めたのは、狄氏に対してである。むろん、彼女が反対するはずもない。

「では──」

「これ、包公、どこへ行く」

「ですから、金線巷へ」

「行くのはよいが、汴河にたどりつくまでなにごともないと思うか」

希仁が夜半、むこうを出てきたときには、官兵の見張りが立っていた。それが、今もいないとはかぎらない。希仁ひとりならなんとでもいいぬけできようが、官兵たちへの命令が変わってでもいないかぎり、白戴星を連れて無事に脱出するのは困難だ。

「ですが、それならばなおのこと、私が行って手伝ってやらねば」

「策をほどこすだけなら、書状だけでもよい。腕ずくにでもなったときに、自信があるとでもいうなら、また話は別だが」

十歳年長は、年長だけのことはある。実はこの場合、希仁にはもうひとつ金線巷に行きたい理由もあったのだが、それを正直に口にするわけにはいかなかった。

「わかりました。紙と筆をお貸しください。玉堂といったな」

「なんだ」

なぜか、まだそのあたりに所在なげにたたずんでいる男に、

「この書を、金線巷の――」

「おことわりだ」

「なぜ」

「おれは、盗《ぬすっと》だぜ。あまり、昼間うろつくものではないさ。約束の金銭《もの》をはらってもらえれば、すぐに退散する」

「厚かましい奴だ――」

とは、包希仁はいわなかった。

書状は、范家の僮僕《どうぼく》にことづけても用が足りる。となれば、一刻も早く、この男を追いはらった方がいいのかもしれない。狄氏が眼で笑ってうなずくのをたしかめて、筆先に意識を集中させた。

そのあいだに、狄氏はしたがってきた家人をよびよせて、玉堂に銀塊をいくつか与えた。

周到に用意していたものらしい。

もらうものだけもらうと、玉堂はさっさと踵《きびす》をかえした。彼がはいってくるところを見ていない家人たちの、あっけにとられた顔を尻目に、表の門から出ていくところなど、堂々たるものである。

包希仁も范仲淹も、また殷玉堂自身もこのとき、これで二度とたがいの顔を見ることはないと信じていたのだった。


「江南へ行く」

といったところで、すぐに出発できるわけがない。そのうえに、

「あたしも、行くわ」

真顔で宝春がいいだして、話はこじれかけた。

「女連《づ》れじゃ、うごきがとれない。おまえはのこれ」

邪魔だの足手まといだのというせりふは、通用しなかったから、これは苦しい命令だった。案の定、

「あたしには、あんたにどこにいろなんて指図《さしず》されるいわれはないわ。それに、あんたを邪魔にしてる人たちは、あたしもねらってるのよ。あたしひとりを、ほうりだしていく

気？」

「連れていって。あたしは、江南へ行きたい。桃花源をさがしてみるの」

「しかし」

「——さがして、どうする」

「あたしは、あたしの正体が知りたい」

宝春の脳裏にそのときうかんでいたのは、昨夜の祖父の死にざまだったにちがいない。衣服のきれはしすらのこさず消えうせたため、葬儀を出すこともできないのだ。祖父が真実、崔秋先《さいしゅうせん》が語ったような花精であったのかどうか、そして宝春自身が人外の生き物なのかどうか——。

桃花源というものが存在するのなら、そこへ行けば、なにもかもはっきりとするのではないか。そんな推論に、宝春はたどりついたのだろう。

そして、みずからをたしかめたいという思いは、期せずして戴星が心に思いさだめていたことと軌を一にしていた。

「そうだなあ」

と、戴星は弱腰になったが、今度は何史鳳が反対した。

「ふたりきりで、行くあてもなくお銭《あし》もなくて、どうしようっていうんです。ただ歩きだせばいいってものじゃ、ないんですよ」

「旅には慣れているわ、路銀なら、途次《みちみち》、稼いでいけばいい。これまでだって、そうやって暮らしてきたんだから」

「ちょっと待て。おれは、おまえの世話にはならんぞ」

「なんで、あたしがあんたまで養わなきゃいけないの。貸しにしておきますからね」

すかさずいいかえされて、戴星は複雑な表情でひきさがる。いくら下情に通じているといっても、自分の手で金を稼いだことまではない。その気になればなんでもやれるだろうが、それでも宝春の存在はたしかに心強い。戴星にとって都合が悪いのは、この少女の強さとしたたかさだけで、これはむろん勝手ないい分というべきだった。

おかしいことに、妙齢の男女がふたりきりで旅することになるという点については、だれも心配も反対もしなかった。これだけ真正面からずけずけとやりあっていれば、男女の仲の心配など、するだけ無駄だとでも思われたようだ。

「とにかく、行けばなんとかなるか」

と、史鳳の制止をふりきって出ていこうとしたところへ、いったん帰ったはずの毛親方が駆けこんできた。

「出るんじゃない。白公子、なにをやったんです。人相描きまで回されてますぜ」

街路の辻々に捕吏《ほり》が立って目を配り、若者を捕らえては、手に持った紙と容貌をひきくらべているという。毛はとがめられなかったのだが、もしやと思って、さりげなく捕吏の手もとまでのぞきこんできたのだ。

「……すこし、やりすぎたかなあ」

聞いたとたんに、思いあたるところのある戴星は、屋根の裏をふりあおいで宝春の冷たい視線を避ける。

「だから、あたしがついてなきゃ、だめなのよ」

「おまえがいたからって、どう変わるっていうんだ」

まるで、悪童同士のけんかである。

「だったら、あんたひとりで行きなさいよ。あたしは、連中に顔を見られるような莫迦な真似はしていないんだから」

これはまたしても、戴星の負けだった。

「わかったわかった。連れていくから、城門をぬける方法でも考えてくれ」

捕吏がまずかためるのは、内城外城、東西南北、あわせて二十一の城門であるはずだ。ふたりが出発するためには、まず開封の城門を不審をもたれずにとおる方法が問題になるのは当然だった。宝春はいいとして、戴星をどうするか、かくれるにしてもなにが安全かと、頭をひねっていたところへ――。

范家の僮僕が、書状をたずさえてやってきたのだった。

「――ありがたい。范希文《きぶん》が、船の手配をつけてくれるそうだ」

一読して、戴星は安堵の色をかくそうともしなかった。船であっても、城壁の各所にもうけられた水門をくぐる必要はあるのだが、荷にまぎれるなり船底にかくれるなり、方法はあるだろう。

「希仁が州《しゅう》橋で待っている」

手紙をにぎりつぶして、戴星はいきおいよくたちあがった。

「あの挙人さまが？」

「とりあえず、東京《とうけい》を出ろといってきた。あいつも同行するといっている」

「あたしも行くわよ！」

すかさず主張した宝春に苦笑して、

「あいつはなんでも、見とおしているらしい。『かならず、宝春どのも無事につれてくること』だと。ここはすなおに、心づよい味方ができたと思っておこう。で、轎子《かご》をひとつ、用意してほしいんだが——」

と、史鳳をふりむいて、思わず戴星は口をつぐむ。都一とうたわれている妓女が、長いまつげに涙をためて、端然《たんぜん》と窓辺の椅《い》子《す》に身をあずけていた。うっすらと朝化粧を刷《は》いた美しい横顔は、深い憂いにしずんでいる。他人では——気休め程度では到底なぐさめようのない嘆きように見えて、戴星はことばをつづけるのをためらった。

——それでは、あの青年はここへもどって来ないのだ。

書簡の内容からそうさとったとたん、自分の手足をおそった虚脱感を、史鳳はどうにもできなかった。枕をかわした客でもない、昨日、たった半日、いっしょにいただけの男にここまで心をかたむけてしまうとは、史鳳自身ですら、考えてもいなかっただろう。しん――、と、一瞬、音をうしなった室内の、その静寂がかえって史鳳の注意をひきもどした。

「あら――、それで、白公子、あの方はなんと？」

「轎子を貸してくれ。姐さんが、客のところへ行くときに使うやつを」

必要なことだけを、戴星はみじかくいった。宝春が気づかわしげな眼をして、なにかいたげだった。だが、親切からだとはわかっていても、歳若い宝春からなぐさめられたいとは思わなかった。むしろ戴星の、感情をかき消してしまった口調、態度の方がありがたかった。

「ただいま、支度させてまいりますわね」

おぼつかなげな脚どりで出ていくたおやかなうしろ姿を、見送る戴星の面に、ようやくもどかしげな表情がもどる。

「……いいのかしら」

「下手に、なぐさめたりしない方がいい」

「冷たいのね」

「おれたちみたいな青二才に、どうにかできることではないさ」

つき離したい方が、よいとは戴星も思っていない。だが、みずからを青二才と評したのは本心からだ。おのれひとりの力では、どうにもできないことが多すぎる。思いあがっていたつもりはないが、あらためてそんなことを自覚したのだ。

史鳳の憂い顔が、見たこともない生母の姿を一瞬、連想させたからかもしれない。これから出る旅の道程《みちのり》を思ったときに、さすがの自信家の戴星も、たじろがざるを得なかったからかもしれない。

「――行っておいで。昨日みたいに、お客のご機嫌を損じるんじゃないよ」

いらだたしげな鴇母《ほうぼ》の声に送られて、金線巷の小路を女物の轎子《かご》が出たのは、午《ひる》にはすこし間があるころだった。

背もたれのある椅子の四方に支柱をつけ、天蓋《てんがい》をつけ、すっぽりと全体を覆ったものに二本の横木をとりつける。それを前後、ふたりの人間が腰の高さまで担ぎあげて運ぶものを、轎子とよぶ。ほかに、犢車《とくしゃ》というものもあるが、これはよほど身分の高い者か分限者でなければ使えない。婦人でも驢《ろば》や騾《らば》、時には馬に乗る元気な者もいないでもない。特に妓の中には、そうやって街中を練りあるいて顔を売る者もあったが、そんな女たちでも、日用の外出にはやはり轎子を使うのが一般的だった。

轎子をかつぐ男がふたり、それから付き添いの小女がひとり、作り物だが紅い花をひと枝かざした轎子は、いそぐでなく、それでいてにぎわう人の波をたくみに縫いながら、州橋へとまっすぐにむかった。

開封の城内の南半分をつらぬいて、西から東へ流れるのが汴河。それにかかる橋は、西から興国寺《こうこくじ》橋、浚儀《しゅんぎ》橋、州橋、そして相国寺《しょうこくじ》橋。この中でもっとも大きいのが、州橋。外城の朱雀《すざく》門から皇城の宣徳《せんとく》門までをつなぐ御街《ぎょがい》が、汴河をわたる地点にかけられたものだから、当然といえば当然である。

うつくしい弧《こ》をえがく木製の橋は、この開封の象徴のひとつでもあり、むろん、もっともにぎわう繁華街の中心点でもあった。

女物の轎子は、その橋の北のほとりの、大きな柳の木の下にとまった。かついできた男たちは、轎子をおろすとべつの木の下へと離れていった。

「いないわ」

あたりをさりげなく見まわしていた小女が、轎子の中にささやいた。羅の上衣を結いあげた髪の上から被り、顔をなかばかくしてはいるが、濡れたように大きな双眸は陶宝春のものにちがいない。そのあざやかな視線を、ぬかりなく左右に配りながら、数歩、轎子からはなれて、橋の欄《てすり》に倚《よ》る。下の運河をゆっくりとすべる船を数えるようにたしかめてから、轎子のかたわらへもどった。

「顔を忘れたんじゃないだろうな」

轎子の中から、押しころした声がもれる。

「おぼえてるわよ。それでなくても人一倍背が高くて、見物人の中でも目立ってたんだから」

衣服は史鳳にでも借りたのだろう、こぎれいな褙子《はいし》と大口裙《たいこうくん》という小女姿で、宝春はまたきょろきょろとあたりを見まわす。

橋の北側に小舟が停められ、見送りらしい群衆がのぞめる。見送られるのは、よほど身分のある人物なのだろう、せっせと船に運びあげられている荷だけでもたいした量だ。小舟の胴で小山のようになっているが、実際に旅する船は、城外に停泊しているのだろう。城外にも、いくつも船着き場はあって、乗りかえられるようになっているのだ。

こういう貴人、高官が乗るのは、楼閣をそっくり後部に乗せたような屋形船のはずだ。

「目つきの悪いのが、うろうろしてるわ」

「気をつけろよ」

これは、いわれるまでもないし、少女にもぬかりはない。

「いないとすれば、まだ着いていないんだろう。河をくだってくる船を見ていてくれ」

都の中を流れる運河というが、河の幅はひろく、大小あわせるとかなりの数が行き交っている。

宝春は、傾斜のある橋をなかばまでわたって、欄から身をのりだした。

橋をわたってすぐ北が、相国寺の境内だ。

思えば、そこで戴星と出会ってから、まだ丸一日経っていないのだ。あれから仁和店へ行き、何史鳳に出会い――祖父が死に、刺客に追われて妓館まで逃れた。そこでも追われて、奇妙な老人の異界へ誘いこまれ、ぬけだしたところがなんと皇城。そして、皇城から脱出させてくれたのは、祖父を殺した張本人だった。

一生分の時間を、一夜のうちにすごしてしまったような感覚に宝春はとらわれていた。――長い人生の夢を見て、目が醒めてみたら粥《かゆ》が炊けるあいだの短い時間だった。そんな物語があるが、この場合はまだ、目醒めても夢の中にいるような気分だ。

そういえば、昨日からほとんど眠っていない。身体は疲れているのだが、頭と目は興奮しているせいか、逆にくっきりと冴えかえっている。

捕吏らしい男がふたり、ゆっくりと橋をわたってくるのを、宝春は気配だけで感じとっていた。特に目をつけられたわけでなく、さしせまったようすもなかったのだが、われ知らず宝春の神経は逆立っていた。

細い肩が、まず緊張にそばだつ。深く被った羅衣を、さらにあごのあたりまでひきおろし、面を伏せて、足早に轎子《かご》の側へもどろうとした――。

正面がほとんど見えない状態で、彼女が人につきあたるのは、当然の結果といえた。

「あ、ごめんなさい」

すなおにあやまって、ふりあおいだ相手の容貌に、記憶があった——どころではない。

「てめえ——」

「昨日の！」

叫ぶ前に、事態をさとって宝春はとびすさっている。剛いあごひげはもう片ほほも剃りあげて、かろうじて口ひげがのこっているだけだが、ごつい身体つきと太い声、どんより濁った眼つきは忘れようがない。

戴星と行動をともにすることになった、そもそもの発端、大虫《だいちゅう》の鄭《てい》ではないか。

「さがしたぞ、ここで会ったが運の尽きと思え！」

太い猿臂《えんぴ》をのばしてくる下を、すばやくかいくぐりながら、

「白公子！」

宝春がよくとおる声で呼ぶより早く、轎子がばさりと音をたてて蹴りたおされる。

立ち上がった戴星は、ためらうことなく手にした細長いものを、まっすぐ宝春めがけてほうりあげた。少女は走りながら、それを左手でがっちりとつかみとる。

——が。

柄にかけた右手は引かれないまま、大漢の胸もとに鞘の先が突きいれられた。

鄭大虫は、獣のようななり声をあげて、両腕で胸をおさえたが、宝春からは眼を離そうとしなかった。しかも、ひるんだのは一瞬のこと。すぐに丸太ほどもある腕をふりまわ

して、きゃしゃな少女に撲《う》ってかかった。

周囲から、悲鳴があがる。なにも知らない通行人たちが、雪崩《なだれ》をうって橋の上から駆けおりていった。

鄭大虫の眼つきは、かわらず鈍いものの、昨日とちがって酒の匂いがしない。したがって、ふりかざした腕のねらいはかなり正確で、その手を逃れるために宝春は真剣にならざるをえなかった。

州橋を北側にかけ降りたのは、そちらの方が人が多かったからだ。

迷惑をかけるという懸念は、宝春の頭の中にない。船で来るという包希仁の姿が見えるまで、人にまぎれて逃げおおせればそれでいいのだ。

橋のたもとにたむろする、袍に身をかためた士人たちのあいだに、少女はためらわずにとびこんでいった。

おなじことは、戴星の身の上にも起こっていた。宝春の起こした騒ぎにひきよせられてきた捕吏が、戴星の容貌に眼をとめたのだ。

「おい、おまえ——」

よびとめられる前に、戴星は走りだしている。剣は宝春に投げてしまい、今の彼は素手だが、捕吏風情《ふぜい》にとらえられる心配はしていない。それより、このさわぎで包希仁の船をつかまえそこねることの方が、よほど心配だったのだ。

人の流れとは逆に、戴星は州橋の上へと駆けあがった。さらに、欄の上へと動作ひとつでひらりととびあがる。そのいきおいで、後を追ってきた捕吏のあごを、思いきり蹴りつけたからたまったものではない。その捕吏は数丈もふっとんで、反対側の欄干《らんかん》にたたきつけられた。

戴星の姿はといえば、依然、欄干の上にある。細い横木の上にもかかわらず、たたずむ姿に不安定なところはない。それどころか、人垣を分けておしよせる捕吏たちを見て、欄の上を数歩駆けて、弧をえがく橋のちょうど中央にのぼりつめた。

脚もとを横薙《な》ぎにはらう棒の一撃とともに、とんと少年の靴底は欄干をかるく蹴っている。降りた先は、その棒を持つ捕吏の、すぐかたわら。あっと叫ぶ声をなかばに、棒はたたき落とされて、戴星の手の中にうつっている。若い捕吏は、自分の得物で腹をしたたかになぐられて後退した。

なんのへんてつもない楊《やなぎ》の白木の棒が、少年の手の中に入ると伸縮自在になった。その長さに眩惑されて、数人の捕吏がきりきり舞いする。戴星は、ことさら棒をふりまわし、橋の幅いっぱいを使って走りまわる。

捕吏を自分の方へすこしでも多くひきつける配慮だが、なかばおもしろ半分である。実際、捕吏だの官兵だのといっても情けないほど腰がひけていて、戴星の棒の一旋でわっと逃げだしてしまう。数歩逃げては、またおずおずともどってくるのが、なんとも律儀だが、少々、こうるさくなってきたとき——。

一艘の小舟が、流れてきたのだ。

「白公子」

さほど大きな声ではない。

群衆のざわめきにまじってかき消えそうなひびきだったが、川面をしずかにすべり、少年の耳にはたしかにとどいた。

「あいつ、いつもいいところへ出てきやがる」

口の中では毒づいたものの、たすかったという喜色は外に出た。

包希仁を舳先《へさき》に乗せたちいさな荷舟は、泊まる気配もなく橋の下を通りすぎようとしていた。それを見てとった戴星は、橋の北側へむけて大声をはりあげた。

「宝春、飛びこめ！」

「なんですって！」

鞘ぐるみの剣をふるい、おっとりとしぐさのにぶい士人たちのあいだをたくみに縫って逃げまわっていた少女には、戴星のことばは聞こえにくかったのだろう。それとも、わざと聞こえないふりをしたものか。

なにしろ、昨日と似たような、ぼんやりと肌ざむい空の下である。鉛色ににごった水の中に飛びこむなど、考えただけでもぞっとする。

だが、戴星がふたたび身軽に欄干に駆けあがり、手にした棒を捕吏の群れへ投げこむのを見れば、その意図はいやでもわかる。

とりおさえようと伸ばしてくる随人たちの腕を打ちはらい、つっかかってくる鄭の巨体の、膝の内側をねらって蹴ると、かくりと片膝を折る。そのすきにと、河岸に停められていた小舟に飛びうつったところに、小肥りの男がこの期におよんでもただ茫然と立っていた。

髪も髯《ひげ》も白い方が多い、老人である。衣も冠も立派な高官らしいから、これが見送られている本人だろう。もっとも、宝春にしてみれば、だれとねらいをつけたわけではない。手近にいた者を、とっさに盾にとったまでのこと。

ひと動作で、くるりと男の背にまわったはずみに、ぐらりと舟が揺れた。宝春にとっては予定の行動だが、人質にとられたかっこうの高官はたまったものではない。

喉からしぼりだすような悲鳴は、直後にあがった水柱にのみこまれた。と、ほぼ同時に、戴星も橋の欄干を蹴っている。

飛沫《しぶき》は、橋の上までとどき、わらわら

と寄ってきた捕吏たちの頭の上から降りかかった。

欄干から身をのりだした彼らがみたものは、白く泡だった川面と、そのすぐそばを何事もないようにすべっていく荷舟だけ。舟は留まることもなく、そ知らぬ顔で行き過ぎてしまい、川面もすぐに元のしずけさにもどっていく。

「舟を出せ。早くおさがし申せ」

と、口々にさけんでいるのは、川辺の見送りの者たち。橋の上でも、ようやく我にかえった捕吏たちが舟の手配に動きだしたが、使える舟がそうたくさんあるはずがない。高官の随人たちと争いになっているあいだに、荷舟は遠くくだっていったが、かかわりがあるとは思えず、岸の者たちもとりたてて注意をむけなかった。ついでに、争いに夢中になって、川面に人の頭がいっこうに浮かんでこないことにも、ついに気がつかなかったのだ。

小舟は、相国寺橋をくぐったところで速度をゆるめた。運河が斜行しているために、ここまでくれば、州橋からは見とおしのきかないところもある。

橋の影が黒く水面を染めているところで、舟の底ちかくから、がばりと音がもちあがった。

「——ああ、苦しかった」

水飛沫をまきちらしながら、舟縁に白い手がかかった。

「早くあがりなさい」

希仁がさしのべた手をいったん身ぶりでことわり、宝春はまず水びたしの剣を鞘ぐるみ、舟の中へ落としこんだ。

竿をあやつっていた水夫の手を借りて、まずは少女をひきあげてやった。そのすぐあとにうかんでいる布のかたまりを戴星だと思っていた希仁は、反対の舟ばたから、文字どおり濡れねずみになって這いあがってきた人影に、ぎくりとなった。

「まったく、どうなるかと思った。大兄《たいけい》が遅れたせいだぞ」

濡れた髪をかきあげながら、開口一番、礼よりも苦情が先に出るのは、いかにも少年らしい。が、それでは——とあらためて見なおした水面へ、白髪頭がもちあげられた。

「た、たすけてくれ、たすけて——」

「なんだ、王定国《おうていこく》ではないか」

必死に助けをもとめる老人の容貌を見て、戴星がけらけらと笑いだした。

「——お、御身さまは……」

老人も、戴星の顔と声に、眼をみはる。

「だれですって？」

「王欽若《きんじゃく》、字《あざな》を定国。現、杭州の知事どのさ」

そういわれて、包希仁があぁ、と思いだす。

「——昨日、何史鳳にからんだ客ですか」

舟べりにつかまって荒い息を吐いていた老人は、思わず手を離して、沈みかけるところをまた、あわててすがりつく。

「な、なんで、それをご存知じゃ」

「悪いことはできないな、王公。昨日、おれたちも仁和店にいたんだ」

「どうします、白公子」

悄然となる老人を見下ろして、希仁がひどく冷淡にたずねた。

「とりあえず、ひきあげてやれ。老齢に、この冷たさはこたえるだろう」

「か、感謝いたします、少爺――」

「無事でいたかったら」

と、きらりと眼を光らせて、戴星がことばをさえぎる。

「おれとここで逢ったことは、いいふらさないことだ」

「は、けっして」

口でいうより、頭を上下させる身ぶりの方が熱心だった。

飛んでくる水滴を、希仁がわざとらしく腕を上げて避ける。

「希仁」

うながされて手をのばすしぐさも、いかにも嫌そうだったが、とにかく王定国もひきあげた。舟の後部に、竹を編んだ日除けが馬の鞍《くら》のかたちについている。その中に、戴星たちはとりあえず身をかくした。濡れたものを着がえている余裕はない。そのまま、内城と外城と、ふたつの水門を舟がとおりぬけるまで、戴星たちは息を殺していたのだった。

一夜明けた皇城は、なにごともなかったかのような静けさをたもっていた。皇帝の病中ということで、朝儀こそとりやめになったものの、役所の諸事はとどこおりなくおこなわれている。

「――大家は、熱もさがり、お元気になられたそうにございます」

病間へ詰めていた宦官からの報告を、雷允恭《らいいんきょう》は御簾《みす》の奥へそのままとりついだ。昨夜うけた衝撃から立ちなおるには、半日やそこらでは、とても無理だろう。劉《りゅう》皇后は、気分がすぐれないといって奥へひきこもってしまったままだったのだ。

「――娘子《じょうし》」

「聞こえております」

冷淡な返事が、はねかえってきた。

「もう、なんのご心配も要らぬとのこと」

「なんの心配が要らぬのです？」

これは、詰問だった。美しい貌が、いらだちと不安とにひきつっているのが、手にとるようにわかる。

「寇準《こうじゅん》めを始末するのに失敗したのみならず――」

「寇萊公《こうらい》は、昨夜のことは、ひとこともおもらしになっておられませぬ。八王爺にしても、同様にて……」

「それはそうでしょう。まことのことを申せば、わが子が皇城に賊にしのびいったことも申さねばならぬのですから」

たがいに、相手の悪事を申したてれば、おのれに都合の悪いこともあかるみに出てしまう。

「は……」

「妾《わらわ》が申しているのは、そのことだけではありませんよ。わかっているのでしょうね」

「どうするのです」

「今、丁公《てい》にお願いして、東京城内をさがしております。そろそろ――」

いっているあいだに、うわさの丁謂《ていい》があらわれる。

「申しわけございませぬ」

「だれもかれも、役にたたぬ！」

帛《きぬ》を裂くような、するどい声が御簾の奥からほとばしった。実際、御簾が裂けなかったのが不思議なぐらいである。

「だれか、あの目ざわりな孩子《こども》を、始末してくれる者はおらぬのですか」

「は——」

宮廷内で、頭をさげるよりさげられる方がはるかに多いふたりが、ひたすらはいつくばる。

「た、ただちに、全国の役所に手配いたしまして」

「官兵は、たよりになりませぬ！」

「も、申しわけのしようも……」

軍の最高司令の立場にある高官が、おまえは無能だといわれても、一言もいいかえせない。

「さがしなさい」

「は？」

「だれか、いるでしょう。下賤《げせん》の者でよい。腕がたしかで金銭でいいなりになる者、邪魔になれば処分して惜しくない者、いくらでもいるでしょう」

皇后という、婦人ではならぶもののない高貴な位にはあるが、この劉氏も元はといえば庶民の出なのだ。けっして、とっぴな発想ではない。

「あなたたちがだめならば、兄にたのみます。兄上ならば、そういった侠客の者も知っているはず。あの崔老人も、兄がさがしてきた者。桃花源の在処《ありか》をさぐりあてるのも、邪魔者をとりのぞくのも、すべて兄上におまかせすればよい」

「わ、われらも、全力をあげて」

外戚の劉美《りゅうび》に手柄をひとりじめされては、太監《たいかん》だろうが枢密使《すうみつし》だろうが立場がなくなる。

雷允恭も丁謂も、自身の保身のためになることならば、懸命になった。

「では、行きなさい」

一夜のうちに凍りついた声だけが、部屋にひびきわたった。

「――多少《いくばく》の恨みぞ
昨夜　夢魂のうち」

窓辺に倚って、史鳳はほっと息をついた。

なにを見ても思っても、その朱唇をついて出るのは恋の詞だ。それと気づいてはやめるのだが、それ以外の詞はきれいさっぱり忘れてしまったかのようだ。

戴星と宝春が出ていくまでは、史鳳もまだしっかりとしていたのだが、緊張が解けると あとはたてなおしようもない。化粧をする気もろくろくおきず、ただ窓辺によって嘆息するばかりである。

見送りなりとできれば、まだこんな想いはせずにすんだのかもしれないが、危険になるかもしれないところへ脚弱の女が出ていったところで、邪魔になるばかりだ。

いや、かえってひと目でも顔を見たら、さらに想いはつのるかもしれない。それとも、数日もたてば、この胸苦しさもうすれてしまうのだろうか。これほど真摯《しんし》な気持ちが、雲散霧消する日がくるのだろうか。

自分では制御できなくなった心に、史鳳はそらおそろしさすら感じていた。

「史鳳姐さん」

扉から、妹分の仙哥《せんか》の心配そうな顔がちらりとのぞいて、すぐに消えた。

「どうしたの？」

「今、階下におもしろい客が来てて」

「なあに、昼間から」

ほっそりとした眉をひそめる史鳳に、首をふって、

「それが、お年寄りなんですけれどね。占いを善くするんですって。みんなで見てもらっているんだけれど」

「莫迦莫迦しい」

いつもなら、いっしょにおもしろがるところだが、今日ばかりはそんな気になれない。

「でも、姐さん。これがよく当るの。あたらなくても、見てもらうだけでも、気ばらしにでもなるんじゃないかと思って」

「……そうね」

信じる気持ちはなかったが、待ち人がもどってくるとでもいってもらえれば気休め程度にはなるかもしれない。

階下の客とは、ひどく小柄な老人だった。背をまるめてうずくまっている姿は、くしゃりと押しつぶした蟾蜍《ひき》に似ていた。

これまた蟾蜍にそっくりな眼を、きろきろとめぐらせて、部屋にはいってきた史鳳を見て、まずは、ほうと感嘆の声をあげたが。

「可惜《おしいかな》、可惜」

卓子《つくえ》をはさんで椅に腰かけたとたん、そういって首をふった。

「おまえさま、気の毒に」

「どういうことですの？」

「せっかくの麗質が、すっかりそこなわれておる。これでは、おまえさまは世の隅に埋もれたまま、一生思う人にも逢えぬままじゃ」

最後のことばが、ぐさりと史鳳の胸につきささった。

「い、……いったい、あたしはどうしたら」

「ふむ」

おびえた女の顔を見て、老人はなにやら考えるようすだったが——。

「こう、しよう」

いったと思うと、骨ばった左の腕をふいにもちあげた。そして、人さし指でさっと史鳳の額の一点をかすった。

触れたか触れぬか、わからないぐらいのかすかな接触だった。

「これで、よい」

うむと、ひとり合点して老人はたちあがる。立っても史鳳の肩程度しかない背丈で、そのままあいさつもなく、飄然《ひょうぜん》と出ていった。

いったい何事がおきたのか、よくわからないままあとから部屋を出た史鳳を見て、

「あら、姐さん。顔をどうしたんですか」

仙哥が頓狂《とんきょう》な声をあげた。

「顔？」

「額に、ほら、墨なんかつけて」

「さっきのお爺さんかしら」

いわれたとたんに、指の感触がありありとよみがえった。

「すぐに、とらなくちゃ。なにか拭くものをとってきますね」

と、仙哥がぱたぱたと駆けていく。史鳳もつられたようにあわてて自室にもどって、鏡をのぞいた。銅を磨きあげた暗い表面に、史鳳の白い貌がほんのりと映る。たしかに、仙哥のいったとおり、形のよい額の中央に、ぽつんと黒い染みが見える。

（こんなに、はっきり――？）

わずかに触れただけなのに、額にはくっきりと、指先をおしつけたような形がのこっている。おそるおそる自分の指で触れ、その指先をたしかめる。墨や煤《すす》ならうつってくるはずが、指は白いままだった。

襦衣《はだぎ》の袖でぬぐってみたが、これでもとれる気配はない。

（どうしよう）

いくらぬぐっても黒い染みは落ちるそぶりもなく、かえって気のせいか、こすればこするほど広がるようだ。

「姐さん、姐さん。お水を持ってきましたよ」

仙哥のなんの憂いもない声を耳にしながら、史鳳は暗澹《あんたん》たる思いに沈んでいった。

戴星たちをのせた小舟は、なめらかに汴河をくだって郊外の虹橋《こうきょう》の渡し場に着いた。

虹橋は、城外七里（約四キロ）のところにある。

この橋もまた、その名のとおりゆるやかな弧をえがく美しいもので、橋の幅はほぼ一丈半（約四・五メートル）、長さは七丈（約二十一メートル）にも達する。

また、このあたりには都に住む人々の墓所もあり、墓参りをかねての行楽の地ともなっていた。人が大勢集まるところから、物売りの店はもちろん、役所まで近在におかれている。

巻きこんだ形の王定国の処置は、戴星と希仁《きじん》とで意見が分かれた。

「こいつが、きちんと任地へ行くか、わかったものじゃない。どうせ、行き先はだいたいおなじだ。このまま、いっしょに江南まで連れていって、杭州の役所へほうりこんでやろう」

乱暴なことをいう戴星をなだめて、

「ご都合もあるでしょう。迷惑をかけた上に、顔をつぶすような真似をして、よけいな恨みをかうこともないでしょう。お帰ししましょう。ここからなら、城内へもどるのもたやすいですから」

と、希仁は乾いた着がえを渡し、馬まで調達してやった。もっとも、代金は本人持ちの着払いである。

「恋仇《こいがたき》に、えらく親切だな」

と、戴星がからかったのは、てきぱきと諸事手配するあいだも、希仁の端整な顔はめずらしく不機嫌にくもりきっていたからだ。

「どういう意味ですか、それは」

「あずかりものだ」

色をなしてふりむく年長の青年の鼻先に、戴星は、綾絹《あやぎぬ》につつんだちいさなものをつきだした。

むろん、すでに衣服を着がえ、髪も乾かしおえてさっぱりした姿だ。范仲淹が手配していた船には先に報《し》らせが走っており、三人はすぐに迎えいれられている。彼らを乗せてまもなく、船——といっても、すこし大型の荷船はゆっくりと汴河をくだりはじめていた。

宝春の姿が見えないのは、さすがに疲れが出たのか、乾いたものに着がえ終えたとたん、荷物のあいだに倒れるようにして眠りこんでしまったからだ。

濡れた布包みを少年からうけとって、希仁はけげんそうな顔でそれをひらく。中からころがり出たのは、緑色の玉のかけらだった。ちょうど虹の形をしているのは、もとは環状のものをふたつに割ったからだろう。

「これは……？」

「史鳳姐さんからだ」

「………」

環と還とは、おなじ音である。つまり、帰ってきてほしいという意味を、史鳳はその翡翠のかけらに籠めたのだ。

「——私は、あの女とは、別に」

「一度もどると、約束したんだろうが」

「そういえば、礼もいわずじまいでしたが」

「だったら、約束を守ってやれよ」

「……わかりました」

濡れた布で、もう一度ていねいに玉をくるみなおして、青年はふところにしまった。

「これは、是非にも都へもどる理由ができました。そのときは、白公子、あなたもいっしょですよ」

戴星は、かるく肩をすくめる。

「いったい、なにをどこまで知っているんだ？」

「ご説明しますよ。まだお疲れでないならね。その前に、そちらの昨夜の行動を、あらいざらい白状していただきましょうか」

「まるで、判官さまの尋問だな」

笑いながら、戴星はゆっくりと船の舳にすわりこんだ。

開封の城壁は、すでに見えない。見えるのは、広大な平野の中をつらぬく運河の水と、ぼんやりと曇った春の空のみ。まだ冷たい風の中に、花の香りをかいだような気がして、戴星はつぶやいた。

「――落英繽紛《らくえいひんぷん》たり、か」

「林は水源に尽き、すなわち一山を得たり――」

おなじ『桃花源記』の一節でうけた希仁の顔を見て、

「なあ、ほんとうに桃花源なんてものが、あると思うか」

「それは、なんとも」

「まったく、わからないことばかりだ。昨日、見聞きしたことにかぎっても、山ほどある」

足といっしょにことばまで投げだす戴星を、おだやかなまなざしで見やりながら、

「なにがわからないんですか」

「だから――、たとえば、老陶《ろうとう》の遺体が消えたのはなぜだ」

「物の精は、死ぬとその本性をあらわすと聞いたことがあります」

「花の精には、本来、かたちはない、と？」

ならば、宝春もその身になにかあったときには、おなじようにあとかたもなく消え失せるのだろうか。

われ知らず、戴星の表情がゆがんだ。

それに気づきながら、知らないふりをして希仁は話をもとへもどす。

「ほかに、わからないことは？」

「桃花源には、なにがあると思う」

「さあ。それは行ってみないことには、わかりませんよ。実際にあるかどうかも、はっき

りしないんですからね」

そもそも、なぜ、劉皇后の一派が桃花源の存在を知りおおせたのか、いったい何が目的なのか。

昨夜の崔老人とやらのいい分が真実だとして、なぜ生母・李氏の危急の際に宮中に居あわせたのかもわからない。当時から劉氏一派と崔秋先が手を結んでいたとしたら、あの老人の意図がますますわからなくなる。

だいたい、目くらましだったかもしれないにせよ、あれだけの妖術を使える老人が、戴星たちにまんまと逃げられて、そのままになっているわけがない。なにか、意図があって戴星たちを逃がしたのか、そういえば、思わせぶりに置いてあった壺が、戴星にとっては仇の牙城《がじょう》ともいうべき皇城の中心に通じていたのも、罠とうたがってうたがえないことはない。

なにもかも、戴星の頭では整理しきれず、また解せないことばかりだった。

「——行ってみるか。桃花源まで」

これは、希仁には聞こえないようにつぶやいたことばだった。むろん、母をさがすことが先決だ。だがその手がかりが、意外に桃花源の謎と底流でつながっているような気がする——むろん、直感にすぎないのだが、そんな気がするのだ。

「さて、公子。ほかにご下問は？」

「あわてるな。江南に着くまでには、何日もあるさ」

くしゃみをたてつづけに、五回して、戴星は気楽この上ないことをいう。

「どうせ、船旅は時間をもてあますんだ。そのあいだに、ゆっくりと聞かせてやる。ついでに、謎も全部といてもらえるとありがたいな」

「あまえるんじゃありませんよ」

口調こそきびしいが、青年はやわらかに破顔していた。安心したように、くしゃみとあくびとを、いそがしくくりかえす少年の横顔を、ひとひら、気の早い花片が横ぎっていった。

——謎を乗せたまま、船は江南の爛漫《らんまん》の春にむかって、ゆっくりと下っていったのだった。

虚と実の間――文庫版あとがき

『桃花源奇譚』は、一九九二年初夏から九六年にかけてノベルズ版で発表したものです。「三俠五義《さんきょうごぎ》」「水滸伝《すいこでん》」などと同じ宋代を舞台に物語を書いてみたいというのは、中国物を書きはじめた頃からの夢のひとつでした。

宋という時代は、たとえば唐代などと比べて庶民の生活が豊かです。坊という土塁に囲まれた区画内に住み、夜間の往来を禁止された唐代に比べ、街全体を囲む城壁はあってもその中では通行自由、開封では一晩中、人が行き交い商店が営業していたといいます。文学が基本的に貴族のものであったのが唐代とすれば、識字率があがり庶民も詞を作り芝居を楽しんだのが宋代です。料理ひとつとっても、交通が発達して遠方から食材が届き器具が改良され、飛躍的に種類が増えています。その自由で活気のある時代を舞台に、痛快な物語が書ければと思ったわけです。

「水滸伝」で思い出しましたが、物語を書くという作業は、一部のジャンルを除いて、厳然たる事実を元に虚構を積み重ねることではないかと思うことがあります。たとえば歴史物を書く場合、何年に何があったという事実は動かせませんが、細かな描写――会話の部分などはある程度、想像で創作します。問題はその幅で、事実に忠実な小説もあれば、実在の人物を登場させて物語は虚構という小説もエンターティメントとしては成立するわけです。実際、先に挙げた「水滸伝」も「西遊記《さいゆうき》」も「三国演《さんごくえん》義《ぎ》」も中国古典として成立し、長い間人々に愛されてきた「虚構」の小説といえるかもしれません。

実をいえば、この「桃花源」中の主要人物の多くは実在ですが、設定には虚構が混じっています。そもそも、物語の都合上、主人公の年齢を意図的に変えています。でも、虚構の部分にも典拠があるのです。どこまでが虚でどこまでが実か、その先を調べていただくのも「読書」の楽しみ方ではないかと思う次第。もちろん、軽いエンターティメントとして楽しんでいただければ、なによりの幸いです。私自身、書いている間中、とても幸せになれた仕事でした。

最後になりましたが、表紙を描いてくださったひろき真冬さんに御礼申し上げます。

二〇〇〇年十二月吉日

井上祐美子　拝

新装版あとがき

この物語は、中国の古い武俠小説「三俠五義」と陶淵明《とうえんめい》の「桃花源記」をベースにしています。といっても桃花源記からは理想郷の概念、三俠五義からは人名と設定の一部を借りただけで、あとは思いつくままに書かせていただきました。ですから、両作品とはほぼ別物ということを、まずご承知おきください。

子供の頃から本が好き、「物語」が好きでした。読むのも見るのも好きで、十歳頃には童話もどきを書いていた記憶があります。SFやファンタジーの構想をいくつも作っては挫折した後、自分には何が書けるのだろうと自問した時期もありました。そうして向き合った結果が、昔から親しんでいた中国の歴史や物語に取材することでした。正直、勉強不足も多々ありましたが、好きなものを好きなだけ書かせていただけたのはとても幸運でした。

ちなみに、この桃花源奇譚の主人公・戴星《たいせい》は作者の思惑を越えるキャラクターでした。今回のために当時の製作ノートを見返しましたが、一巻目の複雑な人物の交錯は整理のためのメモすらありませんでした。主人公の後を追いかけていたら一巻目が書きあがっていたというのは、作者としてはありがたかったのかどうか、今でもよくわかりません。

なにはともあれ。

天真爛漫というには難のある戴星や、皮肉屋でつかみどころのない希仁《きじん》、ヒロインというには元気すぎる宝春《ほうしゅん》の旅が始まりました。彼らが旅を通じてどう変化していくか、見守っていただければと思います。

最後になりますが、美しい表紙を描いていただいた鈴木康士さんと、初版の時から今までお世話になった編集の方々すべてに心よりお礼を申し上げます。

二〇二二年七月吉日　　　井上祐美子　拝

『桃花源奇譚』一九九二年六月　徳間書店刊
『桃花源奇譚　開封暗夜陣』二〇〇〇年十二月　中公文庫

中公文庫

新装版《しんそうばん》
桃《とう》花《か》源《げん》奇《き》譚《たん》1
——開封暗夜陣《かいほうあんやじん》

2000年12月20日　初版発行
2022年８月25日　改版発行
2022年９月15日　改版２刷発行

著　者　井上祐美子《いのうえゆみこ》

発行者　安部順一

発行所　中央公論新社
〒100-8152　東京都千代田区大手町1-7-1
電話　販売 03-5299-1730　編集 03-5299-1890
URL https://www.chuko.co.jp/

ＤＴＰ　平面惑星
印　刷　大日本印刷
製　本　大日本印刷

Published by CHUOKORON-SHINSHA, INC.
Printed in Japan　ISBN978-4-12-207243-5 C1193

各書目の下段の数字はISBNコードです。978－4－12が省略してあります。

中公文庫既刊より

た-13-5 **十《シイ》三《サン》妹《メイ》** 武田泰淳

強くて美貌でしっかり者。女賊として名を轟かせた十三妹は、良家の奥方に落ち着いたはずだったが……中国古典に取材した痛快新聞小説。〈解説〉田中芳樹

204020-5

た-13-7 **淫女と豪傑** 武田泰淳中国小説集 武田泰淳

中国古典への耽溺、大陸風景への深い愛着から生まれた、血と官能に満ちた淫女・豪傑の物語。評論一篇を含む九作を収録。〈解説〉高崎俊夫

205744-9

た-57-1 **中国武将列伝（上）** 田中芳樹

群雄割拠の春秋戦国から、統一なった秦・漢、世界帝国を築いた唐――国を護り民に慕われた将たちの評伝で綴る、人間味あふれる歴史物語。

203547-8

た-57-2 **中国武将列伝（下）** 田中芳樹

大唐世界帝国の隆盛。北方異民族に抗し英雄続出する宋。そして落日の紫禁城・清――中国史の後半を、国を護り民に慕われた名将たちの評伝で綴る。

203565-2

た-57-14 **新装版 風よ、万里を翔《か》けよ** 田中芳樹

隋朝末期、戦場をかけた男装の美少女がいた。北に高句麗を征し、南に賊軍を討つ――落日の隋帝国を支えて勇戦した伝説の佳人・花木蘭を描く中国歴史長篇。

206234-4

お-91-1 **天盆** 王城夕紀

万民が熱狂する伝統の盤戯「天盆」。家族の想いを背負い、歴史に挑む十歳の少年の神手が、国の運命を大きく変える。圧倒的疾走感で描く放熱ファンタジー！

206429-4

た-85-1 **煌《こう》夜《や》祭《さい》** 多崎礼

ここ十八諸島で、冬至の夜、語り部たちが語り明かす「煌夜祭」。今年も人と魔物の恐ろしくも美しい物語が語られる。読者驚愕のデビュー作、ついに文庫化！

205795-1

各書目の下段の数字はISBNコードです。978－4－12が省略してあります。

か-68-5
デルフィニア戦記 第Ⅱ部 異郷の煌姫1 茅田砂胡
デルフィニアの内乱より三年——国王と王女となったウォルとリィに、新たなる争乱と暗殺の危機が。隣国の罠と対決する新デルフィニアの面々の活躍！
204216-2

か-68-6
デルフィニア戦記 第Ⅱ部 異郷の煌姫2 茅田砂胡
名門貴族サヴォア一族の内紛に隠された主家失脚の陰謀。裏にひそむ隣国タンガとパラストの執拗で巧妙な罠に、騎士バルロは敢然と剣を取り出撃した！
204229-2

か-68-7
デルフィニア戦記 第Ⅱ部 異郷の煌姫3 茅田砂胡
リィとウォルの国を挙げての結婚式の最中、タンガから宣戦布告が届く。先陣をきり飛び出した王と王妃はこの危機をどう乗り越えるのか⁉
204243-8

か-68-8
デルフィニア戦記 第Ⅲ部 動乱の序章1 茅田砂胡
皇太子を人質に取られたタンガに国王率いる援軍が到着した。迎え撃つデルフィニア国王。パラストも加わり、三国は三つどもえの戦いに突入するのか⁉
204286-5

か-68-9
デルフィニア戦記 第Ⅲ部 動乱の序章2 茅田砂胡
三国を隔てるタウ山が銀鉱と知り、タンガ・パラスト両王はそれまでの遺恨を振り捨てて、デルフィニアに牙を剝く。国境に出撃した国王軍に危機迫る。
204313-8

か-68-10
デルフィニア戦記 第Ⅲ部 動乱の序章3 茅田砂胡
タンガ・パラスト両国は同盟を結び、デルフィニアに宣戦布告。国王ウォルは囚われの身に。この風雲急を告げるとき、王妃リィの姿が消えていた……。
204339-8

か-68-11
デルフィニア戦記 第Ⅲ部 動乱の序章4 茅田砂胡
王妃リィの獅子奮迅の働きと、駆けつけた仲間たちの活躍により危機を脱したデルフィニア軍。だがそれは、大戦乱の前の一時の安らぎにすぎなかった。
204363-3

か-68-12
デルフィニア戦記 第Ⅲ部 動乱の序章5 茅田砂胡
隣国の版図拡大をおそれる両国王からの暗殺依頼により、コーラル城の喧噪にまぎれ、巧妙に、精緻に張りめぐらされる暗殺の罠。リィに最大の危機が迫る！
204393-0